그렇게 아빠가 된다

그렇게 아빠가 된다 ——。

김민규 에세이

프롬북스
frombooks

빨간 줄 두 개 이후의
새로운 세계

설마설마했다. 빨간 줄이 두 개라니. 선명한 줄은 눈으로 보면서도 믿기 어려운 장면이었다.

아이를 갖자고 결심한 지 불과 한 달도 안 됐는데 이렇게 금방 생길 리가 있나. 아내는 서른여섯이라는 적지 않은 나이, 게다가 지난해 자궁내막증으로 입원한 이후 계속 약을 먹어왔다. 혹시나 아이 생각이 있다면 잠시 약을 끊어보라는 의사 말을 들은 때가 얼마 전이었다. 그래서 우리는 임신이 어려울 거라고, 과연 아이라는 게 생기기나 할까 하고 생각하던 참이었다.

뜻밖의 병증 때문에 아내가 구급차에 실려갔던 그날은 평소와 다름없던 금요일 새벽이었다. 자다가 깬 아내가 배가 아프다며 화장실로 가는 걸 비몽사몽 중에 들었던가. 외마디 비명과 함께 쿵 하는 소리가 났다. "무슨 일이야?!" 당시 유행하던 아이스버킷 챌린지라도 한 듯 잠이 번쩍 깼다. 화장실로 달려가 보니 아내가 정신을 잃고 바닥에 쓰러져 있었다. 서둘러 누워있는 아내를 일으켰다. 휴대폰을 꺼내 들어 허겁지겁 구급차를 부르고 가까운 병원 응급실로 갔다. 검사 결과, 염증 수치가 너무 높으니 당장 입원하란다. 여기보단 조금 더 멀리 있는 신촌세브란스가 나을 것 같아서 전원 신청을 했다. 기왕이면 더 큰 병원, 그중에서도 대학병원에 믿음이 가는 건 어쩔 수 없다. 하지만 기껏 찾아간 세브란스에는 어찌나 사람이 많은지 네 시간을 넘게 기다려야 했다.

　우여곡절 끝에 입원하고 치료를 받았다. 매일 마음 졸이면서 염증 수치를 확인했다. 간밤에 아내를 아프게 했던 건 '자궁내막증'이라는 병이었다. 난생처음 듣는 병명이었다. 아내 역시 금시초문이라며 의아해했다. 금방 나아서 퇴원할 수 있는 병이 아니었기에 역시나 난생처음 병실 침대 옆에 마련된 보호자용 간이침대에서 2주간의 간병 생활을 했다. 아침에는 화장실에서 대충 세수와 면도를 하고 회사로 출근했다가 퇴근하고는 곧장 병원으로 돌아왔다. 병원 지하 식당에서 늦은 저녁을 먹고 보호자용 샤워실에서 씻은 후 아내 옆에 누워 걱정에 젖은 채 잠에 드는 생활을 며칠째. 갈아입을 옷이며 세면도구 따위는 주말에 잠깐씩 집에 들러 챙겨왔다. 아내는 아픈 가운데서도 내가 남편 복은 있네 하며 미소를 지었다.

병원의 하루는 생각보다 길었다. 환자는 병과 싸우고 간병인은 시간과 싸운다더니 과연 그랬다. 환자가 아닌 사람은 딱히 할 일이 없다. 황진이의 시구처럼 기나긴 밤 한 허리를 베어내어 어디 담아둘 수 없으니 대하소설 『태백산맥』 전집을 가져와서 처음부터 읽거나, 그동안 미뤄왔던 드라마 〈나의 아저씨〉를 첫 회부터 보거나, 하릴없이 스마트폰으로 웹서핑을 하며 시간을 때웠다. 그러다가 문득 고개를 들어보니 창문 블라인드 틈 사이로 얼핏 하늘이 보였다. 날씨도 좋고 단풍도 좋고 햇살도 좋고, 창밖 가을 풍경은 모든 게 다 아름다워서 바깥에 나갈 때마다 홀로 이런 걸 누리기에 과하다는 생각이 들었다. 반짝거리는 장면들이 매일 펼쳐지고 있는데 병원에 갇혀 있으니 아까울 따름이었다.

아내가 잠들었을 땐 혼자서 병원 이곳저곳을 산책했다. 어느 날엔 3층 로비에 있던 기적의 우체통이며 소원 편지함, 그리고 아직은 일러 보이던 크리스마스트리에까지 발길이 닿았다. 아프지 않게 해달라는 간절한 바람들이 트리 여기저기에 매달려 있었다. 전구에 불이 반짝 들어오자 지나가던 꼬마 환자들이 아픈 와중에도 신이 나서 까르르 웃어댔다. 그 모습을 보니 부모의 마음이 느껴지는 듯해서 가슴 한쪽이 저릿했다. 아내가 아픈 것도 이토록 힘든데 자식이 아픈 건 얼마나 힘들지 가늠이 안 됐다. 이럴 바에야 차라리 아이를 낳지 않는 것이 상책이다. 인생을 살아가는 데 있어 불필요한 근심의 싹을 구태여 하나 더 틔울 필요가 있을까 하고 생각했다. 내가 아빠가 될 거라고는 꿈에도 생각지 못했던 때였다.

시간이라는 건 더디지만 어떻게든 흐르는지라 마침내 퇴원 날이 되었다. 아내는 앞으로 매일 약을 먹어야 한다는 처방을 받았다. 정확한 원리는 모르겠지만, 내막증 재발을 막기 위해 여성 호르몬을 억제하는, 마치 폐경과 비슷한 몸 상태로 만들어주는 약이라고 했다. 또 병원에 실려갈 수는 없으니 성실하게 약을 잘 챙겨 먹던 아내. 몇 달이 지나자 주치의 선생님께서 뜻밖의 이야기를 꺼내셨다. 혹시 임신 생각이 있다면 약을 잠깐 끊어보고, 생각이 전혀 없다면 계속해서 복용하자고. 아내의 나이도 있는 편이니까 고민을 해보라는 말이었다. 더불어 임신이 어려울 수 있으니 이곳 산부인과가 아니라 난임 클리닉으로 전과해주겠다는 말도 덧붙였다. 나는 고민할 필요도 없다는 듯 아내에게 말했다.

"당연히 약 먹을 거지? 나는 아이 같은 거 하나도 필요 없어. 너하고 나만 있으면 돼. 그냥 네가 안 아팠으면 좋겠어."

"음…… 아니야. 아이를 한번 낳아보는 것도 괜찮을 것 같은데?"

생각지도 못한 아내의 대답이었다. 아니, 그게 무슨 말이야. 그거 배 배 배 배신이야, 배애씨이인. 나도 모르게 영화 〈넘버 3〉의 송강호처럼 말을 더듬으며 격하게 반문했다. 우리는 아이 없이도 몇 년째 충분히 행복한 결혼생활을, 친구 소개로 만나 10년이 넘었음에도 둘만으로도 전혀 지루하지 않은 삶을 살고 있었잖아. 식당이나 카페, 미술관과 공원, 박물관 등에 갔을 때 종종 마주쳤던 시끄럽고 울부짖고 제멋대로 하겠다며 떼쓰는, 마치 새끼 악마 같던 아이들. 그런 아이들을 어르고 달래느라 진땀 흘리는 젊은 부모들을 보면서 둘 다 고개를 절레절레 흔들면서 말하곤 했잖아.

우리는 아이 때문에 저렇게 살지 말자고. 이렇게 둘이서만 행복하게 살자고. 계절마다 여행도 다니고, 단골 맥줏집에서 밤새도록 술도 마시고, 육아 걱정 없이 일도 취미생활도 마음껏 다 해보자고.

그래서 아이가 밤새 울어대느라 잠 한 숨 못 잤다며 눈이 벌게져 있는 친구들을 보면서 놀려댔다. "그동안 느껴보지 못한 엄청난 행복을 맛볼 수 있다"던 동기 H형의 꾐에는 "예예, 그러시겠쥬" 하고 몰뚱하게 대답했다. "세상에 내 유전자 하나는 남겨놔야 된다"는 Y과장의 말엔 뭐하러 고난으로 가득 찬 삶을 대물림해야 하냐고 항변했다. "결혼하면 당연히 애를 낳아야지, 안 그럴 거면 연애만 하지 뭣하러 결혼했냐"는 K부장의 느닷없는 꼰대질엔 옥상에 올라가서 소리내어 욕을 했다. 아내역시 왜 아이를 낳지 않느냐는 주변 오지랖에 나와 비슷한 대답을 해왔을 터. 저희는 아이 낳기 싫다구요. 그만 좀 괴롭히십시오, 라고.

사람이 아프고 나면 변한다더니. 주변의 갖은 회유와 겁박, 의심과 경계의 눈초리에도 불구하고 나와 함께 끈끈한 동지애를 자랑했던 아내가 갑작스레 변심할 줄 몰랐다. 아내는 아이를 '안 낳는' 게 아니라 '못 낳게' 될까 봐 덜컥 두려워졌다고 했다. 느닷없는 입원과 퇴원. 이후 수개월간 약을 먹었던 시간 동안 혼자서 많이 고민했다고 심정 고백을 했다. 임신이라는 건인생에 다시 못 올 소중한 기회일 수도 있다고. 지금이 마지막기회일지도 모른다고. 기회를 놓치면 후회할지도 모르겠다고. 그리고 단서를 덧붙였다. 올해 말까지만 시도해보고 결국 임신이 안 되면 거기서 그만하고 운명을 받아들이겠다 했다. 굳이시험관이니 뭐니 하는 시술을 받아가면서까지 억지로 아이를낳고 싶지는 않다는 말이었다. 아내가 그렇다니 별 수 있나.

"알았어. 그럼 앞으로 딱 다섯 달만 네가 원하는 대로 할게. 진짜 올해 말까지만 해보는 거야."

그래서 결국 난임 클리닉으로 가서 '임신 시도일(?)'을 받아오기로 한 날. 중후한 얼굴의 클리닉 의사 선생님께선 아내의 생리 주기며 이것저것 물어보시더니 달력을 가리키며 이 날짜쯤에 관계를 하라고 말씀하셨다.

"선생님, 길일을 점지해주셔서 감사합니다!"

내가 힘찬 목소리로 대답하자 선생님께서는 푸훗 하고 미처 삼키지 못한 웃음의 조각들을 내뱉으셨다. 뒤돌아 앉아 있던 간호사 선생님도 어깨를 들썩거리는 걸 보니 얼굴이 보이진 않지만 웃는 게 틀림없었다. 이분들께는 내 대답이 무척 우스운 말이었나보다. 하긴 장소가 장소인 만큼, 도무지 아이가 생기지 않아서 괴로워하는 이들만 매번 만나다가 이렇게 해맑은, 혹은 철없어 보이는 남편은 그들이 처음 마주하는 존재였을 게다. 왠지 부끄러우면서도 얼굴을 알지도 못하는 수많은 난임 부부들에게 미안해졌다. 누군가에게는 절실한 일일 텐데 나는 너무 쉽게 생각하고 있었구나.

우리는 점지해주신 길일에 성실하게 몇 차례 '시도'를 했다. 시도를 시작한 바로 그달 말 즈음, 매월 아내에게 찾아오던 소식이 이상하게 늦다는 걸 깨달았다. 아내는 소식의 주기가 늘 일정했는데 이번 달엔 많이 늦다. 설마 이렇게 금방 생긴 건가. 난임으로 몇 년씩이나 고생하던 사람들이 주변에 드물지 않았는데 임신이라는 게 이렇게 쉬운 일일 리가 없다. 대학 동기 S도 몇 년이나 아이가 생기지 않아서 결국 시험관 시술을 받아 쌍둥이 아빠가 됐고, 친구 D 역시 의학 기술에 힘입어 간신히 아들을 얻었으며, 회사의 J과장 역시 거의 포기했던 상태에서 기적적으로 임신이라는 축복을 받았다고 했다. 본인이 원했음에도, 이유를 짐작 가능한 감감무소식에 의아한 표정을 한 아내의 기분을 풀어줄 겸 이번에도 시답잖은 농담을 던졌다.

"알고 보니 나 정자왕이었던 거야?"

난임 클리닉 선생님과는 달리 아내는 내 말에 웃지 않았다. 이제는 농담할 때가 아니구나. 실패한 농담 이후의 어색한 적막을 참을 수 없어 곧바로 약국으로 가서 임신테스트기를 사왔다. 여전히 아이를 갖고 싶다는 마음이 들진 않았지만 궁금한 건 궁금하니까. 우리에게 무슨 일이 생겼는지 확인은 해봐야 할 터. 포장지를 뜯어서 꺼낸 테스트기는 생각보다 작고 볼품없었다. 고작 이런 걸로 임신 여부를 알 수 있다니 사람의 몸이라는 게 신기하다. 정말 신기한 일이 생겼는지 어디 한번 보자꾸나.

그렇게 2019년 9월 1일 오전, 우리는 뜻밖에도 아이가 생겼음을 확인했다. 테스트기에는 선명한 빨간 줄 두 개가 떠오르고 있었다. 색이 선명해질수록 머리는 흐릿해지는 게, 이게 과연 현실이 맞나 싶었다. 눈으로 보면서도 비현실적인 장면이었다. 정신을 차리고 곰곰이 날짜를 따져보니 아이는 선생님의 말씀대로 길일이었다는 광복절쯤에 생긴 듯하다. 그래서 태명은 '복이'로 지었다. 광복의 그날을 기념하는 의미도 있고, 복덩이라는 의미도 있는 중의적인 단어였다. 꿈보다 해몽이다. 그러고 보니 우린 아이를 애타게 기대하지도 않았고 둘 다 특별히 꿈을 꾸지도 않은지라 태몽이 없었다. 나중에 복이가 "아빠 엄마, 나 생겼을 때 태몽이 뭐였어?"라고 물어보면 뭐라고 대답해야 하지. 어디 가서 꿈을 하나 사 올 수도 없는 노릇이니 걱정이다. 걱정해서 걱정이 없어질 것도 아닌데 태어나지도 않은 아이 때문에 벌써 걱정이 시작됐다.

기분이 좋으면서도, 어쩌면 꿈이 아닐까 하며 믿기지도 않고, 내가 아빠라니 신기하기도 하면서, 이제 새로이 조우하게 될 미지의 세계를 어떻게 마주해야 하나 걱정스럽기도 하고. 뭐라한 단어를 딱 끄집어내서 이 복잡 미묘한 기분을 표현해보라 하기가 어렵다. 아내도 나와 마찬가지로 마냥 기쁘지만은 않은 듯한 표정이다. 웃으면서도 우는 듯한 얼굴. 임신 사실을 확인하게 되면 영화나 드라마에서처럼 마주보고 포옹을 하고, 달콤한 축하 인사를 건네고, 행복으로 가득한 표정을 짓거나, 낯간지러운 문구가 쓰인 케이크에 꽂힌 촛불을 후 하고 부는 등의 왁자지껄 소동이 벌어질 거라 상상했는데 현실은 달랐다. "여러분, 그거 다 거짓말입니다. 못 믿겠으면 임신 한번 해보세요." 길을 걷는 낯선 이들 중 아무나 붙잡고서 귀에다 대고 진실을 말해주고 싶었다.

어라, 이게 뭐지 하는 혼란스러움이 계속 이어졌다. 어쩌면 열 달 뒤에 세상에 나온 아이를 마주하고도 기뻐하기는커녕 어라, 이게 뭐지 하고 반응할까 봐 걱정하기도 했다.

"우리, 잘할 수 있겠지?"

하루에도 몇 번씩이나 아내가 나에게, 내가 아내에게 서로 묻고 답한다. 둘 다 정답을 알지도 못하면서. 우린 아이를 좋아하는 사람들이 아니었는데, 생각조차 한 적 없었는데 이제부터 아이가 함께하는 세계를 살게 됐다. 별일 없이 평탄하게 돌아가고 있던 삶의 궤도에 느닷없이 끼어든 손님이 하나 생겼다. 어떤 손님일지는 아직 알 수 없다. 그동안 접해보지 못했던 아주 낯설기만 한, 빨간 줄 두 개 이후의 새로운 세계가 시작됐다.

차례

입덧 같은 건 안 할 줄 알았지

　그동안 '입덧'에 대한 이미지는 이랬다.

　한눈에 봐도 화목해 보이는 가정. 하하호호하며 온 가족이 식탁에 둘러앉아 식사 중이다. 입에 한 숟갈 넣기도 전에 며느리가 갑자기 우욱 하고 헛구역질하며 화장실로 황급히 달려간다. 남아있던 가족들은 의미심장한 표정을 지으며 "혹시…… 새아가, 좋은 소식 있는 거 아니야?"라며 들뜬 분위기에 젖어간다. 아니나 다를까 여자는 임신한 게 맞았고 그제부터 시도 때도 없이 토악질한다. 밥 먹을 때, 거리에서 담배 연기를 맡았을 때, 밤늦게 퇴근한 옆지기의 몸에서 땀 냄새가 풍겨올 때, 음식물 쓰레기통 뚜껑을 열었을 때 등등 매순간마다. 임신부에게는 그렇게 주변의 모든 냄새가 고역인 줄로만 알았다. 혹자가 말한 것처럼 입덧이란 '롤러코스터를 타면서 밥을 먹는' 느낌 같은 거 아닐까 하고 추측했다.

 하지만 아내는 입덧이 심하지 않았다. 거의 없다시피 했다. 의외의 순간이었다. 평소에 비위가 약해서 나에게도 잔소리가 잦았던 아내였으니까. 소파에 누워있다 방귀를 북 하고 뀌면 냄새가 독하지 않은데도 코를 막으며 등짝을 때리고, 얼굴을 가까이하고 이야기하면 입냄새가 난다며 얼굴을 찡그리고, 요리하다가 조금이라도 이상한 냄새가 느껴지면 죄다 버리는 데다가, 음식물 쓰레기는 역겨움을 참을 수 없다기에 내 담당이었다. 그렇게 냄새에 민감한 사람이니 입덧도 심해서 음식을 가리게 될 줄 알았다. 임신 초중기, 한창 영양분을 공급해야 할 때 제대로 먹지 못하면 어쩌나 하고 걱정했다. 쓸데없는 기우였다. 헛구역질은 고사하고 가리지도 않고 밥만 잘 먹더라.

 그러고 보니 나는 운이 좋은 편이다. 인생을 살면서 힘든 시련이나 고난을 겪은 적이 별로 없다. 양친 모두 건강하시고, 집안도 그럭저럭 화목했으며, 나는 소위 명문대를 나와서 밥벌이도 멀쩡히 하고 있고, 가족 중엔 아파서 누워있다거나 급전을 꿔달라는 전화를 할 만큼 형편 어려운 집이 있지도 않은 데다가, 내가 좋아하고 나를 좋아하는 짝을 만나 결혼도 했고, 절반 이상 빚이지만 집도 마련하고, 그리 힘들이지 않고서 아이도 생겼다. 그리고 이제는 아내가 입덧도 겪지 않는 행운을 누린다. 어떻게 보면 재미없고 순탄한 삶이지만 달리 생각해보면 별탈없이 살 수 있다는 것만큼 복 받은 삶이 또 있을까. 다만 한 가지 걱정되는 것. 사람에게 행운과 불행의 총량이라는 게 각각 주어져 있다면, 나는 어쩌면 내가 가진 운을 죄다 써버린 건 아닐까 하고 불안하다. 앞으로는 나쁜 일의 지루한 행렬만이 나에게 남아있을까 봐 슬며시 두려워질 때가 있다.

아내는 입덧까지는 아니고 더욱 찾게 되는 음식이 생기긴 했다. 과일이 계속 당긴다고 입버릇처럼 말한다. 특히 새콤달콤한 과일들이. 그래서 딸기, 귤, 천혜향, 레드향 같은 과일을 계속 먹었다. 평소에 신맛이라면 질색하면서 레모네이드 따위를 마시기도 싫어하던 아내였는데. 임신하면 정말 입맛이 바뀌긴 하나보다.

과일도 과일이었지만 무엇보다 먹고 싶어 하는 건 떡볶이였다. 어느 책 제목처럼 '죽고 싶지만 떡볶이는 먹고 싶어'라더니, 임신하더라도 떡볶이는 먹고 싶어, 아니, 임신 전에도 좋아했지만 임신 후에는 더욱더 좋아하면서 떡볶이를 찾는 아내였다. 여자들은 왜 이리도 떡볶이에 환장하는 걸까. 아내와 결혼하기 전 30여 년 동안 혼자서 먹었던 떡볶이보다 결혼하고 나서 3년간 먹은 떡볶이의 양이 더 많은 것 같다. 임신하고서는 집에서 떡볶이를 자주 해먹는데, 예전과 달라진 게 있다면 새콤한 맛이 당긴다면서 그동안 안 넣던 케첩을 마구 들이붓는다는 것. 직장동료 J과장의 아내분은 임신했을 때 장어구이를 계속 찾아 대어 지갑이 텅텅 비곤 했다던데, 고작 떡볶이 따위 저렴한 음식을 좋아하는 아내에게 미안할 따름이었다.

　미안함을 갚고자 서울의 떡볶이 맛집들을 찾아다니기 시작했다. 주말 이른 시간부터 길게 줄을 서야 했던 마포의 유명한 할매 떡볶이집. 양념이 아주 매우면서도 달짝지근했다. 다른 건더기는 아무것도 없이 양념과 떡만 있는데 계속해서 손을 부르는 맛이 기억에 남던 곳이었다. 아내의 임신 후 이사 온 동네의 시장에서도 이름난 떡볶이집이 자리 잡고 있다 해서 들러봤다. 학교 앞 분식집의 컵떡볶이를 떠올리게 하는 추억의 맛이 인상적이었다. 좋아하는 동네인 종로를 산책하다가도 떡볶이 맛집을 찾아갔다. 예전에는 쌀집이었던 곳. 떡볶이와 떡꼬치와 튀김과 식혜까지 한 상 차림을 주문해서 배불리 먹었다. 예전에 살던 응암동의 30년 된 즉석 떡볶이집에도 들르고, 배달 앱으로 시켜도 먹고, 밀키트로 나온 걸 조리해 먹기도 했다. 떡볶이 외에도 매콤한 걸 계속해서 찾는 아내. 오징어볶음, 주꾸미볶음, 명태조림, 아귀찜에, 집에서도 매운맛 카레와 칼칼한 부대찌개를 해 먹었다. 이러다가 항문에서 붉은 깃발을 든 부대의 행진이 출현할지도 모른다는 걱정이 들었다. 우리 이러다 진짜 피똥 싼다.

말이 씨가 된다더니. 아내는 배가 점점 불러올수록 입덧이 아니라 속 쓰림으로 고생했다. 새콤한 과일도 매콤한 음식도 이제는 겁이 나서 쉬이 손이 가지 않을 만큼. 임신부는 만날 입덧에만 시달리는 줄 알았지, 속이 쓰릴 줄 어찌 알았겠나. 임신을 겪어보지 않았으면 평생 몰랐을 일이다. 좋은 남편들은 아내가 입덧에 시달릴 때 같이 입덧한다던데 나는 입덧도 속 쓰림도 못 느꼈으니 좋은 남편이 아니었다. 남자인 나로서는 아마도 평생 느껴볼 수 없는 고통이자 낯선 변화를 아내 홀로 겪는다. 매일 밤 속이 쓰려서 잠 못 이루던 아내는 결국 병원 검진 때 의사 선생님께 말씀드려서 약을 하나 처방받았다. 약을 먹으니 거짓말처럼 속이 하나도 쓰리지 않단다. 선생님께서 말씀하시길, 굳이 병원까지 와서 처방받을 필요 없이 '개비스콘'이나 '겔포스' 같은 약을 사 먹어도 괜찮다고 한다. 그 정도는 임신부가 먹어도 특별히 문제 될 게 없다고. 그래도 혹여나 무슨 문제라도 있을까 봐 걱정스레 이것저것 여쭤봤다.

"입덧은 안 하고 속만 쓰린데, 혹시 문제 있는 거 아닌가요? 왜 이런 증상이 나타나는 걸까요."

"태아가 자랄수록 엄마의 장기를 짓누르게 되니 위산이 올라오거나 불편한 느낌이 들 수밖에 없어요. 당연히 그런 거니까 너무 걱정하지 마세요."

선생님께서는 별거 아니라는 듯 답해주셨다. 우린 그런 줄도

모르고 어찌나 걱정했는지. 아내가 임신한 지 3개월째, 몸의
조그마한 변화 하나하나에 웃고 울며 걱정하고 하루에도 몇 번
씩 안심과 불안 사이를 오가던 때였다.

2

고추라니까 왠지 안심이다

2019년 12월 20일. 임신을 확인하고 거의 넉 달이 지나서야 아이의 성별을 알게 됐다. 배 속의 아이는 아들이라고 했다. 엄연히 법이 금지하고 있는지라 의사가 직접적으로 알려주진 않고, 가벼운 힌트가 섞인 말을 들을 수 있었다.°

"다리 사이에 뭔가 있는 것 같은데, 여기 보이시죠?"

° 舊 의료법 제20조 2항 '의료인은 임신 32주 이전에 태아나 임부를 진찰하거나 검사하면서 알게 된 태아의 성을 임부, 임부의 가족 및 그밖의 다른 사람이 알게 하여서는 아니된다.' 해당 법률은 지난 2024년, 헌법재판소의 위헌 결정에 따라 의료법이 개정됨으로써 역사의 뒤안길로 사라졌다.

"잘 안 보이는데……, 혹시 뭐 안 좋은 거라도 있는 건가요?"

　나는 눈치 없이 그 말을 곧이곧대로 받아들였다. 걱정 어린 표정으로 대답했다. 의사 선생님도 아내도 도대체 얘는 무슨 소릴 하는 거야, 라는 눈빛으로 나를 쳐다보기에 그제야 뒤늦게 알아차렸다. 다리 사이에 있는 그 '뭔가'가 바로 고추라는 걸. 나 원, 내가 이렇게나 말귀 못 알아듣는 아둔패기였을 줄이야. 주변 사람들에게서 늘 들었던 말이 "여자아이면 핑크색 옷, 남자아이면 파란색 옷을 준비하셔야겠네요" 같은 대사여서 언제쯤이면 색깔을 말해주나 하며 이제나저제나 기다리고 있던 참이었다.

　'딸바보'의 꿈은 끝났다. 기왕이면 아들보다는 딸이 훨씬 귀엽고 애교도 많다 그리고 아기자기하게 키우는 맛이 있을 것 같아서 은근히 여자아이길 바랐는데, 결과가 이렇게 나와버렸다. 나의 부모님도 손녀를 바라신다고 했었는데. 나와 남동생, 이렇게 아들만 둘을 키웠기에 딸을 키우는 느낌이 어떤지 너무나도 궁금하다고 하셨더랬다. 손녀딸을 보면서 궁금증을 해소하고 싶으시다며. 하지만 결국 평생 그 기분 느껴보실 일이 없게 됐다. 죄송한데 저희는 둘째까지 낳을 생각은 없습니다. 첫째를 낳는 것도 인생에서 가장 큰 도전이라고요.

　잘 보이지도 않는 고추를 어떻게든 보겠다며 눈을 가늘게 뜨고서 사진을 한참이나 바라봤다. 그럼에도 고추는 고사하고 겨우 발의 형체 정도만 알아볼 수 있었다. 저게 발가락인지 발인지 모를 정도로 조그맣다. 그 작은 발을 바라보고 있자니 문득 아내가 결혼 전에 살던 집이 떠올랐다.

 아내가 할머니, 고모와 함께 셋이서 살던 서울시 용산구 동빙고동 2층 양옥집. 기르던 강아지 세 마리마저도 암컷이어서 여자만 여섯이던 작은 아마조네스 왕국 같던 곳이었다. 금남의 구역에 발을 내디딘 나는 그곳에서 밥을 얻어먹거나 차를 마시거나 했다. 그러던 어느 날, 나한테 안 신는 신발이 있으면 한 켤레만 달라는 부탁을 받았다. 여자들만 사는 집처럼 보이면 위험하니까 현관에 둘 만한 신발이 필요하다고. 남자 신발, 그냥 남자 신발이 아니라 투박하고 커다랗게 생긴, 왠지 발냄새가 풀풀 나면서 무좀에 시달리는 아재가 신을 것 같이 생긴 등산화 같은 거면 더 좋겠다고 했다. 마침 신고 다닌 지 거의 5년이 넘은 낡고 촌스러운 등산화가 있어서(물론 냄새는 나지 않았다. 정말이다) 기꺼이 그 집 현관에 놓아드렸더랬다. 아직 예비군이 끝나지 않았을 때라 군화를 놔드리지는 못했다. 건장한 젊은 남자가 사는 집처럼 보이려면 그게 더 효과가 좋았을 것 같았는데. 그 집 현관에 신발을 놓으면서 여자로 사는 게 참 고단하겠다고 생각했다. 비단 신발뿐이겠나. 얼마나 많은 말 못할 일들을 겪어왔을까. 남자로 살면 이런 힘듦을 겪지 않아도 되니 아들이어서 다행일지도 모르겠다.

"여자로 살기에 위험한 세상이니까 사내아이도 괜찮은 것 같애."

아내도 배 속의 아이가 아들이라는 소식에 아쉬워하면서도 왠지 모르게 안심되기도 한다고 말했다. 워낙 흉흉한 뉴스가 많은 요즈음이라 딸보다는 아들이 낫겠다는 생각에서였다. 물론 남자라고 해서 여자보다 마냥 편하게 살 수 있는 건 아니지만서도. 세상이 이상한 건지 우리가 이상한 건지, 이런 걸로 안심하고 있다.

우리 아이가 고추를 달고 있다는 걸 알게 된 날, 아내가 초음파 사진에 이런 메모를 남겼다.

"복아! 너는 사내아이였구나. 드디어 알게 되었어! 건강, 또 건강하렴."

나도 아내가 쓴 메모 옆에 글을 하나 썼다가 등짝을 얻어맞았다.

"아들아, 기왕 남자로 태어날 거, 그거는 크게 달고 태어나거라."

이제 아빠가 되었으니 제발 좀 진중해지라며 아내가 야단쳤다. 그런데 사랑이, 아니 사람이 어떻게 변하니. 이렇게 생겨먹은 걸 이제 와서 어떻게 하라구. 아내 모르게 혼자서 마음속으로 생각했다. 나중에 아이가 태어나면 아들 둘을 키우는 기분을 느끼게 해줄 테다. 내가 큰아들 역할, 아이는 작은 아들

역할. 이렇게. 어디 한번 기대해보렴. 이런 생각을 하는 걸 보니 나는 아직도 정신을 못 차렸구나 싶다.

그나저나 부모님은 손주가 '고추'를 달고 있다는 소식을 들으시더니 무척 기뻐하셨다. 전화 수화기 너머로도 환하게 웃고 계신 얼굴이 눈앞에 또렷이 그려질 만큼 목소리가 밝았다. 아직 우리네 부모님 세대는 겉으로 말씀은 하지 않더라도, 딸보다는 아들이 더 좋으신가 보다. 아니 언제는 손자보다는 어여쁜 손녀가 좋다면서요? 고추는 둘이나 키워봐서 지겹다는 말, 그거 다 거짓말이셨습니꽈아.

3

이래 봬도 왕실 태교 받은 사람이야

"느그 남편 들어섰을 때 '왕실 태교'를 했데이. 임신 기간 중에는 좋은 것만 보고 듣고 묵고 그래야 된다카이."

어머니는 임신 후기에 들어선 아내에게 태교의 중요성에 대해 강조하셨다. 너의 남편, 그러니까 나를 가지셨을 때 소위 왕실 태교법을 따라 하셨다는 자랑인지 부탁인지 아리송한 말씀도 하셨다. 며느리에게 전하는 이런저런 당부의 말씀은 계속해서 이어졌다. 첫 손주에 대한 기대감이 크신지 전하고 싶은 말씀이 많으셨나보다.

한참이나 수화기에 대고 얌전하게[왠지 모르겠지만 시댁(나는 처가댁)에서 걸려온 전화는 자리에 가만히 선 채 보이지도 않는 허공에다

꾸벅 인사를 하고 두 손을 맞잡은 공손한 자세로 받게 된다] 네, 네, 알 겠어요 어머님, 거리던 아내는 전화를 끊고 나서 깔깔 웃었다. 시어머님 말씀을 듣는 중엔 피식거릴 수 없으니 내내 참다가 통화가 끝나기가 무섭게 곧바로 뱉어내는 웃음이었다. 클래식 공연장에서 매너를 지키느라 연주 내내 침묵으로 막아뒀던 재채기를 곡이 끝나자마자 콜록거리는 모습 같다. 그나저나 대체 무슨 말을 들었기에 저렇게나 웃나.

"뭐가 그리 웃겨서 그래?"

"아니. 네가 어머님 배 속에 있을 때 왕실 태교를 하셨대. 아 닌가, 황제 태교라고 하셨던가."

왠지 얼굴이 화끈 달아올랐다. 내가 왕실 태교를 받았다는 건 서른여섯 해를 살면서 난생처음 듣는 얘기였다. 어머니, 제게 는 왜 그런 말씀을 해주지 않으셨나요. 나에 대한 낯부끄러운 비밀 하나가 본인의 동의도 없이 타인의 입으로 까발려진 듯한 기분이었다.

"내가 그런 걸 받았다고? 엄마 뱃속에 있을 때라 당연히 기억 은 안 나지만……. 근데 그게 그렇게 웃겨?"

"웃기지 그럼. 왕실 태교 받았다는 사람이 왜 이 모양인 거야 대체."

"아니. 내가 어디가 어때서? 뭔지는 모르지만 이래봬도 왕실 태교 받은 사람이야 내가. 이거 왜 이러셔."

한참이나 배를 잡고 웃는 아내에게 괜히 발끈하게 된다. 아내 눈에는 아무래도 내가 '(이보게 관상가 양반, 내가) 왕이 될 상'도 '왕실 태교'를 받은 귀인처럼도 보이지 않는가 보다. 그런데 내가 뭐 어때서 그러는지 모르겠다. 내가 그런 태교의 수혜자인지 이번에 난생처음 들었고 당연히 기억도 나지 않는 왕실 태교지만, 이 정도면 훌륭하게 잘 컸지 뭘 더 어쩌라는 건지. 여하튼 그런 사실을 알았으니 이제부터 나는 나에게 조금 더 당당해지련다.

그러잖아도 임신 후기에 돌입하게 되면서 태교에 관심이 커지던 때라 어머님께서 말씀하신 왕실의 태교가 어떤 내용인지 궁금해졌다. 자료를 찾아보니 조선시대에도 태교를 중히 여겼다 한다. 세종의 명을 받아 노중례가 편찬한 『태산요록』, 정조 때 사주당 이씨가 저술한 『태교신기』라는 태교 지침서도 있었다고. 선조들은 배 속의 아기도 이미 태어난 아이처럼 똑같이 보고 듣고 느낀다고 믿었다. 당연히 왕실 역시 왕조의 번영을 위해 왕자씨의 태교에 무척 공을 들였다.

왕실에서는 왕비나 후궁이 새 생명을 잉태한 직후 궁중 악사들의 연주를 듣는 음악 태교를 행했다. 서양에서도 임신부들은 현악 협주곡을 듣는다더니 사람 사는 게 다 거기서 거기다. 피리 소리처럼 시끄러운 악기가 아닌 단정한 분위기의 현악기인 가야금과 거문고의 선율을 들으면서 왕손의 두뇌 발달을 꾀했다. 요즘에는 국립 고궁박물관에서 진행하는 왕실 태교 프로그램에도 가야금 연주를 들려주는 태교 콘서트가 있다고 들었다.

  배 속 아기에게는 음악을 들려주는 것뿐만 아니라 문학 태교도 행해졌다. 임신부는 옥판에 새긴 성현의 글을 외는 것으로 매일 아침을 맞았다. 태아가 소리를 들을 수 있다고 생각했던 임신 5개월부터는 낮에는 내시가, 밤에는 상궁과 나인이 책을 읽어줬다. 『천자문』『동몽선습』『명심보감』과 같은 엄선된 책들이었다. 특히 아침에 잠에서 깬 직후, 밤에 잠들기 직전에 읽어주는 게 태내로 전달하기 좋은 시간대였다고 한다.

  회임한 왕비의 처소에는 십장생도 병풍을 펼쳐 놓았다. 불로장생을 대표하는 해, 산, 구름, 학, 소나무 등의 열 가지 사물을 그린 그림으로 아기의 무병장수를 기원한 것. 병풍뿐만 아니라 도화서의 화원들이 그린 화려하고 아름다운 그림까지 보면서 중전마마께서는 심신을 다스렸다. 임산부는 아름다운 것만 보고 지내라는 의미였을 게다.

  임신 7개월에 들어서면 기름진 고기반찬을 피하고 아침 식전에 순두부를 먹었다고 한다. 콩으로 된 음식이 태아에게 좋다는 설이 있었기 때문이다. 궁중이었지만 값비싼 재료보다는 제철 음식을, 그 음식들도 음양오행과 상성에 맞춰 구분하여 섭취했다. 특히 단맛은 경계의 대상이었다고 한다. 당이 분해될 때 체내의 칼슘을 빼앗아 대사기능을 방해한다는 것을 조상들은 경험으로 알고 있었던 거다. 산달에 들어서면 상궁과 나인의 수를 두 배로 늘려 임신부의 영양 관리에 만전을 기했다고도 전해진다.°

이렇듯 좋은 걸 듣고 보고 먹고 행하는 것이 왕실 태교였다. 유가의 궁극적 목표인 '성인聖人'을 만들기 위한 노력의 총체라고 할 만큼 많은 일들을 행했다. 그런데 곰곰이 생각해보니 조선 왕실의 태교법이라는 게 정말 믿을 만한 걸까? 문득 예종이나 인종처럼 단명한 왕들과 연산군이라는 최악의 '실패작'들이 떠올랐다. 제아무리 태교를 열심히 한들 타고난 팔자나 기질은 어찌할 수 없었던 것. 그렇다고 우리와 아무 연도 없는 임금들 때문에 태교를 하지 않을 순 없다.

우리는 태교법, 그중에서도 특히 좋은 걸 '들려주기' 위한 노력을 많이 기울였다. '먹는' 거야 이미 임신 전부터 먹고 싶은 걸 아끼지 않고 잘 먹고 다녔고 임신 이후에는 커피와 술을 일절 끊고서 과일도 자주 먹었다. 과일도 못생긴 건 내가 먹고 예쁘고 매끈한 것만 아내 입으로 가게 하고. '보기' 좋은 건 이미 집에서 잘생긴 남편 얼굴만 봐도 좋은 거 아니겠나, 라고 농을 쳤지만 아내는 그게 무슨 말 같잖은 소리냐며 정색했다. 회사

° 『왕실태교』(권동연 엮음, 베프북스)를 참고했다.

를 그만둔 덕분에 꼴 보기 싫은 인간들 얼굴을 안 봐도 되니 절로 태교가 되는 거지 딱히 네 얼굴이 태교에 좋은 것 같지는 않단다. 퇴사로 인한 백수 생활이야말로 최고의 태교라는 거다. 임신할 즈음에는 퍼즐 맞추기나 예쁜 그림 그리기를 하면서 나름대로 심신을 다스리던 아내. 그래서 먹는 것, 보는 것을 제하고 나니 우리에게 남은 건 아이에게 좋은 걸 들려주는 일이었다.

거실 오디오에는 FM 93.1 MHz 클래식 채널을 항상 켜놨다. 평소에는 거들떠보지도 않았던 주파수다. 날이면 날마다 클래식, 가끔은 국악이나 재즈 선율이 집 안을 은은하게 채웠다. 다만, 높은 톤의 여성 소프라노나 귀를 찌르는 듯한 바이올린 연주곡은 아무래도 아내 취향이 아니었다. 눈살을 찌푸리는 아내를 위해서 클래식 채널을 듣다가도 종종 라디오를 끄고 아내 취향의 보사노바나 제3세계의 아프로-쿠바 음악, 비교적 얌전한 기타 연주가 담긴 재즈 앨범을 듣곤 했다. 이를테면 카를로스 조빔, 부에나비스타소셜클럽, 팻 메스니 등의 명반들이었다.

늦은 밤 둘이서 세상 가장 편한 자세로 소파에 누워있던 시간엔 아내의 배에다 얼굴을 갖다 대고서 이런저런 이야기를 했다. 이른바 '태담'이었다. 연애하던 때의 추억담, 벌써 알 필요는 없을 직장생활 요령, 하다 하다 부동산과 재테크 팁까지 별

의별 이야기를 주절주절 늘어놨다. 쓸데없는 이야기까지 한다
며 아내가 눈을 흘길 때까지 한참을 배에다 소근거렸다. 그러
다가 정말로 이야깃거리가 떨어지면 서점에서 미리 사 온 아동
용 동화책과 동시집을 읽어줬다. 동화를 읽어줄 땐 마치 '이야
기 할머니'라도 된 듯 열심히 연기를 했다. 생전 내본 적 없는
근엄한 사또나 장난스러운 도깨비의 말투와, 토끼나 호랑이 같
은 의인화된 동물의 목소리까지 꾸며가면서.

 아직 말귀를 알아듣지도 못할 아이한테 과한 정성을 들이는
걸까. 아니, 그렇지 않을 거다. 어디선가 읽었는데 뱃속의 아기
는 엄마의 목소리보다 아빠가 내는 목소리에 더욱 민감하게 반
응한다고 했다. 저음의 파동이 태아한테 자극이 돼서 성장에
더 좋다는 설명이 있었다. 사실인지는 모르겠지만 여하튼 아빠
라는 존재는 엄마와는 달리 아이와 직접적으로 연결되어 있지
않으니, 이렇게라도 출산 전부터라도 서로에게 조금이나마 더
가까이 닿아보기 위해 애써본다. 미리 친해져서 나쁠 건 없을
테니까. 일방적인 애정일 수도 있지만 내가 말할 때마다 아이
가 엄마 배를 툭툭 차는 걸로 봐선 아빠 목소리가 마음에 드는
게 틀림없다. 듣기 싫다는 거부 반응은 아닐까, 혹시나 하는 마
음이 들기도 했지만.

 불과 몇 달 전만 하더라도 우리 인생에는 아이 같은 건 없다
고, 임신이 가능하기나 할까 하는 생각을 했다. 태아 심장이 뛰

는 소리를 듣고 나서는 다른 건 아무것도 필요 없고 건강하기만 하면 더는 바랄 게 없었다. 하지만 어느 순간부터 욕심이 자라났다. 초음파 사진을 보며 기왕이면 얼굴이 잘 생겼으면 좋겠다, 라고 생각하더니만 이제는 '좋은 인간'을 낳길 바라며 불철주야 노력한다. 타고난 기질이야 어쩔 수 없지만 할 수 있는 만큼은 해봐야 할 터. 왕실 태교까지는 아니더라도 나름의 태교를 하는 중이다. 자신의 창조물이 눈을 뜨기 직전까지 설레하던 프랑켄슈타인 박사의 심정도 이랬을까. 실패한 그와는 달리 우리의 창조 실험은 성공하기를. 아이가 태어나면 성공 여부를 확인할 수 있을 게다.

4

육아는 아이템빨이라더라

누군가가 말하길 육아는 아이템빨이라더라. 프랑스 철학자 앙리 루이 베르그송은 인간의 본질은 '도구를 이용해 유·무형의 산물을 만들어내는' 것이라며 인간을 일컬어 "도구의 인간", 호모 파베르Homo Faber라 칭했다. 그 말마따나 내가 자연인도 아니고 맨몸, 맨손으로만 아기를 키울 수는 없는 노릇이다. 그래서 인간다운 육아 생활을 위해 도구들을 사러 나서보기로 했다. 뭐를 하든지 유비무환이라 하였다.

아내의 배가 제법 불렀을 때쯤 일산 킨텍스에서 열린 '맘앤베이비 엑스포'라는 행사에 들렀다. 주변 사람들은 엑스포에 가봐야 한다, 그럴 필요가 없다, 두 파로 갈라져서 나를 혼란스럽게 했다. 찬성파는 육아 초보들은 어떤 물건들이 필요한지 잘 모르니까 눈으로 직접 한번 봐야 감이 잡힌다는 의견, 반대파는 어차피 필요한 물건들은 알아서 사게 될 텐데 괜히 엑스포 따위에 가면 호객 행위에 낚여서 쓸데없는 지출만 늘어난다는 입장이었다. 이걸 가야 하는 거야 말아야 하는 거야? 고민 끝에 우리는 '가보되 거기서 물건을 사지는 말자'라는 지킬 수 있을지 모를 다짐을 하고서 길을 나섰다.

 행사는 생각 이상으로 거대했다. 입이 떡 벌어질 정도로 어마어마한 육아용품들과 수많은 업체들이 장사진을 이루고 있었다. 아이를 낳지 않았다면 평생 모르고 살았을 낯선 세상이었다. 막연하게 유모차는 좋은 걸로 하나 사야지, 라고 생각했는데 그 '유모차의 세계'에서는 국산인지 외제인지, 바퀴 크기가 얼마나 큰지, 몇 단으로 접히는지, 접는 건 얼마나 쉬운지, 일체형인지 바구니를 끼우는 형태인지, 높이 조절은 되는지, 커버는 어떤 걸 쓰는지 등에 따라 각양각색의 녀석들이 저마다 자신을 뽐내고 있었다. 물건 하나 사는 데 따질 게 너무 많아 머리가 지끈거렸다. 비단 유모차뿐이랴, 우리는 처음 접하는 신세계의 문물들에 정신을 못 차리고 한참 구경하며 돌아다녔다. 그 모습은 마치 개화기 무렵 미국에 파견되어 근대 문물을 견문하면서 눈이 휘둥그레졌을 조선의 보빙사 일행과 비슷해 보였을 게다.

스펀지가 물을 빨아들이듯 육아용품 지식을 흠뻑 충전해온 아내는 미친 듯이 인터넷 쇼핑을 시작했다. 아내의 장점 중의 하나, 일단 결정을 내리면 망설임 없이 단호하고 신속하게 행동한다는 것이다. 매일 벨 소리와 현관문을 두드리는 노크 소리가 끊이지 않았다. 택배, 택배, 또다시 택배가 밀려드는 나날들이었다. 아마도 우리가 알게 된 모든 종류의 육아용품들을 죄다 주문한 듯하다. 가제수건, 물티슈, 아기 옷 같은 물건들은 지인들로부터 선물도 많이 받았다. 새로 산 것뿐만 아니라 물려받은 동화책, 아기 의자, 모빌 등의 물건들도 방 한구석에 점점 쌓이기 시작했다. 새로운 생명의 탄생을 위해 다들 이렇게나 물심양면으로 도와주실 줄이야. 아프리카 속담에 "아이 하나를 키우는 데는 마을 전체가 필요하다"더니 정말 그렇다.

'아기용품들의 산'이 만들어지는 걸 보다 보니, 문득 우리가 도구에 지나치게 의존하는 건 아닐까 하는 걱정도 들었다. 영국 출신 작가 겸 방송인이자 학자인 바이바 크레건리드는 저서 『의자의 배신』에서 인간의 편리를 위해 만들어진 도구가 오히려 인간의 몸을 해치고 있다는 역설적인 주장을 한다. 사무실에 앉아서 일하거나 집에서 편히 쉴 수 있게 해주는 의자라는 물건이, 실은 오랫동안 수렵과 채집 생활을 해와서 아직 석기 시대 때와 크게 달라지지 않은 인류의 몸에는 맞지 않는 탓에 요통을 비롯한 각종 질병에 시달리게 하는 원흉이라고. 그렇다면 우리도 마냥 도구만을 찾기보다는 몸을 부딪쳐가며 아이를 돌봐야 하지 않을까? 부모의 체온과 숨결과 손길이 아이에게 직접적으로 가 닿을 수 있게 말이다. 우리 최대한 날 것의 육아법으로 아기를 키워보자. 이제 도구는 그만 사 모으고. 지킬 수 있을지 모를 다짐을 아내와 함께 되뇌었다.

불과 몇 달 전만 하더라도 존재조차 몰랐는데 이렇게 하나둘 육아용품의 세계를 알아가던 때, 마지막으로는 돈을 주고도 살 수 없는 물건을 하나 선물 받았다. 어머니께서 지인을 통해 구해 온 연보랏빛의 털신이었다. 실제로 아이가 신는 신발이라기엔 얼기설기 볼품없이 생겨먹었다. 이런 건 대체 어디서 구했냐고 어머니께 물으니 생각지도 못한 답이 돌아왔다.

"느그가 애가 안 생기는 거 같아갖꼬 영험하다는 분한테 받아온 기다. 귀한 물건인기라. 그분한테 이 신발 받아온 사람들은 전부 다 애가 생겼다카이."

알고 보니 신발이라기보단 부적에 가까운 물건이었다. 연애한 지 장장 11년, 결혼한 지 3년이 지나도록 아이를 낳지 않고 있으니 겉으로 표현은 못 해도 집에서는 걱정이 이만저만이 아니었나보다. 드라마에 나오는 나쁜 시어머니처럼 보일까 봐 "대체 아이는 언제 낳을 거냐?"란 말도 못 하시고 속으로만 마음 졸이셨다고. 혹여나 우리 부부가 노력을 하는 중인데도 임신이 안 되는 걸까 싶어 이런 미신 같은 털신을 받아오셨단다.

당신은 교회를 다니는 분이면서 별일을 다 하셨습니다. 자식들에 대한 걱정과 혹여나 마음을 상하게 하면 어쩌나 하는 조심스러움과, 그러면서도 간절한 원이 한데 담겨있는 조그마한 털신을 받으니 어머니의 마음이 느껴져서 코끝이 찡해졌다. 그럼에도 마음과는 다른 말이 입에서 튀어나왔다.

"에이, 쓸데없그로 뭘 이런 걸 받아 왔심니꺼. 이런 거 다 미신입니데이."

어쩌면 아내가 예상 외로 쉽게 임신한 건 우연이 아닐지도 모른다. 간절한 바람이 담긴 물건은 뜻하지 않은 힘을 지녔을 수도 있다. 그리고 그런 영험한 물건 덕분인지 2020년 4월 2일, 복이는 마침내 머리가 위에서 아래로 내려왔다. 그동안 초음파 사진을 찍어 볼 때마다 계속해서 거꾸로인 자세를 유지하고 있기에 수술을 해야 하나 걱정하고 있었는데 마지막 한 달을 남겨두고 마침내 '역아逆兒'가 아니게 되었다. 이제 출산 예정일인 5월까지 한 달밖에 남지 않았을 때, 산더미처럼 쌓인 육아템들 사이에서 하루하루를 보내던 시절이었다.

5

출산 순간은
한밤중에 찾아온 밤손님처럼

2020년 5월 1일 새벽 3시 45분.

소파에 누워서 꾸벅꾸벅 졸던 아내가 갑자기 화장실로 달려
갔다. 몸에서 무언가 쑤욱 하고 흘러내린 것 같아서 아랫도리
를 살펴봤더니 은은한 핏물이 이슬처럼 비쳐 있더랬다. 양수
가 터진 걸까. 예정일보다 닷새나 일찍이긴 하지만 올 것이 왔
구나.

진통이 곧바로 찾아오지는 않았다. 『춘향전』의 어사 출도 대
목에서 '역졸들이 해 같은 마패를 달같이 들어매고 달 같은 마
패를 해같이 들어매고 사면에서 우루루루루 삼문을 후닥딱' 들
이닥쳐 난리를 피우듯이, 갑작스레 들이닥친 고통에 배를 부여

잡고 뒹굴게 될 줄 알았는데 그러지는 않더라. 의외로 평온한 아내와 함께 미리 싸놨던 짐을 챙기고, 출산 가방에 여벌 속옷을 더 욱여넣고, 편한 옷으로 갈아입은 뒤 병원 분만실에 전화를 걸었다.

"김○○ 산모 보호자인데요, 양수가 터진 것 같아요. 저희 지금 바로 갈게요."

차를 타고 달리는 새벽의 도로는 한산했다. 집에서 신촌세브란스 병원으로 가는 길은 늘 막혀서 30분 넘게 걸렸는데 불과 10여 분 만에 병원 주차장에 도착했다. 가던 길엔 차창을 열어 뒀다. 당분간 병원에 갇혀서 신선한 공기를 못 쐴 테니 지금 충분히 마셔두기 위해서였다. 늦봄치고 아직까진 차가운 밤공기 때문인지 혹은 인생에서 처음으로 겪는 일에 긴장해서인지, 숨을 들이쉬고 내쉴 때마다 몸이 덜덜 떨려왔다. 운전대를 잡은 팔에는 오돌토돌 소름이 돋았다. 수능 시험 고사장이나 취업 면접장 앞 대기실에서, 결혼식 날 신랑 입장 때 등등 인생의 모든 떨리던 순간을 죄다 합쳐 놓은 것보다 더하게 긴장했다.

"기분이 어때? 아프지는 않아?"

"아직 잘 모르겠어."

떨고 있는 나와는 달리 아내는 차분해 보이는 얼굴이었다. 오히려 여유로운 태도로 남편인 나를 놀린다.

"너 아까 보니까 짐 싸면서 엄청 허둥지둥하던데. 그럴 거면 그동안 뭐 하러 연습했어? 많이 놀랐나 봐. 네가 산모야, 내가 산모야?"

임신부는 평소에 늘 준비된 자세로 있어야지, 오늘이라도 당장 아이가 나올 수 있으니 정신 똑바로 차려야 한다, 나는 긴장 같은 거 안 하는 사람이라 괜찮은데 네가 걱정이다, 혹여나 진통이 오더라도 너무 놀라면 안 돼 따위 잔소리를 시도 때도 없이 아내에게 해댔는데 내가 이럴 줄이야. 출산이라는 건 마치 '한밤중에 든 도둑' 같았다. 아무리 대비했음에도 불구하고 하나도 준비가 안 된 듯 들이닥치는 거였다. 언젠가 이 밤손님께서 느닷없이 찾아오겠지 하면서 마음속으로 수십 수백 번 상상하며 맞이할 준비를 했다. 그런데 정작 때가 되니 그동안의 일은 하나도 생각나지 않았다. 뇌를 락스 물에 넣어 박박 씻기라도 한 듯 머릿속이 새하얗다.

병원에 도착해서 아내는 홀로 이런저런 검사를 받았다. 코로나19라는 전대미문의 전염병 때문에 남편인 나는 분만실에 들어갈 수 없었다. 세상에 이럴 수가 있나. 보호자 대기실에 앉아 발만 동동 굴렀다. 아내 혼자서 고통과 두려움의 시간을 잘 견뎌낼 수 있을지 걱정이 태산이다. 같이 있지 못하니까 진통의 순간에는 영상통화라도 하면서 서로 얼굴을 봐야 하나 실제로 곁에 있어 줘야 힘이 날 텐데. 휴대폰으로 톡을 주고받으면서 응원을 해보지만 이깟 걸로 힘이 될지 모르겠다.

그런데 갑자기 나더러 병실로 들어오라는 연락이 왔다. 다행히도 오늘부터 가족분만실에 남편이 같이 들어갈 수 있단다. 코로나19 확산세가 주춤해졌을 때라 병원 정책이 바뀌어서 보호자와 산모가 함께할 수 있게 됐다고. 검사를 마치고 오전 여섯 시 무렵 입원한 아내를 뒤따라 나도 분만실로 들어왔다. 외따로 떨어져 있지 않고 이렇게 마주 보고 있으니 한결 낫다. 혼자보단 둘, 둘보단 셋, 여기 셋이 같이 뭉쳐 CB Mass, 아, 이게 무슨 헛소리야. 정신을 못 차리고 횡설수설한다. 여하튼 둘이 함께하니 분만이든 뭐든 그 어떤 것도 이겨 낼 수 있을 것 같다.

5월 1일 노동절이지만 주치의 선생님께서도 오전에 분만실에 들르셨다. 의사 가운이 아니라 쉬는 날의 나들이용 옷차림이었다. 담당 산모가 입원했으니 병원에 오지 않을 수가 없었겠지. 이런 걸 보니 의사는 쉬는 날이라는 게 없구나 싶었다. 의사는 역시 힘든 직업이야. 선생님께서는 아내의 몸에서 흘러내린 '빨간 물'이 양수인지 아닌지 아직 확실친 않지만 핏물이 흘러나왔으니, 다소 이른 감은 있지만 입원하자고 한다. 예정일보다는 다소 이른 날짜지만 이제 때가 된 것 같다는 말씀. 이렇게 '분만의 날'이 시작되었다.

5월 1일 오전

지난 새벽녘 병원 분만실로 들어온 후 한참이나 지났다. 날이 조금씩 밝아 오더니 어느새 해가 중천이다. 그럼에도 아이는 나올 기미가 전혀 없다. 아내는 그 흔한 진통도 느껴지지 않는 단다. 어느 하세월에 나올는지. 이러다가 "오늘은 아닌 것 같네요"라는 말을 들으면서 집으로 돌아가야 하는 건 아닌지 모르겠다.

오후 1시 40분

도저히 기미가 없길래 '분만 촉진제'를 투입했다. 이 약은 자궁을 수축시키는 거라서 이제는 통증이 찾아올 거다. 본격적으로 힘들어지는 시간이 시작됐다. 아내는 마침내 통증을 느끼긴 했는데, 어째서인지 배가 아픈 게 아니라 허리가 아프다고 한다. 5~10분 주기의 강한 고통이 아니라, 작은 고통이 끊임없이 닥쳐와서 힘들어한다. 진통이 심해져서 진통제를 놔달라고 사정하는 아내. 병원에서는 냉정하게도 "절대 안 된다"고 한다. 경부가 너무 위쪽에 있어서 출산까지 아직 한참 남았다고. 무리해서 진통제를 놨다간 통증은 통증대로 그대로 느끼고 출산은 출산대로 늦춰질 수 있다면서 힘들어하는 산모를 달랜다.

오후 8시

아무래도 아이가 나오지 않을 것 같아서 결국 촉진제 투여를 중단했다. 오늘은 여기까지 합시다. 촉진제를 끊으니 진통은 다소 잦아들었다. 아내는 아픔이 조금 누그러지고 몸을 움직일 만해지니 주섬주섬 일어나 늦은 저녁밥을 먹었다. 온몸이 땀으로 흠뻑 젖은 채 밥을 씹는데 이게 무슨 맛인지도 모르겠단다. 한나절 동안 아내의 얼굴 살이 많이 빠진 것 같다.

다음 날인 5월 2일 오전 0시

야밤에 의사들이 들어와서는 경부를 아래쪽으로 내려오게 하는 약을 투여했다. 30분쯤 지나면 약효가 나타날 것이라고 한다. 어제의 그 진통이 다시금 찾아올까 두렵다. 우리가 이러는 와중에도 바깥의 다른 분만실에서는 갓 태어난 새 생명들의 울음소리가 끊이지 않고 들려온다. 우리 아이 낳기는 죽을 것 같이 어려운데 남들이 아이 낳는 건 왜 이리도 쉬워 보일까. 들려오는 아이들의 울음소리는 제각각이다. 수많은 울음소리 중 단하나도 똑같은 울음이 없다는 게 신기하다.

오전 3시 15분

아내는 얕은 새벽잠이 들었다가 아픔 때문에 계속해서 잠에서 깼다. 그리고 운다. 너무 아파. 아파아아. 아프다고오오오.

아아, 그냥 제왕절개할걸. 이게 도대체 뭐냐고. 곁에서 지켜보고 있기가 괴롭다. 결국 엉덩이에 가벼운 진통제 주사 한 방을 맞았다. 맞고 나니 통증이 훨씬 줄어들어서 이제야 살 만하다고 한다. 그리고 무척 졸린다고 한다. 비몽사몽 하며 중얼거리는 아내의 눈꺼풀이 무거워 보인다.

오전 3시 40분

마취과에서 사람들이 왔다. 척추에 놓는 '무통 주사' 바늘을 찔러 넣으러 온 거였다. 말로만 듣던 신비의 영약, 무통 주사를 드디어 뵙는다. 그런데 아직까지 약을 넣을 때는 아니라서 주사만 달아주고 갈 거라고 한다. 투약하는 것도 아니고 고작 주삿바늘만 다는 데에도 의외로 시술 시간이 길다. 30여 분이나 걸린다고 한다.

오전 7시 30분

아무 역할도 하지 못하는 바늘만 달아둔 채 몇 시간이나 지나고서, 기다리고 기다리던 무통 주사약을 드디어 놨다. 아내는 아픈 와중에도 기쁨으로 얼굴이 폈다. 통증이 줄어들길 바라는 기대감이 서려 있는 눈빛을 하고서. 효과가 있는지 아파하는 소리가 점점 줄어든다. 이게 바로 진리의 무통 주사로구나. 이 순간만큼은 이 약이 세상에서 가장 좋은 약처럼 느껴진다. 아내가 기쁨의 눈물을 흘리니 아예 한 통을 가져와서 넣어준다. 위대하신 약의 권능 앞에 우리는 경배하듯 납작 엎드렸다.

오전 11시

불과 10분 전만 해도 아이가 나올 기미가 없다더니 어느새 아내의 골반이 다 열렸다고 한다. 이제 몇 시간 안에 아이가 나올 테니 준비하라는 말을 들었다. 밤새 아내를 괴롭히던 진통은 오히려 잦아든 상태라서 이상하다. 이렇게 배가 안 아픈데도 애가 나온다고? 출산 시의 고통을 밤새 미리 당겨 겪어놔서 그런 걸까 이상하게도 진통이 없다. 그냥 이대로 하나도 안 아픈 채로 아이를 낳았으면 좋겠다. 아내와 함께 '아프지 않은 출산'이라는 이뤄질 리 없는 소원을 빌어본다.

오전 11시 30분

간호사 선생님들이 우르르 몰려왔다.

"산모님은 이제 힘주기 연습합시다. 남편분은 분만실 밖에 계세요."

"어라, 저는 옆에서 같이 힘 안 주나요?"

수간호사가 웃는다. 너는 할 수 있는 일 따위 없으니 빨리 나가라는 눈빛으로 나를 쳐다본다. 산모가 고통에 겨워하며 남편의 머리채를 붙잡고서 "이게 다 너 때문이야, 이 나쁜 놈아!",

이렇게 악쓰며 외치는 장면 따위를 상상했는데 그런 건 드라마에서나 나오는 일인가 보다. 머리채를 내어주질 못하니 미안한 마음이 들었다.

오전 11시 50분

다시 분만실로 들어왔다. 아내의 열을 쟀더니 무려 38도가 나와서 아이스팩 두 개를 가져다준다. 하나는 등에 하나는 품에 안고 기다리면서 열을 식혀주란다. 산모의 체온이 너무 높아서 일단 힘 주기는 일시 중단했다.

오후 12시 10분

"지금부터 남편은 밖에 나가 계세요."

또다시 분만실 밖으로 쫓겨났다. 이제 진짜 마지막 고비라고 한다.

"아자아자. 산모님, 힘주세요!"

"아아아악. 흐으으읍."

"잘한다 잘한다. 숨 깊게 들이쉬고 후우우우. 그렇지."

"더더더더. 버티셔야 해요."

"으으으윽. 아아아악."

분만실 안에서 이런 말들이 흘러나온다. 30분 힘을 준 후 5분 동안 쉬는 시간, 그리고 다시 시작. 시간이 어찌나 더디게 흐르는지. 1분이 한 시간처럼 느껴진다.

오후 1시

드디어 때가 됐다. 이번에는 진짜 진짜 마지막이라고 한다. 그놈의 마지막은 대체 언제가 진짜인 거야. 아까부터 계속 진짜라고 했잖아요. 그런데 이번에는 진짜인 듯하다. 가위를 내 손에 쥐여준다.

"남편 들어오세요. 탯줄 자를 가위 들고 이쪽에 서 있어요."

마침내 분만실에 들어왔다. 오랜 기다림 후였다. 탯줄을 자르기 위한 가위를 건네받고 한쪽 구석에 엉거주춤 서서 기다렸다. 아내는 계속해서 배에 힘을 주고 있다. 어느새 주치의 선생님도 분만실로 들어오셨다. 선생님은 아내에게 제대로 힘을 주라며 막 다그치셨다. 어제와는 달리 웃음기 하나 없는 얼굴이었다. 긴장이 느슨해지면 안 되는 곳이니까 그런가 보다. 하긴 예전부터 이래라저래라 야단을 잘 치는 분이셨다.

오후 1시 17분

선생님과 함께 힘을 준 지 10여 분이 지났다. 그리고,

응애응애.

아기 울음소리가 분만실에 울려 퍼졌다. 마침내 복이가 세상에 나왔다. 손가락 발가락은 각 열 개씩, 몸무게도 3.08kg으로

정상이었다.

이게 갓 태어난 아기라니. 눈으로 직접 보고 있는데도 현실처럼 느껴지지 않는다. 이게 실재하는 존재가 맞나? 순간 멍해져서 우두커니 서 있는데 나를 툭툭 치는 손길. 10여 분 전에 손에 쥐여준 가위로 탯줄을 자르라고 한다. 정신을 차리고 가위질을 하는데 잘리지가 않는다. 생각보다 두껍고 질기고 미끈거려서 자꾸만 손이 헛돈다. 두어 번 가위질하고 나서야 끊어낼 수 있었다. 자르는 느낌이 꼭 대창 같다. '서초동에 끝내주는 대창집이 하나 있는데', 라며 엉뚱한 생각이 일었다. 에라이 철없는 아빠 놈아, 쓸데없는 생각 그치라는 듯 복이의 울음소리가 일순 거세졌다. 혹시 꿈이 아닐까 싶었는데 날카로운 소리가 이게 현실이 맞다면서 내 감각을 흔들어 깨운다.

출생 시각은 2020년 5월 2일 오후 1시 17분. 병원에 온 지 33시간 만이었다.

6

이것이 인간인가

출산 후 이틀째, 병원을 떠나 산후조리원에 입실하는 날이 밝았다.

그저께 아이를 낳기는 했지만 한 번도 품에 안아볼 수 없었다. 뺏기듯이 우리 품을 떠난 아이는 신생아 면회실에 머물렀다. 하루에 정해진 시간과 횟수에 맞춰 유리창 바깥에서만 바라볼 수 있었다. 우리 아이지만 우리 아이라고 부를 수 없는 상황. 면회실 벽에 붙어있는 인터폰에다 태명인 '복이'를 말하고 잠시 기다리면 유리창 블라인드가 걷히고 아이가 눈앞에 나타났다. 마치 옥에 갇힌 죄수를 면회하는 기분이었다. 죄수와 다른 게 있다면 신생아는 24시간 내내 누군가가 먹여주고 재워주고 씻겨주고 달래주는 등의 융숭한 대접을 받는다는 것.

그렇게 투명한 벽에 가로막힌 채 쳐다보기만 했던 아이를 직접 만져보게 되니, 사랑스러움과 함께 두려움의 감정도 스멀스멀 피어났다. 하얗고 조그맣고 말랑하면서 들릴 듯 말 듯 숨을 쌔근거리고 있는 태어난 지 사흘째의 아기. 아니, 아기 혹은 인간이라고 부르기엔 너무나도 작은 '이것', 이렇게나 작고 여린 것을 조리원까지 무사히 옮길 수 있을까? 신촌세브란스 병원에서 홍제동에 위치한 산후조리원까지는 차로 불과 10여 분 거리지만 도로에는 생각지도 못한 위험이 도사리고 있을지 모른다. 앞으로 닥쳐올 일에 대한 긴장으로 온몸이 뻣뻣하게 굳어졌다. 그러잖아도 회사 동료들은 내 차를 탈 때마다 이렇게 말하곤 했다.

"애 낳게 되면 디젤 SUV 못 탈걸요? 분명히 조만간에 차 바꾼다에 한 표."

그땐 그 말이 무슨 뜻인지를 몰랐다. 하지만 아이를 바구니 카시트에 실어 의자에 고정하고 운전을 시작한 지 채 1분도 지나지 않아 알게 되었다. 아이를 키워본 사람들은 알지만 아이와 함께하는 게 처음인 우리는 그동안 전혀 모르고 있던 사실. 차는 덜컹거림이 심했다. 갓난아기의 머리가 흔들리고 부딪쳐서 다치지 않을까 걱정됐다. 차도 차거니와 서울 시내 도로는 왜 이 모양인지. 길 한복판에 움푹 파이거나 군데군데 끊어진 곳이 있고, 과속 방지턱은 쓸데없이 높고, 도로 위의 치워지지 않은 작은 돌멩이며 정체불명의 물건까지 모든 것들이 운전하는 발끝에 느껴진다. 분명 자주 오가던 길이었는데 오늘만큼은 처음 들어선 낯선 길 같다. 뒤에서 바싹 붙어 따라오는 차도, 앞에서 급정거한 택시도, 우리 옆을 지나가는 커다란 버스도, 주변을 둘러싼 모든 것들이 위협적이다. 조심스럽게 페달을 밟는데도 풍랑 만난 조각배처럼 이리 흔들 저리 흔들. 고작 10분을 운전하면서 온몸이 땀으로 흠뻑 젖었다.

이게 정말 인간인가 싶을 만큼 작고 연약한 존재를 실어 나르면서, 우리 이외의 다른 존재에게는 "저런 저, 저거, 인간도 아닌 놈(개××라 말하고 싶었지만 아이가 알아들을까 봐 순화해서 말했다)들. 운전을 저따위로 해"라며 욕지거릴 내뱉었다. 자기 새끼를 보호하려고 무던히 애쓰는 나 역시 인간이 아니라 마치 한 마리 짐승 같아 보였을 게다. 마침내 도착한 조리원. 아이를 데리고 차에서 내렸다. 다리가 후들거렸다. 이제야 겨우 한숨 돌릴 수 있었다. 한참을 적에게 쫓기다가 안전가옥에 들어선 도망자가 느끼는 안도감이 이런 걸까.

이곳에서는 하루에 두 번, 오전 9시부터 10시까지, 오후 7시부터 9시까지 방에서 아이를 돌본다. 물론 산모는 수유를 위해 수시로 아이를 만나러 간다. 남편은 수유실에 들어갈 수 없으니 내가 볼 수 있는 아이의 모습은 하루에 세 시간여 남짓. 아이가 하는 짓이라고는 젖병을 물고서 쪽쪽 분유를 먹거나, 쿨쿨 잠을 자거나, 때로는 인상을 쓰며 온몸을 버둥거리면서 울고불고하는 게 다였다. 먹고 자고 울고 싸고, 그걸 곁에서 지켜보는 도돌이표가 계속됐다.

조리원에 들어온 지 3일째 되던 날엔 오전 돌봄 시간이 꽤 길었다. 신생아실 청소 및 소독 때문에 아침 8시 반부터 11시까지, 평소보다 조금 더 길게 아내와 나 둘이서만 아이를 돌봐야 했다. 어제는 얌전하게 잠만 자길래 별일 있겠나 싶었다. 원래 시간보다 고작 한 시간 반만 더 보면 되는데 뭐. 앞으로 닥칠 일은 꿈에도 모르고서 감히 그런 생각을 했더랬다. 생각과는 달리 복이는 방에 들어와서 아기침대에 눕자마자 울기 시작했다. 얼굴이 시뻘게질 만큼 꺽꺽대며 울음을 터뜨린다. 이게 대체 무슨 일이야. 아이를 들고 안아서 우쭈쭈 하며 달래보지만 소용없다. 혹시 변을 본 건가 싶어서 기저귀를 열어봤더니 오줌을 잔뜩 싸놨다. 처음으로 우리가 직접 기저귀를 갈고 옷을 입히고 속싸개로 몸을 칭칭 감싸는데…… 아, 이거 너무 어렵다. 분명 조리사 쌤들이 하는 걸 옆에서 지켜볼 때는 쉬운 것 같았는데 우리가 직접 하려니까 손도 발도 자꾸 배내옷 밖으로 삐져나오고 그 와중에 아이의 울음소리는 점점 더 커져간다. 울기만 하면 다행이랴, 급기야는 콧물도 줄줄 흘러나온다. 대체 어찌해야 할지 모르겠다.

"으아아아, 아무래도 안 되겠어!"

영화 〈라이언 일병 구하기〉에서 전장 한복판에 떨어진 신병처럼 정신 못 차리던 우리는 결국 콜을 걸어서 쌤을 내려오시게 했다. 금방 달려오신 전문가는 과연 달랐다. 능숙하게 옷을 갈아입히고, 속싸개로 몸을 감싸고, 면봉으로 코를 살살 닦아내니 아이는 언제 그랬냐는 듯 금방 울음을 멈추고 쌔근쌔근 잠이 든다. 신생아는 역시 잠들어 있을 때가 가장 사랑스럽다.

그런데 얼마 지나지 않아 다시 잠에서 깬 아이. 예의 잔뜩 찌푸린 얼굴로 세상 떠나가라 울어댄다. 이번엔 배가 고픈 거구나. 네 마음을 다 안다는 듯 미리 준비해놓은 분유를 먹이고 트림을 시킨 뒤에 눕혔다. 다시 잠이 드는가 싶더니만 얼마 지나지 않아 또 인상을 쓰면서 응애- 으응애애- 으응애애애애앵-! 하고 크레센도로 울기 시작한다.

"이번에는 또 뭐야? 방금 먹었는데 또 밥을 먹여야 하는 건 아니잖아!"

울음소리를 자세히 들어보니 부욱 하는 방귀 소리가 섞여 있다. 냄새가 사라지지 않는다. 혹시나 해서 기저귀를 다시 열어보니 이번에는 똥을 한 무더기 싸냈다. 일순 당황해서 몸이 굳어졌지만, 이내 부리나케 움직여 이곳에서 배웠던 대로 물티슈로 엉덩이와 고추를 살살 닦아내고 손부채를 휘휘 저어 물기를 말리고서 새 기저귀로 갈았다. 그런데 어이쿠. 내가 실수로 기저귀를 거꾸로 건넸더니 찍찍이 부분이 보이지 않아서 아내가 한참 헤매다가 간신히 똑바른 형태로 입혔다. 아내는 참지 못하고 화를 냈다.

"야! 하나뿐인 조수가 이런 것도 제대로 못 하면 어떡해."

한 차례 거대한 폭풍이 물러나고 난 뒤 아내도 나도 기진맥진해졌다. 처음으로 소변, 분유 먹이기, 트림시키기, 대변 기저귀 갈기까지 모두 겪었던 종합 선물 세트 같은 날이었다.

며칠 뒤에도 '아기의 똥' 때문에 고생했다. 이 조그마한 녀석의 똥은 인상적이다. 아니, 굳이 아기가 아니더라도 누군가가 똥을 싸는 모습을 자세히 본 건 처음이라 그럴 수도 있다. 조리원 생활도 열흘째, 이제는 분유 먹이는 것도 기저귀를 가는 것도 어느 정도 익숙해졌을 즈음이었다. 이날도 어김없이 찾아온 저녁 돌봄 시간, 오줌 기저귀를 갈았는데도 아이가 울길래 엄마 젖도 물려보고 그걸로 모자라서 분유도 먹였다. 그럼에도 계속해서 울길래 설마 하고 또 기저귀를 열어봤더니 그새 황금색 변이 한 무더기 쌓여 있다. 여태껏 봤던 똥 중에 가장 양이 많았다. 세상에나, 이 작은 몸에서 이만큼이나 쌀 수 있다니. 익숙한 손길로 새 기저귀를 엉덩이 밑에 받쳐놓고 똥꼬와 고추를 물티슈로 살살 닦아주던 중이었는데, 야구선수 요기 베라의 명언인 "끝날 때까지 끝난 게 아니다"는 듯 아이가 다시금 배변을 시작한다.

"으아아악. 이게 뭐야?!"

무방비 상태에서 들이닥친 똥의 폭포수로 인해 새 기저귀에도 옷에도 아기침대 시트에도 모두 똥 칠갑이다. 똥을 싸는 시간이 끝나지 않는 영원의 시간 같다. 아기의 조그마한 똥구멍에서 황금색 변이 계속해서 주르륵 밀려 나온다. 이건 마치 녹즙기를 돌릴 때 즙을 짜고 남은 찌꺼기 덩어리가 뒤쪽 구멍에서 꾸덕꾸덕 흘러나오는 모습 같다. 어쩌면 떡집에서 가래떡 줄기를 길게 뽑아내는 장면 같기도 하고. 여하튼 난생처음 보는 광경이었다.

고작 며칠, 그나마도 하루에 몇 시간뿐이지만 신생아를 길러 보니, 이건 한 명의 인간이라고 부르기엔 아직은 너무나도 보잘것없는 미성숙한 존재에 불과하다. 그저 먹고 자고 싸고 울기만 하는 작은 생명체. 갓 태어난 이 아기를 어느 세월에 다 키워서 마침내 인간다운 모습을 지니게 할 수 있을까? 언제쯤이면 그날이 올지. 참말로 앞길이 까마득하다.

비단 아이만 그랬으랴. 부모인 우리 역시 이곳에서는 '지성과 품격을 갖춘' 인간의 모습이라 하기 부끄러운 몰골이었다.

전 세계를 덮친 코로나19 바이러스 때문에 조리원에서는 단체 교육이 모두 취소됐고, 외부 방문도 일절 금지됐다. 흔히들 조리원에서 같은 처지의 산모들과 이야기도 나누고, 함께 모여 교육도 받고, 이런저런 정보도 공유하고, 무심한 남편들 뒷담

화도 하고 그러던데, 시국이 시국인지라 우리는 그 어떤 것도 할 수가 없었다. 작고 더운 방에 갇힌 채 매시간 감방에 사식처럼 넣어주는 밥을 먹고, 배가 부르면 침대에 누워 잠을 자고, 또다시 일어나서 밥을 먹고, 또 잠을 자고, TV 채널을 돌려가며 멍하게 보고 있다가 지겹지도 않은 듯 다시금 잠이 들고. 매일 이런 생활의 반복이었다. 아내는 그런 와중에 콜이 오면 수유실로 올라가서 한참이나 아이에게 젖을 물리고 왔다.

고차원적 활동이라고는 하나 없이 며칠을 보내고 나니 한 마리 짐승으로 전락한 느낌이다. 문명 세계의 일원에서 낙오된 존재가 된 것만 같다. 그나마 유일하게 타인들을 만나게 되는 신생아실행 엘리베이터에서도 마찬가지였다. 똑같은 디자인의 산모복을 입고, 똑같이 화장기 하나 없는 창백한 얼굴로, 똑같이 태어난 지 며칠 안 된 비슷하게 생긴 신생아들을, 똑같은 포즈로 엉거주춤 안고 서 있는 이들을 보며 문득 섬찟해졌다. 우리가 그동안 지녀왔다고 생각했던 인간다움이란 무엇일까. 각자가 지닌 고유한 개성, 행동과 정신의 자유, 육체보다는 정신, 지금보다 더 나은 상태로의 지향 등등. 인간다움을 갖추기 위한 그 어느 것 하나 이룰 수 없으니 여기는 조리원이 아니라 수용소인가 싶다.

그러니까 2차 세계대전 때 아우슈비츠에서 생존해 돌아온 프리모 레비의 책 제목을 빌어 표현하자면,

"이것이 (조리원의) 인간인가?"

조리원에 들어온 지 며칠 후, 아내와 함께 신생아실로 가다가 두 학번 아래의 여후배를 우연히 만났다. 서울이라는 거대한 도시에 수많은 조리원이 있을 텐데 하필이면 여기 이곳에서 이때 마주치게 될 줄이야. 세상 참 좁다는 말이 절로 나왔다. 이야기를 들어보니 그 후배의 아이는 태어날 때 아주 작았다고 한다. 복이보다 사흘이나 먼저 태어났는데 아직도 3㎏이 채 되지 않는다고. 태어난 날부터 근심 걱정에 잠을 못 이뤘단다. 게다가 산후우울증으로 인해 하루 동안 무려 열 번이나 울었던 날, 눈이 퉁퉁 불어 있었는데 하필 그날 나와 마주쳤던 거라고 털어놨다. 오랜만에 만나서 반가웠지만 실은 도저히 봐줄 만한 꼴이 아니라서 피하고 싶었다는 말도 덧붙였다. 나 역시 마찬가지였다. 세수도 하지 않고서 꾀죄죄한 모습으로 어슬렁거리며 다녔는데 아는 사람을 마주치게 될 줄은 꿈에도 몰랐다.

"우리 지금은 피차 인간다운 몰골이 아닌데 굳이 자주 만나려고 하진 말자."

"네, 선배. 우리 오가며 마주치더라도 서로 모른 척해요."

하지만 그런 바람이 무색하게도 돌봄 시간이 끝나고 아이를 데려다줄 때마다 어째서인지 후배와 거듭해서 마주치게 됐다. 얼굴 보기 부끄러워 죽겠네 정말. 다음번에 행색이 좀 나아져서 인간의 모습을 갖췄을 때, 그때 언젠가 밥이나 한번 먹자.

이제부터 아이 키우느라 둘 다 정신없을 텐데 지킬 수 있을지도 모를 덧없는 약속을 해버렸다.

그리고 2주가 지났다. 본능적인 욕구를 충족시키기 위한 몸부림과 내 새끼에 대한 돌봄의 시간으로만 점철되어 있던, 끊임없이 인간임을 부정당하고 의심하며 한 마리 짐승으로 살았던 조리원 생활이 끝났다. 옴짝달싹 못 하고 갇혀 있기엔 긴 시간이라 생각했는데 지나고 보니 금방 지나간 것 같다. 아쉬움과 불안감에 휩싸인 채 집으로 돌아오면서 되뇌었다. 둘이서 함께니까 잘할 수 있을 거야, 남들도 다들 잘 키우는데 우리라고 못 할 게 있겠어. 간절한 기대가 무색하게도 아이, 이제 태명 대신 이름을 부여받은 진이는 집에서 보내는 첫날 밤부터 울어 재끼기 시작했다. 본격적인 육아 지옥의 서막을 알리는 '지옥의 종소리'가 집 안에 울려 퍼지는 순간이었다. 우리, 과연 잘할 수 있을까.

7

깊은 밤 잠 못 드는 그대에게

(1) 지옥에서 온 수면 고문 전문가

"애한테 무슨 마귀 새끼가 들렸나. 대체 왜 이러는 거야!"

나도 모르게 아이에게 해선 안 될 말을 내뱉었다. 태어난 지 딱 한 달째에서 그다음 날로 넘어가던 새벽 무렵이었다.

아이는 밤이 늦었지만 잠들지 않는다. 잠들지 않더라도 그저 잠자코 누워 있기라도 하면 감사할 텐데 그런 자비를 바라는 건 사치였다. 자고 있지 않으면 응애응애 하면서 끊임없이 울어댔다. 우는 아이를 안고 한참 동안 자장자장 우리 아가, 달래다가 눈가에 스멀스멀 졸음이 일어나는 듯하면 조심스럽게 아기침대에 눕혔다. 다행히도 얌전히 누워있다. 충분히 달랬으니까 이제는 자겠거니, 우리도 좀 자자 하면서 누운 지 채 5분이 안 됐다. 으 응 으앙 으응애애— 하는 울음소리가 또다시 귓가를 찌른다. 왜 그러니, 진아. 지친 몸을 일으켜 세워 다시금 아이를 안아서 달래면 이내 잠잠해졌다. 이제는 정말 자겠거니 하면서 침대에 눕히면 또 5분도 안 돼서 운다. 그러면 다시 안아서 달래고, 잠든 것 같으면 눕히고, 하지만 또다시 깨어나서 울고, 이제 다시 안아서 달래기부터 시작하고. 이 짓을 밤새도록 끊임없이 되풀이했다.

잠들지 않고 계속해서 우는 아이를 바라보며 생각했다.

이 존재는 어쩌면 지옥에서 파견 나온 '마구니 새끼'가 아닐까? 인간의 괴로움을 양분 삼아 먹고사는 악마 놈들이 아이들을 가르친 게 분명하다. 모든 신생아는 세상으로 나오기 전에 지옥을 거친다. 이곳에서는 어떻게 하면 부모라는 인간을 최대한으로 괴롭힐 수 있는지에 대한 O.T.를 진행한다. 일종의 고문 기술자 양성 과정이라고 할 수 있다. 홀딱 벗은 예비 갓난아기들이 타오르는 불구덩이 옆에 일렬횡대로 도열해 있다. 빨간 모자를 쓴 시뻘건 교관 악마가 "훈련생들 전원, 전방에 우렁찬 울음 발사!"라고 외치면 곧이어 다들 있는 힘껏 울어댄다. 앞으로 부모들을 잠 못 들게 할 울음 내는 방법을 훈련한다. 우리 아이는 수많은 교육생 중에서도 특출나게 우수한 인재였음이 틀림없다. 이렇게나 우리를 끈덕지게 괴롭힐 수가 없다.

간혹 악마 놈들은 신생아들을 직접 조종하기도 한다. 악마는 적당한 때, 특히 늦은 밤 인간 부모들이 가장 피곤한 시각에 맞춰 아이의 목울대나 겨드랑이를 간지럽힌다. 아이는 자지러지게 울음을 터뜨린다. 부모들은 당황해하고 괴로워하면서, 종국에는 우리가 지금 겪는 것처럼 "제발 잠 좀 자자—!"며 울부짖게 된다. 바로 그때 인간들이 괴로워하는 모습은 악마들에게는 최고의 유흥거리다. 음, 역시 새벽 세 시쯤의 고통스러워하는 감정이 최고야. 이렇게 히죽거리면서. 깊은 밤 괴로운 시간 속에 갇힌 우리가 딱히 할 수 있는 건 없다. 다만, 아이가 하루빨리 지옥에서의 기억을 잊어버리고 현세의 인간 세상에 동화되길 바랄 뿐이다.

오죽하면 아빠가 이런 말도 안 되는 상상까지 하게 만드니. 아가, 제발 좀 자자.

(2) 엄마는 강하다더니

늦은 밤 잠 못 드는 아이 때문에 나만 힘든 건 아니다. 인생 처음으로 엄마가 된 아내 역시 마찬가지였다.

새벽 네 시가 되도록 잠자리에 들지 못했던 날. 거의 세 시간 여를 쉬지 않고 울어대는 아이에게 결국 폭발하고 말았다. 아내는 "더 이상 힘들어서 못 해먹겠다"며 꽥 하고 소리를 지르고서 성난 황소걸음으로 혼자 방으로 들어가 버렸다. 아이와 나,

둘만 덩그러니 거실에 남게 됐다. 나마저 아이를 버려두고 도망갈 순 없으니 이번에는 내가 우는 아이를 돌볼 차례였다. 한참이나 달래다가 가까스로 재우는 데 성공했다. 이가 없으면 잇몸이라더니, 한낱 잇몸 일부 같은 나라도 할 수 있는 게 있었다. 아이가 잠든 후에 아내가 누워있는 침대로 들어가서 나도 몸을 뉘었다. 놀이공원 구석에서 종종 보이는 바람 빠진 풍선처럼 온몸에 힘이 하나도 없다. 기진맥진한 나에게 아내가 울먹거리면서 사과했다.

"너무 힘들어서 그랬어. 내가 이러면 안 되는데. 너한테도 애한테도 너무 미안해."

죽을 만큼 힘들면 그럴 수도 있지. 이해한다. 엄마도 사람이니까. 육아를 겪었던 주변 사람들이 그러더라. 밤에 울부짖는 아이를 달래다 보면, 창밖으로 집어 던져버리고 싶다는 생각이 들 만큼 힘든 때가 찾아올 거라고. 그런데 우린 아직 한 달도 안 됐는데 그런 감정을 벌써 느껴버렸다.

생후 26일에서 27일로 넘어가던 날. 몇 시간 동안이나 계속해서 우는 아이. 집 안의 불도 모두 꺼서 컴컴하게 해놓고, 기저귀도 뽀송뽀송하게 새로 갈고, 젖도 충분히 먹이고, 등을 토닥거려 트림도 시키고, 자장가도 불러주고, 배를 쓰다듬거나 팔다리를 주무르고, 이제 뚝 그치라며 으름장도 놔보고 등 별짓을 다 했는데도 울음이 끊이지가 않는다. 말 못 하는 아이에게 물어볼 수도 없으니 우는 이유를 도무지 알 수가 없다. 울음소리를 몇 시간이나 듣고 있으니 머리가 어지럽다. 간신히 재우는 데 성공해서 아이를 아기침대에 누이고 우리도 침대에 누워 이제 자야지 했지만, 역시나 5분도 채 되지 않아 슬슬 시동을 걸다가 이내 고함치는 듯한 울음소리가 방 안을 가득 채운다.

"도저히 못 키우겠어. 나 못하겠다고!"

아내는 거의 울다시피 하면서 고개를 격렬하게 흔들었다. 그 모습을 보던 나는 우스갯소리를 하며 달랠 수밖에. 나마저도 이런 힘듦과 눈물에 전염되면 안 된다. 둘밖에 없는데 한 명이라도 정신 단단히 붙들고 있어야지.

"에이, 우리 예쁜 아들 갖다 버리려고? 그러지 말어."

결국 우리는 그날 밤을 꼬박 새우고서 다음 날 새벽 다섯 시가 되어서야 침대에 누울 수 있었다. 애 보다가 지쳐 쓰러질 수도 있구나. 이럴 줄 알았으면 평소에 운동 좀 할걸.

급기야 아내는 눈물이 터지기도 했다. 주르륵주르륵 쉬지 않고 흐르는 것이 R&B 듀오 애즈원의 어느 노랫말처럼 '눈물샘이 고장 난' 듯했다. 그때가 아마도 새벽 네 시쯤이었다. 어제와 같이 새벽 세 시가 땡 되자마자 알람이라도 맞춘 듯 계속해서 우는 아이를 달래다가 결국 아내가 화를 참지 못하고 소릴 질렀다.

"네가 알아서 좀 해! 그리고 너는 그만 좀 울어!"

나와 아이에게서 등을 돌리고 누웠다. 그리고 역시나 5분도 지나지 않아 사과하는 아내. 눈물을 흘리면서 미안하다고 말한다. 이거 분명 아까 봤던 장면인데. 나도 아내도 잠이 많은 사람들이라 밤잠이 없는 아기를 돌보기가 쉽지 않다. 그나마 다행인 건 한 명이 힘들 때 다른 한 명이 커버해줄 수 있다는 것. 내가 짜증 낼 땐 아내가 토닥여주고, 아내가 힘들어서 쓰러지려 할 땐 내가 일어나서 아이를 안아주고. 이런 식으로 버텨나갈 수밖에 없다. 둘이서도 이렇게 힘든데 한부모 가정에서는 도대체 어떻게 아이를 키우는 걸까. 감히 상상도 못 할 어려움이다. 잠깐, 지금 남의 가정 걱정할 때인가. 울고 있는 나의 아내부터 달래야지.

(3) 혹시나 하는 마음에 살짝 설렜어

이제는 '잠을 잘 자는 아이'인가 하고 착각했던 때가 있었다.

성급하게도 감히 '효자의 날'이라 명명했던 날. 어떻게든 이 아이를 밤에 재우고야 말겠다는 일념으로 낮에는 청소기와 헤어드라이어 같은 생활 소음과 라디오와 시끄러운 음악 따위를 들려주고 시원하게 목욕도 시켰다. 잠들지 않고 있을 땐 열심히 같이 놀아주기도 했다. 그랬더니 밤에도, 이어서 다음 날 새벽까지도 밥 먹는 시간 빼고는 하나도 울지 않고 쭉 잘 자는 것이었다. 이런 게 바로 통잠이구나. 이 아이도 잠을 이렇게나 잘 수가 있구나. 덕분에 우리도 실로 오랜만에 푹 잘 수 있었다. 어찌나 예뻐 보이는지 절로 효자 났네, 우리 아들 최고, 경사 났네 하며 입꼬리가 실룩거려졌다.

아내의 할머님께 이 기쁜 소식을 전하자 큰일 날 소리란다. 말조심해야 한다고. 아기의 행동에 대해 괜스레 칭찬한다거나 "이제 좀 키우기 편해졌다, 우리 아이 참 잘한다" 같은 말을 하면 안 된단다. 그런 생각이 들더라도 함부로 입 밖에 내서도 안 된다. 쓸데없는 설레발로 부정 탈 수가 있다. 삼신할매가 우리 얘길 듣고 있다가 괜한 심술을 부릴지도 모른다고 말씀하신다.

에이, 그런 거 다 미신이에요. 하지만 왠지 조심하게 된다. 그런 말이 전해 내려오는 건, 아마도 부모 된 사람들이 일찍부터 긴장을 풀면 안 된다는 선조들의 경험칙 때문일 거다. 어른 말씀 들어서 나쁠 게 없다.

(4) 광야에는 '백마 탄 초인'이 오듯 아이에게도 결국 '통잠'은 온다

'등불을 밝혀 어둠을 조금 내몰고 시대처럼 올 아침'처럼, '광야에 백마 탄 초인이 오듯', '말갛게 씻은 얼굴 고운 해가 솟듯', 마침내 우리에게도 그날이 왔다. 수면, 분유, 기저귀, 목욕 등을 매번 기록하는 앱을 열어보니 간밤에 무려 여섯 시간을 내리 잠들었다. 기록을 경신했다. 기쁘다 우리 아이 '통잠' 오셨

네. 태어난 지 2개월이 다 되었을 때쯤의 일이다.

아이가 잠들기 직전의 모습은 재미나다. 눈을 반쯤 감았다가 떴다가를 반복하면서 결국에는 완전히 감기고야 마는데, 그 순간이 마치 잠의 왕국에의 경계선에 발을 걸쳐놓고 있는 듯하다. 한 발과 절반의 몸뚱이는 이미 넘어가 놓고서 이 나라에 완전히 귀순할까 말까 마지막까지 고민하는 표정 같달까. 그럴 때마다 속으로 기도한다. 고민일랑 집어치우고 얼른 잠의 나라로 떠나 주십시오, 아기님. 여행은 되도록 오래도록 즐기다 오십시오.

"저희 아이는 이제 밤에 다섯 시간씩이나 자요."

어깨를 으쓱하며 자랑하듯 이렇게 말했더니 주변 사람들의 의견이 갈라진다. 아직 60일밖에 안 된 아이인데 성장이 빠르다, 이제부턴 행복한 육아 시작이다. 아니다, 100일이 되기 전까진 방심하면 안 된다, 언제든지 밤낮이 다시 바뀔 수 있다. 이렇게 정반대의 조언을 해준다. 과연 무엇이 정답일까? 다행히도 아이는 매일 밤 네다섯 시간을 내리 쿨쿨 잔다.

이제는 낮에 놀고 밤에 자는 착한 아이. 이게 뭐라고, 참 고마울 따름이다. 그리고 육아를 하면서 나도 몰랐던 나에 대해 알게 됐다. 평생을 잠이 많다고 생각했던 나라는 사람도 자는 시간이 줄어들긴 하는구나. 게다가 잠이라는 걸 한 번이 아니라 서너 번으로 쪼개서 잘 수도 있구나. 물론, 잠을 한 번에 자던

예전에 비해 피곤이 풀리는 정도가 천지 차이라는 문제가 있지
만. 잠귀 또한 예전에 비할 바 없이 밝아졌다. 아이가 재채기
라도 한번 하면 금방 눈이 떠진다. 며칠 새 사람이 이렇게 변
했다.

8

아기 트림시키기에 대한 고찰

아기는 분유를 먹고 난 뒤 트림을 해야 한다. 신생아는 식도가 짧고 위의 근육이 미숙한 상태라서 먹은 뒤에 게워내기 쉽다. 이걸 방지하기 위한 것이 바로 트림이다. 분유를 먹을 때 젖병의 공기가 들어가서 위 압력이 높아지면 식도 역류가 발생할 수 있는데 트림을 통해서 공기를 빼줘야 한다는 거다. 그래서 모유가 아닌 분유를 먹일 때 특히 더 주의해야 한다. 아이를 키우는 게 처음이라 이런 걸 알 리가 있나. 머리가 반쯤 벗겨진 아재들이 배불리 먹은 뒤 끄억 하면서 트림하고 이를 쑤시는 장면은 쉬이 떠올릴 수 있다. 하지만 갓 태어난 아기의 트림은 한 번도 상상해본 적 없었다. 산후조리원에 들어오고 나서야 배우게 된 사실이었다.

　머리로 안다고 해서 몸이 그대로 따라주는 건 아니었다. 분명 보고 배운 대로 분유를 다 먹은 아이를 안아서 열심히 토닥거렸음에도 시원한 트림은 나오지 않았다. 트림인지 하품인지 칭얼거림인지 여하튼 조그맣게 끼익 거리는 소리를 분명히 확인하고서 뉘었는데 이내 아이 입에서 게워낸 분유가 주르륵 흘러내리는 게 보이는 건 왜일까. 트림시키기는 쉬운 일이 아니었다. 게워내고 울어대고 몸을 버둥거리길래 결국 급하게 부른 조리원쌤. 그녀가 아이를 안아서 무심해 보이는 손길로 등짝을 몇 번 툭툭 치니까 금방,

　꽤액!

　방 안에 웬 오리가 한 마리 들어온 줄 알았다. 이렇게나 우렁찬 트림 소리라니. 마치 어른의 그것 같다. 병아리가 삐약 하는 게 아니라 오리가 꽤액 하는 정도의 큰 소리로 트림을 해야 비로소 분유 먹이기의 끝을 본 것이었다. 먹이기 전, 먹이기, 먹이고 난 후의 절차가 모두 완료됐으니 이제 안심하고 눕힐 수 있다.

　꿈틀꿈틀. 뒤척뒤척. 끄응끄응. 바둥바둥.

　침대에 누워있는 아이를 한참 동안 바라보고 있으면 왠지 우습기도 하고 짠하기도 했다. 아이는 얌전히 잠을 자는가 싶다가도 어느 순간에는 인상을 잔뜩 구기고 얼굴이 시뻘게진다.

우리 부부는 그 순간을 '홍대추 시간'이라 명명했다. 빠알간 대추처럼 익은 얼굴을 한 채 몸을 이리저리 뒤척이기 시작하는 아이. 팔다리를 뻗어 흔들어 대는 모양이 마치 '봉산탈춤'을 추는 것 같다.

 급기야는 울음을 터뜨리는 것 아닌가 싶다가도 어느새 다시금 평온을 되찾는다. 대춧빛 얼굴이 우윳빛으로 돌아가고 팔다리는 얌전히 속싸개 안에서 제자리를 찾아간다.

 그러다가도 세 번에 한 번꼴로는 결국 시뻘건 얼굴로 으아아앙 하고 크게 울음을 터뜨리고야 만다. 그때부터 우리는 무척 바빠진다. 일단 안아서 달래주고, 그걸로 안 되면 똥이나 오줌을 쌌는지 기저귀를 확인하고, 시계를 봐서 배가 고픈 듯하면 밥을 먹이고, 혹은 속이 불편한 게 아닌가 싶어 등을 토닥거리면서 트림을 또 시켜본다.

 대개는 못다 한 트림 부스러기를 뒤늦게 꺼억 하고 내뱉고, 그제야 우리는 안심할 수 있다. 그리고 눕히기 전에 제대로 트림을 시키지 못한 것에 대해 자책했다. 어째서 매번 같은 실수를 반복하는 것일까.

 첫 트림을 시킨 뒤 석 달여가 지났다. 이제는 제법 트림시키기 기계의 숙련자가 되었다고 자부할 만하다. 하루에 서너 번, 지금까지 총 100여 회의 트림을 시켜보면서 어느 정도의 임상 경험이 쌓였다. 육아에 있어서 그나마 내가 아내보다 잘할 수 있다고 자신하는 몇 안 되는 것 중 하나가 바로 트림시키기다. 아내는 동의하지 않지만 내가 봐선 아무래도 그렇다. 아빠인 나도 잘하는 게 하나쯤은 있어야 하지 않겠나.

그동안 터득한 '아이 트림시키기의 기술'은 다음과 같다.

첫째, 누워있는 아기님을 들어 세우면서 가슴팍에 안는 순간부터 주의해야 한다. 배불리 분유를 먹고 난 뒤의 아기는 예민한 성격의 상사와도 같다. 조심하지 않고 서둘러 들어 올렸다간 왈칵 게워 낸 토사물에 옷이며 가제수건이 흥건하게 젖고야만다. 그렇게 몇 번이나 옷을 갈아입고 야밤에 세탁기를 돌리는 고생을 경험했다.

길거리 공연하듯 슬로모션으로 아이를 들어 올리되 일단 시작했으면 멈추거나 도로 눕혀서는 안 된다. 자세가 바뀌면 토하기 일쑤다. 고작 준비 동작에 불과한 일련의 과정을 거치면서 엉뚱한 생각이 일어났다. 어릴 적 아버지께서 회사에서 받아오신 만화책. 익숙한 그림체라서 봤더니 『먼 나라 이웃 나라』 이원복 작가가 그린 책이었다.

내용은 당시 삼성 이건희 회장이 주창한 '신경영'론에 대한 것이었다. 그땐 뭣도 모르면서 어린 마음에 삼성과 이 회장이 얼마나 존경스러웠는지. 그 책에서 아직도 기억나는 대목이 있다. "보잉 747은 한번 출발하면 몇 분 내에 곧바로 1만 미터까지 올라가야 한다. 만일 올라가지 못하면 그대로 추락하거나 공중 폭발하기 때문이다." 비행기처럼 공중 폭발 따위 할 리 없지만, 공중에서 능히 먹은 걸 뿜어낼 수 있는 비행을 저지를 수 있는 아기를 일으켜 안는 것은 그만큼 조심스러우면서도 망설임 없이 추진해야 하는 일이다.

둘째, 별 탈 없이 무사히 안는 데 성공했더라도 곧바로 등을 토닥거리면 안 된다. 갑자기 두드리면 아이가 놀란다. 그의 표정과 몸의 떨림을 살피면서, 쓰다듬과 토닥거림의 애매한 경계선에서 줄타기해야 한다. 성급하게 토닥거리면 놀란 울음소리와 마주하게 되고, 그렇다고 쓰다듬기만 하면 트림을 시원하게 못하니 결국 게워냄이라는 화를 맞이할 수밖에 없다. 둔감한 나에게는 퍽 어려운 순간이다.

아내를 소개팅으로 만났는데 첫 만남부터 무척 마음에 들었더랬다. 그래서 두 번, 세 번까지 만나서 데이트했다. 예나 지금이나 별생각 없이 사는 까닭에 좋으니까 계속 만나야지 하는데 어느 날 띠링 하고 문자가 왔다. 아내에게서 온 문자였다. "나 어떻게 생각해?" 한 줄도 안 되는 짧은 문자를 받고 나서야 깨달았다. 이제는 사귀자는 말을 해야 하는구나. 허둥지둥 머리에 왁스를 처바르고 옷장에서 제일 멋진 옷을 골라 입은 뒤 그녀를 만나러 뛰듯이 달려나갔다. 얼마나 눈치가 없었으면 이런 문자를 받고 나서야 고백해야 할 타이밍이라는 걸 알았을까. 아내는 아직도 그때 이야기를 한다. 내가 오죽했으면 부끄러움을 무릅쓰고 그런 문자까지 보냈겠냐고. 너는 참으로 둔감하기 짝이 없는 사람이다. 들으면서 할 말이 없었다.

그러니까, 어느 시점부터 등을 토닥거리기 시작할 것인가? 여기에 대한 답은 수십 차례나 트림을 시킨 뒤에야 어렴풋이나마 알 수 있었다. 나처럼 감이 부족한 사람이라도 경험으로 얼마든지 답을 찾아낼 수 있다.

셋째, 기나긴 준비 과정을 마치고 마침내 토닥거림을 시작하는데 이땐 손목을 일정한 박자로 탁 탁 탁 움직여야 한다. 괜한 변박과 불규칙한 움직임은 아이의 심기를 건드려 울음보를 터지게 할 수 있다.

대학교 1학년 때 교양수업에서 쇤베르크의 〈달에 홀린 광대〉라는 무조음악을 처음 들었을 때의 불쾌감 비슷한 걸 아이도 느끼는 모양이다. 비발디의 〈사계〉 중 〈봄〉의 평화로운 선율처럼 부드러운 손목 놀림이 중요하다. 기계가 된 양 똑같은 속도와 세기로 한참 두들기다 보면 내 마음에 일순 평화가 찾아온다. 극한의 신체 부자유에서 느끼는 갑작스러운 정신적 자유라니. 어쩌면 자유의지라는 것이 인간의 본성이 아닐지도 모른다는 의심이 든다. 사회 구성원 스스로 질문하고 생각해야 하는 민주정부 시대에 적응하지 못하고, 시키는 대로 복종하기만 하면 됐던 예전 독재정권 때를 그리워하는 영감님들의 심정을 조금이나마 알 것 같다.

내 의지로 산다는 게 실은 참 고달픈 일이다. 예전에 있던 부서의 K부장도 종종 이런 말을 했다. "나는 회사에 있는 나무에 물을 주는 일을 하고 싶어." 골치 아픈 일에 지친 나머지 단순노동만을 반복하며 살고 싶다는 의미였다. 하지만 억대 연봉을 받아먹는 사람이 할 말은 아니라서 공감해줄 순 없었다.

넷째, 한참을 두드렸다고 해서 끝난 게 아니다. 두들긴 지 10분이 넘었다. 꽤액 하는 오리 울음소리도 들었다. 하지만 여기서 방심하면 초짜인 게다. 조금만 더 차분하게 더 두들기다 보면 잔여 트림이 또 나온다. 비트를 파고 숨어있는 무장공비를 수색하던 전방의 군경들처럼, 끝의 끝까지 전후좌우를 경계하며 남은 트림의 잔당들을 섬멸해야 하는 것이다. 나는 공산당이 싫어요. 의 옛날 옛적 이승복 어린이의 마음으로 이 지루한 짓을 계속해서 되풀이해본다. 그러다가 적어도 두 번의 큰 트림과 한 번의 잔잔바리 트림을 확인하면 그제야 안심한다. 이제 내려놓아도 되는 때다.

그럼에도 불구하고 내가 알고 있던 이 모든 기준과 방법들이 통하지 않는 순간이 있다. 어떨 땐 아무런 노력을 들이지 않았음에도 금방 시원한 트림 소리를 듣게 될 때도 있고, 다른 어떤 땐 제아무리 열심히 등을 토닥거리고 쓰다듬고 흔들었음에도 트림을 만나지 못할 때도 있다. 아기 트림시키기는 이른바 포스트모더니즘적이고 양자역학과도 같은 행위다. 내가 무슨 말을 하는지 듣는 사람도 못 알아들을뿐더러 말하는 나조차도 잘 모르겠다는 뜻이다. 고작 갓난아이 트림 한번 시키면서 별의별 생각을 다 하고 있다. 트림 잘 시키고 눕혀놨던 아이가 또다시 울음을 터뜨릴 기미를 보이니 얼른 다시 등을 토닥이러 가봐야 겠다. 내가 또 뭘 실수한 걸까. 아이와 함께 있으니 가만히 앉아서 쉴 틈이 없다.

9

우리에겐 네가
인생의 1순위가 아니란다

인생 처음으로 겪는 육아 때문에 힘들어하던 무렵, 고향 집에서 어머니의 전화가 왔다.

이런저런 안부를 묻고 답했다. 특히 손주 녀석이 새벽에 도통 잠들지도 않고 깨어있을 땐 얌전히 누워있는 건 고사하고 울고 불고 '쌩' 난리라서 너무 힘들다고 고충을 토로했다. 어머니께서 웃으며 대답하셨다.

"느그 둘 다 너무 고생하지 말거래이. 내는 니 아들보다 내 아들이 훨씬 더 귀하데이."

이런 게 어머니의 마음일까. 할머니의 사랑보다는 어머니의 사랑이 농도가 더 진한 걸까. 자식이 낳은 자식보다는 본인이 배 아파서 낳은 자식이 더 소중한가 보다. 하지만 대답을 들으면서 속으로 생각했다. 코로나19 때문에 아직 손주 실물을 못 보셔서 그럴 거예요. 배시시 웃는 뽀얀 손주 얼굴을 보게 되면 뒤룩뒤룩 살찐 아재가 다 돼버린 아들 얼굴 따위 까맣게 잊어버리실걸요. 제 얼굴 보면 보기 숭한 것 퍼뜩 저리 치우라고 성질내실지도 몰라요.

그날 저녁이었다. 어둠이 방 안을 뒤덮는 시간이 되자 어김없이 아이가 울어대기 시작했다. 온몸으로 자기 의사를 확실하게 표현하는, 뱃심에서부터 쥐어 짜내는 듯한 우렁찬 울음소리였다. 마치 한창때의 래퍼 매드클라운이 '귀에 갖다 때려 박는' 랩 같다. 짧은 시간 동안 기저귀를 세 번이나 갈아주고, 아내의 왼쪽 오른쪽에 번갈아가며 젖도 물리고, 모유량을 성에 안 차 하길래 분유도 한 병 타서 먹였다. 먹는 것에 대한 욕심이 많은지 그리 배가 고프지 않은 것 같은데도 계속해서 더 달라고 칭얼댄다. 누가 뺏어 먹을세라 걸신들린 듯 허겁지겁 빨아대고 절반은 흘리고 나머지는 미처 다 소화를 못 시켜서 트림하면서 마저 게워내고. 뱉은 양만큼 만족스럽지 못했는지 또다시 울어댄다. 어머니의 당부가 무색하게도 오늘도 역시 너무 고생하는 하루다. 아니, 하루가 아직 끝나지 않았다.

도무지 끝날 것 같지 않던 폭풍 같은 시간이 지나갔다. 한숨 돌리는 찰나, 아내가 갑자기 훌쩍거린다. 눈물이 그렁그렁한 채 말한다. 육아라는 게 생각했던 것보다 힘들단다. 나야 오전 9시부터 오후 6시까지는 회사에 피신해 있으니 그나마 견딜 만한데, 온종일 집에서 아이를 돌봐야 하는 아내는 얼마나 힘들까. 안쓰러울 따름이다. 그러니 진심 어린 위로가 필요한 때다.

"아이한테는 미안하지만, 나한테는 당신이 제일 소중한 사람이야."

혹시나 우리 옆 아기침대에 누워있는 아이가 들을새라 아내의 귓가에 대고 조용히 속삭였다. 황희 정승의 이야기가 있잖나. 말 못 하는 짐승인 누런 소 검은 소에게마저도 어떤 소가 일을 더 잘하는지 소리 내어 말하면 한쪽이 상처받을 수 있다니까. 아직 말귀를 알아들을 리 없는 아이지만 면전에서 '너보다는 엄마를 더 사랑한다'며 대놓고 말할 수는 없다. 아내 역시 빈말인지 모르겠지만 아직도 '아이보다는 당신을 더 사랑한다'고 대답한다. 내가 했던 것처럼 귓속말로 건네는 말이었다. 아내에게서 꼭 같은 대답을 듣고 싶었던 건 아닌데 왠지 안심됐다. 일방적으로 주기만 하는 것도 사랑이라지만, 서로의 등가교환이 원활하게 이뤄져야 파국을 맞이하지 않는 게 사랑이기도 하다.

그나저나 새 생명이 태어났는데 아빠도 엄마도, 심지어 친할머니마저도 너보다는 다른 사람이 더 소중하다며 입을 모아 말하고 있다. 미안하다, 아가야. 인생에서 네가 1순위라고 말해주는, 너보다 너를 더 좋아하는 사람은 언제 나타나려는지.

하지만 백일이 다 될 때쯤이 되자 아내와 나의 견고했던 '우선 순위'에 균열이 생겨나기 시작했다. 아내는 점점 더 아이에게 빠져들었다. 헤어 나올 수 없는 늪에 빠진 양. 쌔근쌔근 잠들어 있는 아이 얼굴을 가만히 쳐다보고 있다가 돌연히 이런 말을 한다.

"진짜 뽀뽀해주고 싶게 생겼어. 너무 귀엽지 않아?"

"그럼 나는⋯⋯?"

"너는 뭐, 어쩌라고?"

아내가 아이를 바라보고 있다가 고개를 돌려 내 얼굴을 쳐다 보며 내뱉는 대답이 싸늘하다. 못 볼 걸 본 사람의 표정이다. 중국 고사에서 선비 허유가 요임금이 구주를 맡아달라고 청했 을 때 차마 못 들을 말을 들었다며 귀를 물에 씻었던 것처럼, 더럽혀진 눈을 정화라도 시켜야겠다는 듯 다시 아이의 얼굴을 뚫어져라 바라본다. 아내에게는 내 얼굴이 못마땅한 듯하다.

분명히 석 달 전만 하더라도 너는 세상에서 나를 가장 사랑한 다고 하지 않았었니. 이제는 내가 당신에게 1순위가 아니게 된 걸까. 연적이라도 된 양 묘한 질투심이 스멀스멀 피어오르는 데, 아빠라는 사람이 아이를 앞에 두고 철없이 이래도 되나 싶 어서 부끄러워진다. 별수 없이 나도 아내를 따라서 아이 얼굴 을 바라봤다. 뽀뽀하고프게 생기긴 했다. 실은, 어쩌면 이토록 귀엽게 생길 수가 있을까 하는 생각이 가득하다. 아내의 말이 맞다. 아내에게는 미안하지만, 당신보다는 아이에게 뽀뽀해보고 싶은 마음이 더 크다. 하지만 참아야 한다. 신생아에게 함부로 입을 맞췄다간 성인의 입속에 있는 충치균 따위가 옮을 수 있다더라. 매사 조심해야 한다.

이러다가 몇 년 후엔 결국 우리 둘 다 카카오톡 프로필 사진이 죄다 아이 사진으로 도배가 될지도 모르겠다. 아이 부모들이 으레 그러는 것처럼. 그리고 불과 몇 년 전에 서로 주고받았던 사랑의 밀어들은 까맣게 잊어버린 채, 인생에서 제일 소중한 사람이 누구냐고 물어보면 이구동성으로 "당연히 우리 아이죠"라 대답하는 사람들이 돼 있을지도. 하지만 아직은 모르겠다. 오로지 아이, 아이, 아이만을 제일로 생각할 만큼 아이가 사랑스럽지는 않다. 우린 아이가 없었을 때도 충분히 행복했었고 아직도 그때의 삶이 사무치게 그립다. 아이를 키우는 게 여전히 버겁다. 다른 부모들은 어떻게 하는 걸까. 남들은 모두가 자연스레 가지고 있는 듯한 부성애라는 게 나에게는 한참이나 부족한 건 아닌가 하는 걱정에 빠진다. 긴 방학이 끝난 후 등교날, 다른 친구들은 모두 탐구생활 과제를 다 해왔는데 나 홀로 한 페이지도 안 풀어놔서 전전긍긍하는 꼴 같다.

그나저나 혹시나 아이가 내 말을 알아들은 건 아닐까. 좀 더 작은 목소리로 말해야 했는데.

아이보다는 아내가 더 소중하다는 고백 아닌 고백을 했던 날 이후로, 왠지 아이가 아빠보다는 엄마를 더 좋아한다. 밥도 먹이고 트림도 시켜주고 같이 놀기도 하며 아무리 열심이었음에도 내가 안을 땐 울음을 터뜨리고, 아내는 별거 없이 그저 안기만 했는데 금방 울음을 뚝 그치고 까르르 웃는다. 졸릴 때도 아내 품에 안겨야만 비로소 잠이 든다. 무언가 마음에 들지 않아 인상을 쓰고 있다가도 아내가 부르면 금방 방긋 웃는 얼굴로 화답하는 아이. 아빠가 싫은 거니, 엄마가 더 좋은 거니. 이럴 줄 알았으면 아내가 상처받든 말든 네가 인생의 1순위라고 크게 소리 내어 말해줄 걸 그랬나보다.

그래도 아내에게만 아이를 맡길 순 없다. 나는 나만의 방법으로 당면한 과제를 해결해보는 수밖에. 잠투정을 하며 사납게 우는 아이를 품에 안고서 일단 '쉬이이 쉬이이' 바람 소리를 귀에다 들려준다. 그게 안 되면 노래를 부른다. 자장가도 부르고 동요를 귀엽게 부르기도, 심지어는 교회를 나가지도 않는데 찬송가를 흥얼거리기도 한다. 신에게 의지하고픈 마음이 절로 드나보다. 이도 저도 안 될 땐 유튜브에서 ASMR 영상을 찾아서 틀기도 한다. 계곡물 소리, 풀벌레 소리, 빗방울 소리 등이 제법 잘 먹힌다. 배를 쓰다듬거나 팔다리를 주무르거나 억지로 침대에 눕혀보기도 한다. 그마저도 안 되면 그냥 계속 안은 채 이리저리 걸어 다닌다. 울다 보면 지치겠지 하는 마음이다. 문제는 내가 먼저 지친다는 것. 제발 이제 그만 울면 안 되겠니. 이러다 아빠 힘들어 죽겠다야. 아이를 달래지 못해 쩔쩔매는 나를 보고 아내가 비웃는다.

"아이 잠도 제대로 못 재우냐? 너 아빠 맞아?"

그리고 히죽거리며 놀림조로 한마디 덧붙인다.

"아들을 진심으로 사랑하지 않으니까 그러지. 얘가 네 인생에서 몇 순위라더라?"

아니, 이 사람 보게나…….

10

소아과 병동에는
가지 않았으면 해

아내는 순간 울컥해서 눈물이 흐를 뻔했단다. 이제 겨우 3개월 나이 먹은 아이를 데리고 소아과 병동에 들른 날이었다.

아이는 태어날 때 엉덩이에 '딤플dimple'이라는 게 있었다. 평생 처음 듣는 단어의 병증이었다. 태어난 직후라서 아직 정확하게 알 수 없으니 3개월 후 검사를 받아보자는 의사의 소견을 들었다.

"딤플이면 보조개라는 뜻이잖아? 병증치곤 사뭇 귀여운 표현인데."

심각하게 받아들이면 정말 심각한 일이 되어버릴까 봐, 아무렇지 않은 듯 아내에게 말했다. 설사 큰일이라 하더라도 마음

먹기에 따라 작은 일이 될 수도 있는 법이다. 아기 엉덩이에 생긴 딤플은 항문 위쪽에 보조개처럼 움푹 들어가 함몰된 부분을 뜻한다.

전체 신생아의 10~20%에게서 발생하는 흔한 증상이며 자라면서 자연스럽게 사라지는 경우가 대부분이다. 하지만 구멍이 지나치게 크고 깊거나 주변에 털이 나 있고, 혹은 항문에서 멀리 떨어진 부위에 위치해 있다면 병원 상담을 받아봐야 한다. 신경관 기형 가능성이 있기 때문이다.

산과 주치의에게 아이 상태에 대한 설명을 들으면서 나도 모르게 표정이 점점 굳어졌다. 걱정이 많은 아내는 오죽할까. 금세 얼굴이 창백해지는 게 보인다. 갓난아기의 손가락, 발가락, 머리카락 한 올까지 작은 것 하나하나도 모두 걱정스럽고 조심스러운 이때, '기형'이라는 단어 하나에 소스라치게 놀란다. 하지만 의사 선생님께서는 딤플이 발생한 아기 중 95%는 자연 치유가 될뿐더러 나머지 5%에서는 신경 기형이 있기는 해도 대소변 장애 등 심각한 증상이 없다면 굳이 수술 같은 걸 받을 필요도 없다고 설명했다. 그러니까 너무 걱정하지 마시고 석 달 후에 초음파 검사받으러 오세요, 라는 말로 상담이 마무리됐다.

주변에서는 별것 아닐 거라며 위로했다. 아이를 데리고 병원에 가면 다들 인생에서 처음으로 듣는 병명에 대해 하나둘씩 배우게 된다고. 아이를 낳지 않았다면 평생 들어볼 일이 없었을 단어들을 새로이 알게 된다고 말한다. 조그마한 이상이나 낌새가 보이면 무조건 검사를 시키는 게 의사들의 생리이고, 처음에는 겁을 엄청나게 주지만 나중에 결과를 확인해보면 대수롭지 않은 것이었던 경우가 많다면서 너무 걱정하지 말란다. 아이 부모라면 다들 한 번쯤은 겪는 일이라고들 하니까. 그럼에도 하루 걸러 한 번씩은 꼭 네이버 검색을 하거나 맘카페에 들락날락거리며 딤플에 대해 찾아봤다. 걱정의 늪에 빠져있던 지난 3개월이었다.

 다행히도 걱정과는 달리 아이는 잘 먹고 잘 싸면서 쑥쑥 자랐다. 무탈하게 건강히 백일을 맞이했고 마침내 검사 날이 되어 병원으로 갔다.

 어둠이 지배하는 컴컴한 초음파 검사실로 들어서니 왠지 긴장됐다. 아이의 등이 보이게 옷을 반쯤 벗기고 검사대에 눕혔다. 그 조그만 녀석을 등 굽은 새우처럼 옆으로 엎드리고서 웅크리게 했다. 자세를 잡고 나니 초음파 검사 스캐너가 아이 등 허리를 훑었다. 아내도 나도 할 수 있는 게 없으니 그저 숨죽이고 지켜볼 수밖에 없는 순간. 조용한 검사실에서 소리 내어 웃고 떠드는 건 천장에 붙어있는 스크린에서 뛰노는 뽀로로 친구들뿐이었다. 불과 5분 정도 짧은 시간이었지만 웅크려 누워있는 아이 모습이 어찌나 측은해 보이던지. 혹여나 우리가 그동안 살아오면서 크게 잘못한 게 있는지, 그래서 벌을 받는 건 아닌지 삶을 반추하게 됐다는 아내. 이런저런 후회와 미안함과 걱정의 감정들이 한데 뒤섞이다 일순 울컥 눈물을 흘릴 뻔했단다.

다행히도 검사 결과는 좋았다. 의심했던 신경관 기형은 찾아볼 수 없는 정상이라는 말을 들었다. 검사를 받는 동안 아무렇지 않은 척했지만 그제야 나도 안도의 한숨을 내쉴 수 있었다.

검사를 받기 전만 하더라도 까만 먹지처럼 불안한 마음이었지만 검사실을 나오니 하얀색 도화지처럼 기분이 풀어졌다. 하지만 그것도 잠시, 병동 여기저기에서 아픈 아이들을 마주하게 되니 금세 마음 한구석이 아렸다. 아프다고 소리치며 울고, 붕대를 칭칭 감고 있기도 하고, 가느다란 팔에 링거 바늘을 꽂은 채 걸어가거나, 생기 없는 얼굴로 침대에 누운 채 어디론가 실려가는 아이들과 그걸 지켜보는 한없이 가라앉은 눈빛의 부모의 모습. 소아과 병동에 몇 차례 방문했지만 여전히 적응되지 않는 장면이다. 아이들아, 너희들은 어찌하여 아파서 너뿐만 아니라 부모 마음도 아프게 하고, 간혹 순서도 지키지 않고 먼저 세상을 떠나려고 하는 것이냐.

제주에서 전승되는 서사무가 〈차사본풀이〉에는 이런 대목이 있다. 옛날 옛적, 인간의 수명이 정해지지 않았을 때. 염라대왕은 인간의 수명을 정하고, 수명이 다하기 전에는 죽지 않고, 다

했을 때엔 순서대로 저승으로 오도록 정했다. 이를 적은 적패지를 저승차사인 강림에게 시켜 인간 세계에 전달하도록 했는데, 강림은 이 중요한 일을 까마귀에게 시킨다. 하지만 까마귀 녀석은 마을에 이르렀을 때 그걸 잃어버리고 말았다. 어쩔 수 없이 녀석은 제 기억나는 대로 제멋대로 떠들어댔다. 때문에 어른과 아이, 부모와 자식 간 죽는 순서가 제멋대로 바뀌어버렸다. 그때부터 까마귀 울음소리가 불길한 조짐으로 받아들여지게 됐다고 한다. 엥이, 나쁜 까마귀 놈. 가슴속 먹먹함을 애꿎은 까마귀 욕을 하며 조금이나마 씻어냈다.

나의 아이는 운 좋게도 건강하다. 하나, 무작위하게 들이닥치는 불행의 화살을 빗겨 나지 못한 아픈 아이, 그리고 그 아이의 부모는 마음이 얼마나 시커멓게 타들어가 있을까. 나로서는 감히 상상할 수도 없는 고통이다. 아이가 아프면 부모의 마음은 더 아프다는 걸 아빠가 된 지금에야 이해할 수 있게 됐다. 나의 아버지도 그러하셨을 게다.

내가 고2였을 무렵 입원했을 때가 기억난다. 잠결이었는데 숨이 쉬어지지 않고 가슴이 찢어질 듯이 아파서 응급실에 실려 갔었다. 폐에 구멍이 나서 흉강에 바람이 차는 '기흉'이라는 병 때문이었다. 며칠 동안 옆구리에 고무호스를 꽂고서 공기를 빼내는데, 결국 구멍이 아물지가 않아서 그걸 꿰매는 수술을 하게 됐다.

수술이라지만 그리 겁나지는 않았다. 전신 마취를 한다지만 배를 째는 것도 아니고 옆구리에 조그만 구멍을 뚫어서 내시경으로 수술하는 간단한 거라니까. 수술은 정말이지 금방 끝났다. 그렇지만 수술은 수술인지라 아직 마취가 덜 풀려 병상에 누운 채 꿈과 현실을 오락가락하고 있었다. 옆에서 그 모습을 지켜보고 계시던 나의 아버지, 늘 엄하기만 했던 당신께서는 내게 뭔가를 건네주셨다. 꾸깃꾸깃 접어놓은 종잇조각을 내 손에 쥐여주시고 험험, 헛기침을 하며 병실을 나가는 뒷모습을 남기시고는.

멍한 눈빛을 한 채 이게 뭔가 싶어 열어보니 빽빽하게 한 장을 채우고도 모자라서 뒷장까지 넘어가는, 손으로 쓴 편지였다. 글자만 있으면 섭섭하기라도 한 듯 편지 귀퉁이에는 자그마한 삽화까지 그려져 있었다. 내가 침대에 누워 비몽사몽하면서 수술실로 들어가는 모습을 스케치한 거였다. 편지를 읽으면서 기분이 묘했다. 감동했다기보단 놀랐다고나 할까. 나의 아버지가 이렇게나 여린 감수성을 지닌 분이신 줄 전혀 모르고 살았다.

내가 잘못하면 불같이 화를 내시고 회초리로 때리시던 분. 여느 아버지와 아들처럼 딱히 대화를 많이 하지도 않았다. 늘 무뚝뚝한 모습의 경상도 남자셨다. 그랬던 아버지가 나를 걱정하며 밤새 편지를 쓰셨다니 상상해본 적 없던 일이었다. 정작 어머니께서는 무슨 일이 있었는지 한참이 지나서야 "수술, 그까이 꺼 별거 아니지?"라고 하시며 싱글벙글 웃으면서 돌아오셨다.

어머니께 아버지의 편지를 보여드리니 나만큼이나 적잖이 놀라시는 얼굴이었다. 이 양반이 이런 면이 있었어 하는 놀람이 얼굴에 드러나 있었다. 아니, 어쩌면 '아내인 나한테는 편지라고는 써본 적 없던 양반이 아들한테는 이런 걸 써 줘?'라는 배신감 어린 얼굴이었는지도 모르겠다.

어느덧 나도 나의 아버지처럼 아들을 키우게 됐다. 나 역시 아버지처럼 아이를 돌본다. 수술을 앞둔 아들을 걱정하며 편지를 쓰시던 당신의 모습처럼. 나 역시 아이를 안았을 때 왠지 몸이 더운 것 같으면 불안해하며 체온을 재고, 아이의 고운 피부 어딘가에 상처라도 낼까 봐 손발톱을 매일 짧게 깎고, 아이에게 위험해 보이는 물건들도 죄다 정리하고, 행여 더러운 게 있지는 않을까 집 안을 쓸고 닦고 소독하며 무균실처럼 만들고, 더울까 싶어 선풍기와 에어컨을 켰다가도, 추워서 감기에 걸리지나 않을까 이불을 도로 덮어주기도 하면서 노심초사한다. 이렇게 금지옥엽으로 키운다고 하더라도 앞으로 아이가 자라면서 한 번도 아프지 않을 수는 없을 터. 그럼에도 웬만해선 병원에 오지 않았으면, 특히나 소아과 병동은 더욱 올 일이 없었으면 하는 바람이다. 아가야, 아프지 말자. 요즘 우리 같이 즐겨

듣는 동요 노랫말처럼 '새끼손가락 고리 걸고 꼭, 꼭, 약속'하는
거다.

이렇게 나도 아이를 늘 걱정하는 아빠가 됐다.

'독박 육아' 고작 하루 체험기

"애 볼래? 밭맬래?"

아이를 키우기 전엔 별 고민 없이 대답했다. 당연히 애를 보는 거 아냐? 출퇴근길 지옥철이나 꽉 막힌 강변북로 주차장에 갇힐 일도, 나와는 영원히 평행선을 달리면서 마주치지 않았으면 하는 보기 싫은 직장 상사들도, 아메리카노와 핫식스를 연료 삼아 밤을 지새우는 야근도, 종종 혹은 자주 새벽까지 이어지는 회식 술자리의 괴로움도, 밑에서 치고 올라오는 후배들에 대한 두려움과 더불어 앞으로 남은 직장생활 가능 일수에 대한 불안한 계산까지도. 이런 온갖 스트레스투성이인 일터에서 해방돼서 귀여운 아이와 함께 집에 있으면 얼마나 행복할까.

하지만 지금 다시 똑같은 질문을 받는다면 단 1초도 망설이지 않고 대답할 수 있다. 나는 두말하지 않고 밭을 매러 가겠다고. 갓난아기를 키웠던 지난 4개월이 정신적, 육체적으로 어찌나 힘들었는지. 끊이지 않는 울음소리와 칭얼거림에 시달리고, 오 밤중에 두어 시간마다 잠에서 깨는 아이 때문에 나 역시 잠을 못 자 눈 밑이 점점 더 검어지며, 간신히 재운 뒤에는 재채기 한 번 못 하고서 조심스러운 침묵에 빠져있어야 하고, 하루 종 일 녀석을 안고 있으니 허리와 어깨와 손목은 나 좀 살려달라 아우성인데, 혹여나 어디 아프지나 않은지 불편한 곳은 없을 까 하며 늘 불안해했다. 그렇게 '두려운' 아이를 보느니 차라리 회사에 나가서 '편안히' 일을 하겠다는 말이 나온다. 역시 뭐든 지 겪어봐야 알게 된다.

코로나19 때문에 재택근무가 일상이던 시절, 오랜만에 나간 사무실에서 J과장을 만났다. 분명 오늘 재택근무 하는 날로 알 고 있는데 어째서 여기 계시냐는 물음에 답하는 그녀.

"나도 엄마지만 애 보기 너무 힘들어요. 일주일 내내 아이하 고 있으니 차라리 회사 나오는 게 더 좋아요."

오죽했으면 집보다는 회사행을 택했을까. 아빠가 되기 전엔 이해 불가의 영역이었지만 이제는 나도 알겠다는 듯 짐짓 공감 의 미소를 띨 수 있었다.

아닌 게 아니라 이제는 알 것 같다. 깨달음은 소위 '독박 육아'

의 하루를 처음으로 체험했던 날부터 시작됐다. 실은 하루 종일도 아니고 고작 낮의 한나절 동안, 처음 그날 이후 드문드문 며칠 동안, 날수를 모두 합쳐봤자 고작 한 손의 손가락을 겨우 다 꼽을 만큼이었지만. 이 짧은 경험만으로도 진절머리를 내며 집이 아닌 곳이라면 어디라도 좋다는 듯 도망치고 싶어지는 게 바로 홀로 하는 육아였다.

"너 혼자서 잘할 수 있겠어?"

아내가 걱정 어린 표정으로 말했다. 출산 후 첫 부인과 검진을 받으러 병원에 가는 날이었다. 내게 아이를 맡기고 둘만 남겨두고 나가는 게 불안했던 듯. 그렇다고 전염병이 창궐한 시국에 굳이 아이를 데리고 함께 병원에 갈 수는 없었다.

"에이, 걱정도 팔자셔. 내가 애를 잡아먹기라도 하니? 괜한 걱정하지 말고 다녀오기나 해."

아내의 걱정을 덜어주기 위해 애써 웃으며 대답했다. 아이는 이상하게도 내가 안으면 무척이나 울어댔다. 엄마에 비해 내 품이 뭐가 그리 불편하고 낯선 건지. 잠투정이 심했는데 꼭 엄마가 안아줘야지만 칭얼거림을 그치고 비로소 눈을 서서히 감아줬다. 어쩌다가 내가 재울라치면 기겁하고 울음을 터뜨렸다. 심할 땐 마치 홍시처럼 얼굴이 시뻘게져서 숨넘어갈 듯 꺽꺽거렸다. 그러니 아내가 걱정할 수밖에. 도저히 발걸음이 떨어지지 않았는지, 아내는 아이를 억지로 일찍 재우고서야 안도의 한숨을 내쉬고 집 밖으로 나섰다. 고작 몇 시간인데 별일 있겠어, 애가 깨면 내가 분유도 먹이고 트림도 시키고 아기체육관도 하고 모빌도 보여주면서 놀고 있을게. 떠나는 아내를 안심시키며 작별 인사를 했다.

그렇게 현관문을 닫고서 불과 5분 남짓 지났을까. 아니, 채 5분도 되지 않아서.

쌔근쌔근 자고 있던 아이가 갑자기 눈을 번쩍 떴다. 짧았던 고요함을 찢는 천둥 벼락같은 울음을 와락 터뜨렸다. 아니 갑자기 왜 이러는 거야. 다시 잠을 재우려고 황급히 쪽쪽이를 입에 물렸지만 소용없다. 입을 벌리면서 가열하게 운다. 침대에서 꺼내 안아봤다. 등을 토닥거리면서 자장가를 불러주니 다소 진정됐다. 속이 불편했던 거구나. 한참 동안 아이의 등을 시계 방향으로 쓰다듬으면서 달랬다. 침대에 다시 눕혔더니 등에 가시라도 박혔는지 또다시 얼굴이 시뻘게질 정도로 운다. 아니 왜 그러냐고 대체. 다시 안았지만 별무소용이다. 서늘한 기분이 들어서 기저귀를 벗겨보니 '왜 슬픈 예감은 틀린 적이 없나' 질퍽한 똥을 한 무더기 싸놨다. 물티슈를 네댓 장 뽑아서 엉덩이와 고추를 닦아주고 새 기저귀로 갈아줬다. 기분이 좋아졌는지 아이가 배시시 하고 웃었다. 이제 한숨 돌렸다 싶었는데 나만의 일방적인 평화조약은 10분도 채 못 넘기고 휴지조각이 돼버렸다. 다시금 숨넘어갈 듯 울어대는 아이. 똥을 싸서 배가 고픈 거로구나. 허겁지겁 분유를 타서 흔들고는 아이 입에 젖병을 물렸다. 다행히도 울음소리가 잦아들고 쪽쪽 분유 빠는 소리만 집 안에 울려 퍼졌다. 배가 부른 아이를 들쳐 안고 트림을 시켰다.

 마침내 폭풍우가 지나갔다. 아이를 침대에 눕히고 주변을 둘러봤다. 널브러진 가제수건과 턱받이, 아기 이불과 베개. 그 옆엔 빈 젖병이 뒹굴고 있다. 미처 쓰레기통에 넣지 못한 똥기저귀에서는 스멀스멀 고약한 냄새가 일어나는 중이다. 앉아서 쉴 때가 아니다. 이제 집안일을 해야 한다. 아이가 바닥에 굴러떨어지지 않도록 침대 난간을 올려 닫았다. 우선 젖병 설거지부터 시작했다. 다 씻은 후엔 똥기저귀와 시커먼 변이 여기저기 묻어있는 물티슈들을 비닐봉지에 넣고 꼭꼭 싸맨 뒤 쓰레기통에 버렸다. 가제수건은 새로 하나 꺼내고 흥건히 젖은 헌 가제수건과 어제 입은 아기 옷들이며 손싸개, 발싸개들을 세탁기에 넣고 돌린다. 아이가 심심했는지 다시금 울음소리로 나를 부른다. 허겁지겁 달려가서 안아주며 달랬다. 안아주는 것으로는 역부족이라 아기체육관 장난감으로 겨우 달래고서 집안일을 재개한다. 이제는 청소기를 돌릴 차례. 아침부터 우당탕탕거렸으니 바닥에 먼지가 잔뜩 쌓였다. 이놈의 바닥은 매일 쓸고 닦아도 왜 금방 더러워질까. 집의 더러움이라는 건 쓸데없이 회복 탄력성이 크다.

한 차례 집안일을 마쳤다. 악전고투 끝에 아이를 잠의 세계로 밀어 넣고 나니 겨우 숨 돌릴 만할 시간이 찾아왔다. 아직 하루의 절반도 지나지 않았는데 온몸은 땀으로 흥건하고 몸뚱아리는 축축 처진다. 한동안 거실 바닥에 큰대자로 누워있다가 일어나 소파에 앉아 창밖을 멍하게 바라봤다. 하루 종일 아이를 돌보고 집안일을 하면서 시간을 보내고 나면 그 후에 남아있는 건 무엇일까. 매일을 이렇게 똑같이 보내다 보면 언젠가는 맞이하게 될 끝은 과연 어떨까. 아이가 크고 나면 이 모든 번거로운 일들이 사라질 테지만 남은 자리에는 거대하고 어두운 공동만이 남아있지 않을까. 문득 아내 생각이 났다. 내가 출근하고 나면 너는 혼자서 이런 고난의 행군을 매일 되풀이해 왔겠구나. 아침부터 저녁까지 내가 퇴근해서 돌아오기 전까지 오롯이 홀로. 지금의 내 모습처럼 우두커니 앉아 창밖을 바라보고 있을 아내는 무슨 생각을 했을지. 나는 고작 며칠이었지만, 직장을 그만두고 전업주부의 길을 선택한 아내에게는 몇 년간은 이런 날의 반복이 이어질 게다.

그런 생각 끝에 아이가 돌을 맞이하고 나면 육아휴직을 쓰기로 했다. 육아의 고됨과 허무감을 아내에게만 짐 지을 순 없으니까. 아이가 아무리 사랑스럽다지만 혼자서 감당하기에는 벅차다. 2024년 기준 한국의 전체 육아휴직 사용자 중 남성 비율은 31.6%를 기록, 제도 시행 이래 처음으로 30%를 넘겼다. 하지만 북유럽 국가들이 40%를 넘는 데 비하면 한참 모자란 수치다. 휴직 기간 중의 소득대체율이 유럽 국가들은 70%에 육박하는 데 비해 한국은 30% 내외에 머무르고 있어서 그런 듯하다. 나 역시 머릿속으로 계산기부터 돌려봤다. 육아휴직 하면 한 달에 얼마나 나오지? 월급의 절반 정도는 받을 수 있으려나. 서울시와 서대문구에서 매월 지원해주는 금액도 있긴 하다. 그런데 이걸로 아파트 대출 원리금 갚고 생활비가 남긴 하려나. 빚을 내서 휴직해야 하는 거 아니야. 지금부터 매달 조금씩 저축하면 2년까지는 무리더라도 너덧 달 정도는 휴직이 가능하지 않을까. 이런저런 생각에 머릿속이 복잡해진다.

내가 휴직하고 집에서 아이를 돌보는 동안에는 아내가 바깥으로 나갔으면 한다. 임신과 출산으로 단절됐던 사회생활을 다시 시작하면서 아이가 아닌 다른 사람들을 만나서 웃고 울고 얘기하면서 지냈으면. 숭고하지만 지루한 반복을 되풀이하는 육아가 아니라 새롭고 다양한 사람들과 사건들을 겪었으면. 종종 친구들도 만나서 좋아하는 커피와 술을 마시고 SNS에서 유명하다는 맛집에서 밥도 먹고 예쁜 사진도 찍고 다녔으면. 그동안 희구했던 삶을 그저 아이 때문에 덮어두고 저버리지 않았으면 한다. 오로지 육아에만 매달리는 바람에 자신을 잃어버리지는 않았으면 하는 바람이다. 나는 내 아이의 엄마와 살고 싶은 게 아니라, 내가 좋아하는 사람과 함께하기 위해서 결혼한 거니까. 아이를 사랑하지만 아이'만'을 사랑하며 살 수는 없다. 고작 4개월째지만 아이를 키우면서 매번 다짐하곤 한다.

그런데 정작 아내에게 이런 얘길 했더니 반응이 뜨뜻미지근하다.

"나 회사 다시 다닐 생각 없는데? 애 보는 걸로 모자라서 돈도 벌라고? 너무하네 정말."

아니 그게 아니라, 오해야 오해. 누가 들으면 악덕 남편인 줄 알겠네.

12

남자는 머리빨

때는 새천년의 첫해. 내가 다녔던 고등학교에는 두발의 자유
가 없었다. 다들 시커먼 교복을 입고서 귀밑 2센티미터를 넘
지 않게 파르라니 짧게 깎은 머리를 한 채 학교에 다녔다. 자유
를 갈망하는 자들에 대한 통제와 단속은 군부 독재 시절의 그
것과 같이 서슬퍼렜다. 아침마다 교문 앞에서는 몽둥이를 든
선생님들이 머리 길이와 용모단정 여부를 검사하셨고 그걸로
도 모자라 두발 점검 시간도 무시로 예상치 못하게 맞이해야
했던 시절. '타는 목마름으로' 아무리 외쳐봐도 되찾을 수 없는
자유였다.

그런 시국이지만 친구 K는 매타작을 당하더라도 멋은 포기할

수 없는 남자였다. 선생님들의 매서운 감시망을 피해가며 용케 머리를 길렀다. 빡빡머리에 가까운 스포츠머리를 한 무리 가운데서 홀로 고고히 찰랑거리는 머릿결을 자랑했으니 실로 대단한 능력이 아닐 수 없었다. 하지만 결국 파국의 날은 왔다. 불시에 들이닥친 빡센 두발 단속 날이었다. K는 급한 마음에 물을 잔뜩 묻혀 머리를 뒤로 넘기고 귀를 훤히 드러나게 하는 등 소동을 피웠지만 아무 소용이 없었다. 애지중지 길러온 구레나룻과 눈 아래까지 길게 내려오던 앞머리와 강제로 맞이한 생이별. 학생주임 쌤의 인정사정없는 바리깡이 본인의 정수리에 광활한 신작로를 내자 K는 서러운 눈물을 흘렸다. 사나이 울리는 건 신라면이라더니 머리만 깎아도 남자를 울릴 수 있다는 걸 알게 됐다. 머리카락 그까짓 거, 그게 대체 뭐라고.

사시사철 교복을 입어야 했던, 심지어 우리 학교는 수학여행 때도 사복이 아닌 교복을 입어야 했던 학교였으니, 이곳의 남고생들에게 유일하게 멋을 부릴 수 있는 자산이라고는 머리카락밖에 없었다. 원빈같이 잘생긴 연예인 양반은 삭발을 하든 장발을 하든 심지어 2대8 가르마 응삼이 아저씨 스타일 머리를 하든 변함없이 멋있어서 '머리가 원빈빨 받는다'는 우스갯소리가 있다. 허나 K도 우리도 얼굴이 원빈 같지 않으니 이런 볼품없는 자산을 물려주신 부모님을 원망하며 '머리빨로 얼굴을 보완하려고' 부단히도 노력했다. 하루 종일 야한 생각을 하든 머리를 자주 감든 여하튼 별별 방법을 동원해서 어떻게든 길러보려고 애썼고, 그래봤자 그리 길지도 않은 머리카락에 젤이나 무스를 발라서 힘을 주기도 했다. 볼썽사납게 옆머리가 뜨는 녀석들은 아침마다 드라이기로 10분이 넘도록, 머리에서 타는 냄새가 날 정도로 오랫동안 열을 쬐며 눌러대는 정성을 들이기도 했다. 그렇게나 소중하게 가꾼 머리칼이었다. 이걸 한순간에 잃어버렸으니 아무리 사나이더라도 상실감의 눈물이 왈칵 흐를 수밖에.°

그리고 고등학교를 졸업하고서 마침내 맞이하게 된 자유의 나날들. 우리는 그동안 억눌려왔던 열망을 폭발시키기라도 하듯 머리에 별짓을 다 했다. 덥수룩한 장발에다가 염색도 하고 당시 유행하던 샤기컷도 해보고 뽀글뽀글한 머리로 파마도 하고 난리도 아니었다. 연애할 때도 여자친구를 만나러 나가기

° K는 소중한 머리를 잃은 후 내내 분노에 차 있다가 교생 실습을 나온 미녀 선생님을 만나기 시작했다. 당시 핫했던 걸그룹 클레오의 멤버 채은정을 닮은 예쁜 분이셨다. 바리깡이 파먹은 머리가 바보 같아 보이면 어떠랴. 그는 우리에게 세상 누구보다 대단한 남자였다. 매일 아침 다들 우르르 몰려가 그에게 "너 어제는 쌤하고 뭐했냐?"고 물어보는 게 일과의 시작이었다. 그게 선생님들에 대한 불타는 복수심에서였는지 혹은 순수한 사랑의 감정에서였는지는 모르겠지만. 우리는 배우 김하늘의 대사 "난 선생이고 넌 학생이야"로 유명했던 드라마 <로망스>를 TV 화면이 아니라 눈앞의 현실로 관람했다.

전 머리에 정성스레 왁스를 바르고 손가락으로 쓱쓱 싹싹 정리를 하는 것도 모자라 옆머리가 뜰까 봐 괜히 벙거지를 5분 정도 쓰고서 숨을 죽였다. 어떻게든 멋져 보이고 싶은 마음에 미용실에 가서 값비싼 다운 펌을 받기도 했다. 머리가 근사하게 된 날이면 얼굴 꼴은 그대로였음에도 왠지 모를 자신감이 솟구쳤더랬다.

하지만 나이가 들어갈수록 머리 손질에 들이는 시간이 점점 줄어든다. 결혼하고 아이를 낳은 지금은 거울도 제대로 보지 않는다. 아니 볼 시간이 없다. 조금이라도 더 잠을 자려고 최후의 순간까지 침대에 누워있다가 출근 시각이 임박하면 급하게 일어나 세수를 하고 머리를 감는다. 그렇게 허겁지겁 씻고 선풍기에 머리를 대충 말리고 뛰어나가기 바쁘다. 머리에 물기만 빠지면 그걸로도 충분하다. 펌이며 왁스며 드라이가 웬 말이랴, 모두 다 사치스럽고 별스러운 짓이다. 게다가 요즘엔 육아 때문에 바쁘다는 핑계로 몇 달이나 미용실에 가질 않아서 추억의 홍콩영화 〈폴리스 스토리〉에 나오는 성룡의 바가지 머리 비슷한 꼴이 됐다. 회사 동료들은 농반진반으로 "김 과장, 내가 돈 줄 테니까 머리 깎고 오면 안 될까?"라고 말하는데 그럴 때마다 이렇게 대답한다. "퇴근하고 집에 가면 애 봐야 해서 머리 같은 거 깎을 시간이 없어요."

그렇게, 이제는 더 이상 '남자 머리'라는 것에 대해 신경 쓸 일이 없을 줄 알았는데.

 신생아일 때부터 남다른 풍성함을 자랑했던 아들의 머리카락이 점점 빠지고 있어서 걱정이다. 그냥 빠지는 게 아니라 머리를 잠깐이라도 뉘었다 일어난 곳은 연약한 두피에서 탈출해나간 머리털의 잔해들이 수북하다. 영문을 모르고서 봤으면 이게 하늘에서 바닥으로 떨어진 건지 바닥에서 털이 자라나는 건지 헷갈릴 정도다. 이 녀석은 농부도 아닌데 여름철 모내기하듯 바닥에다 머리카락을 빽빽하게도 심어놨다. 그렇게나 머리칼을 흩뿌리고 다녔으니 남아날 수가 있나. 울창한 검은 밀림 같던 머리가 어느덧 M자형 탈모 증상을 보이더니, 급기야 생후 4개월이 넘어가자 정수리 쪽 머리카락이 죄다 빠지고 빙 둘러 옆머리만 간당간당하게 남아있다. 아들에게도 손주에게도 지독히 객관적인 태도를 견지하는 어머니께서는 카톡으로 보내드리는 아이 사진을 보고서 딱 한 마디 하셨다.

 "못난이 대머리 총각이네."

 기실 아기 머리카락이 빠진다 해도 얼마나 빠지겠나. 신생아들은 털갈이라도 하듯 처음의 가느다란 배냇머리가 빠지고 굵은 새 머리가 새로 난다고들 하더라. 아무리 머리가 휑해진다 하더라도 별걱정 없었다. 그런데 어느 날, 가만히 쳐다보고 있으니 문득 아들의 불꽃같이 타오르던 미모가 끝단만 남은 몽당 양초처럼 사그라든 듯하다. '언어는 사고의 집'이라더니, 어머니께서 말씀하신 못난이 대머리라는 단어를 듣고 나서 아들의 얼굴을 쳐다보니 왠지 정말 시골 대머리 할아범처럼 보이기 시작한다. 열이 올라서 볼이 발그레할 땐, 뭐랄까, 이건 그냥 대낮부터 막걸리 한 잔 걸치신 동네 이장님 같아 보이기도 하는 것이다. 머릿속에서는 dj doc('디오씨'가 아니라 '덕'이라고 부르던 시절에 냈던)의 그 노래가 자동 재생된다. "옆집 아저씨 반짝 대머리 옆머리로 속알머리 감추려고 애써요."

아무래도 보기가 영 좋지 않다. 뭔가 방법이 없을까 해서 육아 선배인 친구들에게 고민 상담을 했다. 너희 애들도 혹시 이 시기에 탈모병이 걸렸었니. 어떻게 해야 하냐. 다들 이미 경험해본 일이었는지 듬성듬성해지는 아기 머리를 한 번쯤은 빡빡 밀어줘야 한다는 대답이 돌아왔다. 시원하게 밀어주고 나면 언제 그랬냐는 듯 머리가 금방 풍성하게 다시 자라난다고. 그리고 바리깡으로 혹은 면도기로 조심스럽게 자식 머리를 민 경험담들이 이어진다. 친구 J는 전기 바리깡을 갖다 대자 아이가 겁에 질려 울고불고 난리를 치는 바람에 왼쪽 절반만 민머리가 된 웃기는 꼴을 한 이발 실패 사진을 보내왔다. "머리 깎을 때 아이를 절대 놀라게 하면 안 돼"라는 하나 마나 한 당부의 말과 함께였다.

우리도 남들처럼 아이 머리를 동자승의 모습으로 빡빡 밀어봐야 하나. 그러고 나면 다시금 예전의 풍성한 머리숱을 되찾을 수 있을까. 설사 그게 근거 없는 속설이라 하더라도 뭐라도 해 보고 싶은 마음이다. 아들의 잃어버린 미모를 되찾기 위한 고민 아닌 고민에 빠진 요즈음이다. 역시 남자는 머리빨이다.

13

'우리 아이 천재설'의 함정에 빠진 자

아이에게 괜한 기대를 하지 않으려고 했다. 기대감이란 비탈길 위에 올려진 눈덩이 같은 것. 부러 건들지 않았음에도 절로 굴러가기 시작하고 점점 더 불어나서 커다란 뭉치가 되고야 만다. 종내에는 커다란 눈 덩어리로 변해버린 기대감이라는 것이 아이의 어깨를 짓누르는 무거운 짐이 될까 염려됐다. 부모의 과한 기대가 아이를 망치는 경우가 얼마나 많았던가.

그런데도 우리 아이가 다른 아이들보다 조금이나마 더 빠른 것 같으면 못내 흐뭇했다. 처음으로 예방접종하러 소아과 병동에 갔을 때다. 주사를 맞기 전 계측실에 들렀다. 아이의 몸무게를 재던 간호사분께서 놀란 얼굴로 말씀하셨다.

"어머, 아이가 발달이 되게 빠르네요. 엄마 목소리가 나는 쪽으로 고개를 돌리는데요? 벌써 이럴 때가 아닌데."

이 말을 듣고 나서 "그런가 보군요" 하며 짐짓 아무렇지 않은 표정을 지었지만 피식거리며 새어 나오는 웃음을 붙들어둘 수는 없었다. 누군가 그때의 내 얼굴을 살펴봤다면 눈은 고요한데 입꼬리는 어쩔 줄 몰라 마구 흔들리는 모습이 기괴해 보였으리라.

인내심이 얕은 사람이었으면 "동네 사람들! 우리 아이가 이렇게나 빠르답니다. 정말 대단하지 않아요?"라고 소리치며 뛰어다녔을지도 모르겠다. 그때 그 순간부터였을까. 애써 꺼뜨려서 묻어놨던 기대감이라는 불씨가 되살아나버렸다.

물론, 그동안 아이의 발달 과정을 돌이켜보면 기대감의 늪에 빠져 허우적거릴 법도 했다.

시작은 산후조리원에서였다. 태어난 지 일주일밖에 안 됐을 무렵. 책에서 읽기로는 이 시기의 신생아는 사물을 명확하게 인지하지 못하고 바로 눈앞의 손가락 정도의 크기만, 그것도 흑백으로 명암만 구분할 수 있다고 했다. 하지만 우리 아이의 눈빛은 이상하리만큼 또렷했다.

내 얼굴을 빤히 쳐다보면서 눈 맞춤을 하질 않나, 다른 곳으로 움직이면 그쪽을 향해 눈동자를 돌리기도 하는 것 아닌가. 사진을 찍으려고 휴대폰 카메라를 들이밀면 어떻게 알았는지

렌즈를 응시하는 덕분에 정면을 바라보는 사진들도 많이 찍었다. 적어도 생후 5~6주는 되어야 사물을 응시하는 게 가능하다고 했는데 신기할 따름이었다.

1개월 나이 먹은 아이에게 분유를 먹일 때도 놀라움의 연속이었다. 배가 고파 보채는 와중에도 젖병을 보는 순간 울음을 딱 그치는 아이. 투명한 플라스틱병에 담긴 이것이 일용할 양식이라는 걸 인지한 걸까. 젖병을 잠시 보여줬다가 분유를 섞으려고 가져올 땐 순간 걱정됐다. 눈앞에 밥이 보였다가 안 보이게 되면 사라져버렸다고 생각하지 않을까. 과연 처음 몇 번은 젖병이 보이지 않을 때 서럽게 울더니만 어느 순간부터 잠잠해졌다. 눈앞에 보이지 않는다고 해서 사라지는 게 아니라 계속 존재한다는 걸 알게 된 것. 교육학자 피아제가 말한, 이른바 '대상 영속성'의 개념을 벌써 깨우쳤다. 이는 분명 생후 6개월 전후에나 성취할 수 있는 단계라고 했는데 대체 몇 달이나 빠른 건가.

2개월이 지났을 무렵에는 내용을 알아듣지도 못하는 아이에게 동화를 읽어줬다. 아직 엄마 뱃속에 있을 때 태교 삼아 들려줬던 전래동화들이었다. 칭얼거리다가도 동화를 읽기 시작하면 금방 생글거리며 웃는데 꼭 뱃속에서 들었던 걸 기억하는 것처럼 보였다.

동화책을 읽어줄 뿐 아니라 소리 나는 모빌, 동요가 재생되는 그림책과 장난감도 종종 틀어줬다. 웬만한 것들은 다 좋아했는데 어째서인지 특정 장난감에서 흘러나오는 동요를 들을 때마다 아이는 울어댔다. 혹시나 해서 다른 노래들을 들려주다가도 중간중간 문제의 그 장난감을 슬쩍 들이밀었는데 그때마다 여지없이 울음이 터져 나왔다. 아마도 이 장난감에서는 아이를 불편하게 하는 소리가 섞여 있나 싶었다. 혹시나 해서 입으로 그 노래의 멜로디를 따라 불러봤더니 놀랍게도 역시나 울음을 터뜨린다. 다른 노래를 흥얼거렸더니 금방 헤실거린다. 세상에, 이 어린것이 음률을 기억하고 있는 데다가 호불호의 취향까지 벌써 지녔단 말인가.

3개월 때는 일찌감치 시작한 뒤집기 놀이를 하면서 시간을 보냈다. 두 달째부터 이미 '터미 타임Tummy Time(아기를 배로 엎드려 놀게 해주는 시간)'에 돌입했고 만 3개월이 되기 전, 정확하게는 58일째에 스스로 뒤집기에 성공했으며 이후부터는 자유자재로 시도 때도 없이 뒤집기를 하는 아이였다. 빠르면 3개월, 늦으면 7개월부터 뒤집기를 한다고 들었는데 과연 우리 아이는 빠르구나.

운동이라고는 꽝인 엄마 아빠와는 달리 체육 영재일지도 모른다는 기대에 부풀었다. 만 4개월이 되기 직전 무렵에는 손가락을 자유자재로 놀리기 시작했다. 품에 안고 있으면 내 옷소매를 잡아당기거나 팔을 긁거나 심지어 가슴팍을 꼬집기도 했다. 얼굴 앞으로 손을 슬며시 갖다 대니 덥석 움켜쥐기도 하고 장난감이나 치발기는 예사로이 잡아챈다. 내 손을 꽉 쥔 주먹의 힘은 또 어찌나 센지 이 아이는 장차 천하장사가 될 것 같다. 너는 정말 체육 영재로구나.

4개월이 되자 더욱 놀라운 일이 벌어졌다. 아이에게 "기저귀 갈자", "이제 목욕하자"라는 말을 하거나 유모차에 태워 산책을 나가려고 부산을 떨면 뭐가 그리 좋은지 배시시 웃는 모습을 보여준다.

축축한 기저귀가 불편해서 다리를 버둥거리다가도 새 기저귀를 꺼내서 보여주면 이제 기저귀 갈아주세요, 라고 말하듯 몸을 얌전히 바로잡는다. 샤워기를 틀어 아기 욕조에 물을 받기 시작하면 이제 곧 신나는 물놀이가 시작될 걸 아는 것처럼 물장구치듯 허공에다 다리를 마구 텀벙댄다. 바깥 산책을 하기 위해 유모차에 앉혀놓고 우리가 마스크를 쓰는 등 준비를 하고 있으면 벌써 싱글벙글 웃음을 짓는 아이. 이제부터 뭘 하려는지 알고 있는 모양새다. 특정 사물이나 사건을 지칭하는 말을 인지하는 것을 넘어서서 앞으로 벌어질 일에 대한 '미래 예측'까지 하게 된 걸까.

만 5개월이 됐는데 아이는 벌써 "엄마!"라는 소리를 낸다. 아니, 그렇게 들리는 것 같다. 요즘에 입술을 붙이고서 부르르 떨면서 소리 내는 데 재미를 붙였는데, 이건 엄마의 'ㅁ', 아빠의

'ㅃ' 소리를 내기 위한 준비를 하는 것처럼 보인다. 두 입술로 내는 입술소리의 두 종류인 구강음 'ㅂ, ㅃ, ㅍ', 비음인 'ㅁ' 소리를 벌써 내는 것이다. 이른 감이 있지만 이제 얼마 있지 않아 곧 엄마 아빠라는 말을 할 것만 같다. 이 모습을 보고서 아내와 경쟁 아닌 경쟁에 불이 붙었다. 과연 엄마를 먼저 말할 것이냐, 아빠를 먼저 말할 것이냐. 아이에게 말을 걸 때마다 "엄마는 말이야……", "아빠는 이런데……"라면서 어두에서부터 엄마 아빠라는 단어를 각인시키려고 애쓴다. 어떻게든 본인을 먼저 호명해줬으면 하는 바람 때문이다. 아이는 우리의 치기 어린 마음을 몰라주고 까르르 웃으면서 사방팔방으로 침만 가득 튀길 뿐인데.

어쩌면 6개월 무렵에는 아침에 일어나서 양반다리를 하고 앉은 채 "아빠!"를 외치는 건 아닐까 하는 말도 안 되는 상상도 했다. 더 나아가서, 잠에서 깼나 싶어 아기 방으로 가보니 아이가 어느새 침대에서 일어나 앉은 채로 "아버님, 소자 문안 인사 드리옵니다. 제가 아직 걸음마를 익히지 못하여 앉아서 말씀드리는 점 양해 바라옵니다. 밤새 강녕하셨습니까?"라고 점잖게 말하는 장면을 머릿속으로 떠올린다. 그렇게 말도 안 되는 환상에 부풀었더랬다.

기대하지 않으려 했으면서도 괜히 기대하고 있던 때. 채 돌도 되지 않은 아이를 앞에 두고 '영유아발달표'의 수치를 찾아

보면서 우리 아이가 남들보다 빠른데, 혹시 천재 아닐까, 나중에 영재 센터를 보낼지도 모르겠어, 따위 대화를 아내와 주고받았다. 모든 부모가 육아 과정에서 한 번쯤은 빠지게 된다는, 이른바 '자기 아이 천재설'의 함정에 우리도 영락없이 빠져버린 것이다. 직장 동료들 앞에서 지난 5개월간 우리 아이가 얼마나 성장이 빠른지, 이것 참 신기하고 놀랍지 않냐면서 한참을 떠들어대고 있으니 문득 내가 팔불출 같아 보였다. 설마설마했는데 저도 제가 이런 아빠가 될 줄 몰랐습니다. 어쩔 수 없는 부모네요 저도.

  그런데 지금의 내 모습을 보아하니 어째 끊임없이 다른 아이들과 비교하고 있다. 이 시기의 다른 아이들보다 우리 아이가 훨씬 더 뛰어나다면서, 발달표상의 평균에 비해서 우리 아이가 훨씬 더 빠르다면서 우쭐해하고 있다. 무릇 타인과의 비교는 불행의 씨앗이라 했거늘. '행복경제학의 아버지'라 불리는 경제학자 리처드 레이어드는 『행복, 새로운 과학의 교훈』에서 흥미로운 연구 결과를 말해준다. 하버드 대학생들을 대상으로 한 실험에서였다.

  "당신이 1년에 평균 5만 달러를 벌고 다른 사람들은 평균 2만 5천 달러를 버는 세상, 혹은 당신이 1년에 평균 10만 달러를 벌고 다른 사람들은 평균 25만 달러를 버는 세상. 당신은 둘 중에 어느 쪽을 선택하겠는가?"

당연히 소득의 절댓값이 더 큰 후자를 택할 것이라는 예상과 달리 의외로 응답자 거의 모두가 전자를 선택했다. 많은 이들이 내가 버는 돈이 줄어들지라도 남들이 나보다 더 버는 것은 참지 못했다. 이렇듯 행복감이라는 건 절대적이지 않고 상대적이다. 타인과의 비교를 통해 행복과 불행을 달리 느낀다는 것이 설문의 결과였다. 나도 하버드생들도 별다른 것 없었다. 우리 아이의 지금을 직시하지 못하고 다른 아이들에 비해 아주 조금뿐일지라도 더 나은 것처럼 보이면, 고작 그런 것에서 만족감을 느끼는 모습이란. 우리 아이가 10만 달러 치의 성장을 했으니 거기에 기뻐하면 될 것을, 다른 아이들은 25만 달러 치나 성장했는데 이게 뭐냐면서 불평을 늘어놓을 준비나 하는 꼴이었다.

처음에는 이렇지 않았다. 하루하루 아이에게서 새로움을 발견하고 그때마다 놀라움의 탄성을 내질렀다. 어제까지만 해도 분유를 한 번에 50㎖씩 먹었는데 오늘은 100㎖를 먹었어, 이제는 배냇짓이 아니라 내 얼굴을 알아보고 웃어주는 것 같아, 방금은 조그만 손을 쫙 펴더니 쪽쪽이를 잡아채는 거 있지, 이거 보여? 고개에 힘을 주더니 혼자서 목을 가누게 됐어. 아이가 성장해가는 모습을 곁에서 지켜보는 건 매일의 기쁨이었다. 그러다가 어느 날부터인가 발달표 따위를 끼고 살면서 지금 이 시기에는 이걸 해야 하는데, 음, 이건 진작에 마스터했지, SNS

에 올라온 같은 달에 태어난 또래 아이들의 사진을 보면서 우리 아이는 아직 저걸 못하는데, 아니 우리 아이는 이걸 하는데 쟤는 아직 못하네 같은 비교를 시작했다. 우리 아이가 남들보다 뒤떨어지는 건 아닌지 전전긍긍하며 "에이, 그래도 우리 진이가 확실히 뛰어나네"라는 확신인지 자기 위로인지 모를 말을 되뇌었다.

  역시나 비교는 불행의 씨앗이라 할 만하다. 바로 눈앞에 버젓이 존재하는 행복에서 고개를 돌려 쓸데없는 곳을 바라보느라 아까운 지금 이 순간을 놓치고 있는 꼴이라니.

  5개월이 되었을 때 1차 '영유아 건강검진'을 받았다. 해당 검진은 생후 4개월에서 71개월까지의 모든 영유아를 대상으로 총 7회에 걸쳐 신체 계측이나 발달 평가, 건강 교육 등을 진행하고 비용은 건강보험공단에서 부담하는 제도이다. 우리 아이도 드디어 첫 번째 검진을 다녀왔다. 결과를 보니 대부분의 신체 지표가 평균보다 아주 조금 나은 정도였다. 키도, 몸무게도, 머리둘레도, 신체 반응도 특출하게 상위 퍼센트에 자리 잡은 건 없었다. 이러면 안 되는데 이상하게도 다소 실망스러웠다. 그 숫자들에서 대체 무얼 바라고 있었던 걸까? 나도 모르게 경쟁적인 줄 세우기의 장에 아이를 떠밀려고 했던 것 아닐까. 뭣이 중헌지도 모르고 그저 남들보다 더 뛰어난 1등 아이가 되기만을 바라면서.

아이에게 과한 기대를 하지 않겠다던 처음의 자세를 잃어버리지 말아야겠다. 누구나 빠지게 된다는 함정에 빠지지 말자. 다른 아이들과 비교하느라 분주한 나머지 우리 아이만의 반짝거림을 놓치지는 않아야겠다. 행복은 타인에게서가 아니라 자신에게서 찾는 것이니까. 다시금 다짐해본다.

° 물론 이 다짐은 몇 해 지나지 않아 산산조각났다. 아이가 한글을 일찍 깨우친 탓에 2차, 3차 '우리 아이 천재설'에 빠져서 허우적거렸다. 아마도 대학교 입학 전까지는 계속 이러지 않을까 싶다.

14

이유식 먹이기 대작전

아내는 산후조리원에 머물던 때부터 모유가 제대로 나오지 않았다. 처음 며칠은 출산 직후여서 그런가 보다 했다. 아직 '엄마'가 되었다는 사실을 미처 몸이 깨닫지 못해서 그렇다고. 조금만 더 기다리면 젖과 꿀이 흘러넘치는 풍요로운 어머니 대지처럼 변모할 날이 올 거라 믿어 의심치 않았다.

하지만 다음 날도, 그다음 날도, 심지어 그다음 주가 되어서도 계속해서 젖은 찔끔거릴 뿐이었다. 조리원 방에서 쉬고 있다가 정해진 시각마다 콜이 와서 수유실로 올라가던 아내. 이내 돌아와서는 이번에도 젖이 나오질 않아서 얼마 먹이지 못했다며 마음 아파했다. 아기는 엄마의 가슴을 아무리 빨아봐도 뭐가 나오지도 않고 배고픔이 달래지지도 않으니 와앙 하고 울음을 터뜨리기만 했다. 모유가 잘 나오게 하는 데 도움이 된다는 가슴 마사지도 받고, 잠을 충분히 자며 휴식도 취하고, 모유가 흘러넘치게 해준다고 입소문이 난 차를 마시고 영양제 따위들도 열심히 챙겨 먹었지만 효과는 없었다.

모유에는 아이에게 좋은 면역 물질이며 영양소들이 풍부하다던데 도통 나오질 않으니 먹일 수가 없었다. 별수 없이 아이에게 분유만 열심히 먹일 수밖에. "엄마가 너무너무 미안해." 아내는 우리 아가에게 젖도 제대로 주질 못해 미안하다며 매일 울상이었다. 자식을 제대로 먹이지 못하는 장면이 이리도 마음 아픈지 예전에는 미처 몰랐다.

문득 어릴 적 생각이 났다. 매년 늘어나는 허리둘레를 걱정하는 지금은 상상도 못 하는 일이지만, 꼬마였을 때의 나는 밥 먹는 걸 무척 싫어했다. 분유도 그랬거니와 밥을 먹을 때도 한 숟갈 떠서 입에 넣으면 삼키기까지의 시간이 얼마나 오래 걸렸는지. 감감무소식 함흥차사 기다리는 듯했다. 어머니께서는 "제발 밥 좀 씹어서 삼켜라, 네가 소도 아니고 왜 자꾸 입 안에서 되새김질하니"라며 다그치시고 어르고 달래기도 하셨지만 소용없었다. 그 시절의 나는 늘 하던 거짓말이 두 개 있었다. 오늘은 학교에서 점심시간에 도시락밥을 남기지 않고 다 먹었다는 것과 일요일에 교회 봉고차를 놓치는 바람에 주일학교에 못

갔다는 것. 밥은 친구들에게 골고루 한 숟갈씩 나눠주거나 그럼에도 남은 밥은 하굣길에 학교 화단에 몰래 버리곤 했다. 교회는 가기 싫어서 기다리던 차가 떠날 때까지 숨어 있었다. 일요일 아침엔 디즈니 만화동산도 보고, 만화 보느라 부족한 아침잠도 마저 자야 하고, 친구들과 놀기도 해야 하니까.

다행히도 우리 아이는 나와 달리 식욕이 왕성했다. 모유가 안 나오면 어떠랴, 분유라도 많이 먹으면 되지. 이가 없으면 잇몸이다. 아이는 태어난 직후 한동안은 한 번에 고작 20㎖였는데 어느새 한 끼 식사로 240㎖씩이나 분유를 먹어대는 대식가로 자라났다. 동화『잭과 콩나무』의 콩나무도 아닌 것이 참말로 빠르게도 자란다. 식사 땐 비스듬히 누워서 누가 빼앗아 먹을세라 있는 힘을 다해 젖병 꼭지를 빨아대는데 세상에 이렇게나 열심일 수가 없다. 워낙 열심인지라 식사 중엔 콧등에 송골송골 땀이 맺힐 정도다. 다 먹고 나면 일으켜 안은 채 등을 토닥거리면서 트림을 시킨다. "꺼억!" 맛있게 잘 먹었다는 듯 우렁찬 트림으로 감사 인사를 대신한다. 배부르게 먹고 난 뒤 눈을 끔뻑끔뻑 하며 졸음에 겨워하는 아이. 침대에 조심스레 눕혀 재우고 나면 어찌나 뿌듯한지. 부모는 자식이 먹는 걸 보면 밥을 안 먹어도 배가 부르다고 말하던데, 이제야 그게 무슨 의미인지 가늠이 된다.

생후 6개월이 되었을 무렵이었다. 그날. 예전과는 다른 낯선 때가 다가왔음을 느꼈다. 우리가 밥을 먹을 때 옆에 가만히 앉아 있던 아이가 입을 오물거리는 게 아닌가. 앞에 펼쳐진 밥상을 보고 입맛을 다시는 것 같았다. 침을 질질 흘리면서, "왜 나만 빼놓고 아빠 엄마만 맛있는 거 먹어? 나는 이거라도 먹어야겠다"는 듯 손가락을 쪽쪽 빨기도 했다. 방금 분유를 배불리 먹었음에도 성에 차지 않은 듯 입을 쩝쩝거리면서 무언가를 갈구하는 표정. 이제는 드디어 분유를 졸업하고 이유식 먹이기에 도전할 때가 된 것이다. 보통 4~6개월 정도 되면 아이에게 이유식을 먹인다고들 하니 지금이 바로 그때였다.

매사 빈틈없는 아내는 벌써 이유식 만들기에 관한 책을 한 권 사놨더랬다. 쌀가루, 찹쌀가루 같은 식재료들과 아기 냄비, 이유식을 소분해서 담아 둘 유리그릇, 아기용 숟가락과 도마, 미니 블렌더, 계량기까지 각종 요리 도구들과 함께 밥을 먹을 때 아이가 앉아 있을 범보의자와 목에 두를 턱받이 등도 진작에다 주문해놓았다. 분명 아이 키우는 게 처음임에도 능숙하게 척척 해낸다. 어느덧 뒷짐 지고 구경꾼의 자세를 한 채 아내에게 감탄했다. 그리고 멋모르는 말을 한마디 덧붙였다.

"이제 이유식 먹이기 시작하면 분유는 더 이상 필요 없는 거야? 아깝다. 아직 많이 남아 있던데. 간식 삼아 내가 먹을까?"

내 말을 듣고 아내는 대체 무슨 똥딴지같은 소리인가 하는 얼굴로 나를 쳐다봤다.

"그게 무슨 말이야? 이유식 먹을 때도 분유는 계속 같이 먹여야 해. 여태 그런 것도 몰랐어?"

나는 그런 것도 까맣게 모르고 있었다. 그동안 여느 아빠들과 달리 제법 공동육아를 하고 있다고 생각했지만 그건 혼자만의 착각이었다. 고작 분유 먹이기, 트림시키기, 아이 기저귀 갈기, 쪽쪽이 물리고 재우기 따위 간단한 일만 담당했지 어려운 일은 죄다 아내가 하고 있었다. 아이의 나이에 맞춰 해야 할 일을 계획하고, 사야 할 것들을 주문하고, 필요 없는 것들은 당근마켓에다 내다 팔고, 처음 마주하는 상황을 꼼꼼하게 공부하는 아내. 장기로 치면 주양육자인 아내가 '왕王'이라면 나는 적어도 '차車'나 '포包' 정도 역할은 하고 있는 줄 알았지만, 실은 아내의 지시대로 움직이는 일개 '졸卒'밖에 안 됐던 것. 육아 노동의 현장에서 입만 산 아빠였음을 자각하고 미안해졌다. 나는 아내에게 미안해하고, 아내는 아이에게 미안해하고, 지방에 계시는 양가 부모님들은 손주 육아를 도와주지 못해 미안해하고. 이거 원, 온 집안에 미안함투성이다.

그렇게 만반의 준비를 마치고 생후 172일째 되던 날 오전, 아이에게 대망의 첫 이유식을 먹였다. 지난 몇 주 동안 타고 놀았던 덕에 이제 익숙해진 범보의자에 아이를 앉혀놓고, 먹다 흘릴까 싶어 목에다가 턱받이를 둘렀다. 간밤에 정성 들여 만든 쌀가루 죽을 전자레인지에 데워서 너무 뜨겁거나 차갑지 않은

지 온도를 확인했다. 그리고 아기 숟가락에 조심스레 한술 떠서 아이 입으로 가져갔다. "아아— 진아, 아아— 입 벌려봐. 아이, 맛있겠다. 냠냠 쩝쩝." 식욕을 돋우는 추임새와 함께 입을 오물거리는 모습을 보여줬다. 밥은 이렇게 먹는 거라고 알려주는 행동이었다. 아이는 난생처음 숟가락으로 먹는 쌀죽이라는 음식이 어색한지 절반은 주르륵 흘려버리고, 나머지 절반은 한참이나 입안에서 오물거리다가 삼켰다. 다행히도 못 먹을 음식인 양 게워내지 않고 한 숟갈, 두 숟갈 잘 먹어줬다. 열심히 먹었지만 결국 준비해놨던 60㎖ 그릇의 3분의 1 가량만 비워졌다. 그래도 이 정도면 나름 성공적인 첫 이유식 한 끼였다. 아내와 함께 이번 작전도 훌륭하게 완수해냈기에 적이 뿌듯하다. 이렇게 눈앞에 닥친 일을 하나둘 끝내다 보면 육아의 세계에서 언젠가 하산할 날이 올 거라 믿어본다.

어젯밤엔 아이를 안은 채 유튜브로 〈최자로드〉를 봤다. 힙합 그룹 다이나믹듀오의 최자가 기름기 가득한 참치회에다 간장이나 기름장 따위 양념 없이 고추냉이만 올려 먹는 장면이 나왔다. 참치의 기름이 고추냉이의 매운맛을 중화시켜 기막힌 맛이 난다며 감탄하고, 이런 안주에는 술을 마시지 않으래야 않을 수 없지 하며 하얀색 병 진로 소주를 한 잔 들이켜는 장면이 이어졌다. 그걸 보고 있으니 절로 침이 꼴깍 넘어갔다. 그러고 보니 아이가 태어나고 난 후 단 하루도 저녁 술 약속을 잡은 적 없고 부서 회식도 매번 빠져가며 칼퇴근했다. 언제쯤이면 나도 최자처럼 늦은 밤에 회에다 소주 한 잔 함께 기울일 수 있을까. 그런 날이 언젠가는 올 게다. 아이가 얼른 자라서 함께 한잔할 수 있는 날이 왔으면 한다. 아직 이유식도 못 뗀 아이에게 하는 것치곤 너무 이른 부탁일까.

15

아이가 침대에서 떨어졌다

할머님 댁에서 돌아온 아내의 얼굴이 어째 흙빛이었다. 아내는 거의 매일 아이와 함께 집에서 5분 거리인 할머님 댁에 들렀다 온다. 거기엔 아내의 할머니와 고모님 두 분이 살고 계신다. 혼자서 아이 돌보기가 쉽지 않은데 육아를 도와줄 어른들이 근처에 계셔서 얼마나 다행인지. 그리고 코로나19 바이러스 때문에 어딜 나가지도 못하는 시국에 이렇게라도 오가며 바람을 쐴 수 있으니 아내에게도 아이에게도 좋은 일이다. 아이는 외가에서도 마치 제 집인 양 잘 놀고 잘 먹고 잘 싸고 잘 잔다. 그래서 별일 없겠거니 했다. 오늘따라 왠지 아내가 피곤해서 안색이 안 좋은가 보다 싶었다.

그런데 아내가 쭈뼛거리면서 어렵사리 말을 꺼냈다.

"오늘 큰 사건이 있었어. 진이가 자다가 침대에서 떨어졌어."

"뭐라고! 그게 정말이야?"

 생각지도 못한 사건에 깜짝 놀랐다. 대체 어찌 된 일인지 영문을 물었다. 아내가 대답하길, 아이를 작은방 침대에 재우고서 한참이 지났는데 조그맣게 우는 소리가 들려서 가보니 아무도 보이지 않더란다. 순간 심장이 멎는 느낌이었다고. 아이는 침대 위에도 없고, 바닥에도 없고, 책상 밑에도 없었다. 얘는 대체 어디 있는 거야. 발을 동동 구르며 울음소리가 나는 쪽으로 더듬어 가 보니 벽과 침대 사이의 좁은 공간에, 재주도 용케, 그 사이에 아이가 떨어져 있더라는 것 아닌가. 녀석이 잘 때 몸부림이 심해서 양옆으로 베개 산성을 높다랗게 쌓아서 막아뒀는데도 기어코 그 벽을 넘어서 바닥까지 추락한 것이었다. 쿵 하는 소리도 나지 않았다는데 대체 언제 어떻게 떨어진 걸까.

 기겁한 아내가 얼른 달려가서 아이를 안았더니 금방 울음을 그치고 배시시 웃더란다. 내가 언제 울었냐는 듯 시치미를 뚝 떼고. 아직 쏟아내지 못한 눈물이 눈 속에 한가득 담겨 있는데도 환하게 웃는 얼굴을 보였다고 한다. 아내가 놀라고 당황스러워서 울상을 하고 있으니 마치 안심시키듯 이렇게 말하는 것 같았다고.

"엄마, 울지 마요. 나는 괜찮으니까."

요 녀석이 7개월짜리 아기 주제에 어디서 어른스러운 척을 하는 건지.

혹여나 몸에 이상이 있나 싶어서 조심스레 이곳저곳 살펴봤는데 특별한 이상은 없어 보였다고 한다. 머리에 혹이 나거나 벌겋게 부어오른 곳도 없고 팔다리도 예전과 똑같이 힘차게 퍼덕거리고 손으로 이것저것 움켜쥐는 것도 문제없고 얼굴을 보고 눈을 맞추고 움직이는 방향을 따라 고개도 돌아가고 엎드려서 기어가는 것도 여전히 잘하더라고. 다행이었다.

인터넷에 검색해보니 영유아 낙상 사고는 드문 일이 아니다. '아이가 침대에서 떨어졌는데 어떻게 해야 하냐'는 다급한 질문들과 저마다의 경험담에 의사의 답변들이 뒤섞인 글들이 여럿 보였다. 대처 방안을 요약하자면, 돌도 지나지 않은 아이에게 X-레이 사진 같은 걸 찍게 하면 방사선 때문에 좋지 않다. 의식을 잠시라도 잃었다거나 구토를 계속하거나 눈을 제대로 마주치질 못하거나 몸을 움직이는 데 이상이 있거나 하지 않으면 괜찮다. 눈에 보일 만큼 뚜렷한 외상이 없다면 일단 안정시키고 달래봐라. 뼈나 관절이 다쳤을 수 있으니 갑자기 안거나 들지는 말고 조심스럽게 만져야 한다 등등의 내용이었다.

안쓰러움과 걱정스러움이 뒤섞인 마음으로 나도 아이와 함께 놀았다. 늘 하던 대로 들어 올려 안아보고 엎드려서 앞으로 기어가는 것도 보고 매트 위에 앉혀서 큐브 장난감을 갖고 놀게도 하고 어린이 동요도 불러주고 그림책도 읽어주고. 침대에서 떨어지기 전과 특별히 다른 점을 나 역시 느낄 수 없었다. 그제야 안도의 한숨을 내쉬었다. 아이가 침대에서 떨어졌다는 말을 들은 직후부터 숨 쉬는 방법을 잊어버린 듯 들숨 날숨을 제대로 못 쉬다가 안심이 되자마자 숨을 크게 몰아쉬었다. 큰 숨 한 번에 남은 걱정을 떨쳐내 버리기라도 하려는 듯이. 그럼에도 한 가닥 불안함이 계속 남아있는 건 어쩔 수 없었다.

"지금은 괜찮아 보여도 사흘 정도는 더 지켜봐야겠지?"

"응. 나중에 증상이 나타날 수도 있으니까."

아내도 나도 아직은 마음을 놓을 수 없어서 며칠 더 지켜보기로 했다. 이틀이 지나고 사흘이 지나고 일주일이 다 되어가는데도 아이는 멀쩡했다. 어째 더 잘 먹고 더 잘 싸고 더 잘 놀고, 게다가 팔다리를 버둥거리고 물건을 움켜쥐는 모습이 예전보다 힘이 더 좋아진 것 같다. 다행이었다.

다만, 이상한 변화가 하나 있긴 하다. 늦은 밤, 아이가 졸려 하면 아내가 안아서 재우거나 내가 눕혀서 재우곤 했다. 나는 아무리 안아봐도 내 품에서 아이가 잠들지는 않았다. 이런저런 시도 끝에 터득한 나만의 방법은 이랬다. 우선 아이를 침대에 눕히고 쪽쪽이를 물린다. 나도 아이 옆에 함께 눕는다. 그리고 아주 가볍게 배를 토닥토닥 혹은 쓰다듬는다. 몸을 뒤집으려다가 잠이 깰 수도 있으니 다리를 살짝 잡아줘서 못 뒤집게 하고, 조용하게 자장가를 흥얼거리기도 한다. 아내에 비해서 시간은 한참이나 더 걸리지만 이런 방법으로 재울 수는 있었다. 그런데 아이에게 '침대에 누워서 자는 것'에 대한 트라우마가 생긴 걸까. 내가 예전처럼 아이를 침대에 눕힌 채 아무리 재우려 애를 써봐도 이내 으아앙 하고 울음이 터지고야 만다. 그리고 엄마를 향해 손짓한다.

비단 침대 때문만은 아닐 터. 아프거나 무서울 때 아이가 의지하는 곳은 좀 더 편한 느낌을 주는 사람일 게다. 아직 돌도 지나지 않아 말도 못 하는 아이에게는 그 사람이 아무래도 엄마일 수밖에 없고. 아무리 내가 일주일에 두세 차례나 재택근무를 하고 출근하는 날에는 무조건 칼퇴근해서 저녁 시간에는 줄곧 아이를 돌본다 하더라도, 엄마보다 아빠가 더 편안함을 줄 수는 없을 거다. 그래서 추락 사고 이후로 졸릴 땐 꼭 엄마 품에 안겨서 잠들려고 한다.

문득 어렸을 적 생각이 났다.

우리 집은 부모님이 두 분 다 직장에 나가시는 맞벌이 가정이어서 어린 나와 동생 둘만 하루 종일 시간을 보내야만 했다. 어렸을 때 누군가 내게 소원이 무엇이냐 물어보면 "저는 재벌이 되고 싶어요"라고 대답했다. 어른들이 녀석 웃긴다는 듯 꼬맹이 주제에 재벌이 무슨 뜻인지 알기나 하냐는 말에는 "돈 많은 사람이요. 돈이 많으면 엄마가 회사 안 나가도 되잖아요"라고 재차 대답했다. 매일 밤 어머니께서 언제 퇴근하시나 기다리다 잠이 들었더랬다.

그러던 어느 날, 동생이 자전거를 타다가 넘어져서 귀가 찢어지는 사고가 났다. 마침 쉬는 날이어서 집에 계셨던 어머니와 함께 헐레벌떡 병원으로 달려갔다. 목청 좋은 동생은 온 병원이 흔들릴 만큼 크게 울어댔다. 상처가 제법 심해서 국소 마취를 하고 귀를 꿰매야 했다. 난생처음 몸에 칼을 대게 된 아들을 걱정스럽게 지켜보던 어머니께 동생이 악을 쓰며 소리쳤다.

"엄마 필요 없다! 행님 불러주라. 행님 오라고. 행님아! 으아앙."

이런 불효자식을 봤나. 아마도 그때 동생에겐 어머니가 아니라 형이 더 '보고 싶은' 사람이었을 게다. 어머니는 아직도 종종 그때 이야기를 하시며 눈가가 붉어지신다. 너희들이 어릴 때 곁에 있어주지 못해서 미안하다고. 그놈의 돈이 뭐라고. 일하러 나가지 않을 수가 없었다고. 나는 나의 어머니와는 달리 내 아이에게 의지할 만한 사람이 될 수 있을까. 아프거나 힘들 때 아빠를 가장 먼저 떠올리게 할 수 있을까. 누군가에게 그런 사람이 될 수 있다는 건 어려운 일이다. 그러고 보면 육아라는 건 아이를 키우는 것이기도 하지만, 내 자신이 아이에게 믿음을 주는 사람이 되기 위해서 자기를 키우는 과정이라고도 할 수 있겠다.

아참, 변한 게 하나 더 있긴 하다. 이유를 알 수 없는 이상한 버릇이 생겼다. 아이는 요즘 '나는 나를 파괴할 권리가 있다'는 듯 자꾸 침대 가장자리로 기어가서 고개를 내밀어 바닥을 물끄러미 바라보곤 한다. 바닥으로 떨어지던 그때의 아찔한 맛을 알아버렸나. 그 맛을 잊지 못하게 된 걸까. 이놈의 자슥이 아직 추락의 뜨거운 맛을 덜 봤구먼. 너 그러다 또 다친다.

16

사랑은, 아니,
장난감은 돌아오는 거야

영화 〈중경삼림〉에 나오는 한 장면이다.

젊은 시절의 금성무가 분한 홍콩 경찰 223은 오래된 연인인 메이에게 이별 통보를 받는다. 4월 1일 만우절에 농담처럼 실연당한 그는 옛 연인이 좋아하던 파인애플 통조림을 사 모으기 시작한다. 유통기한이 자신의 생일인 5월 1일까지인 것들로만 골라서. 딱 한 달만 그녀가 돌아오길 기다려보기로 한 거다. 정해진 일과처럼 4월 30일에도 통조림 캔을 사러 편의점에 갔지만 다음 날이 유통기한인 물건을 팔 리가 있나. 그는 욱한 마음에 영문도 모를 점원과 한참이나 실랑이를 벌인다. 결국 유통기한이 하루 지난 통조림들을 잔뜩 가져오는데 이것 참 처치

곤란이다. 지나가던 거지에게 드실래요? 하고 건네보는데 그 거지마저도 물건을 받아 들더니만 성질을 내며 집어던져 버린 다.

"이거 유통기한 지난 거잖아!"

영화를 본 사람들은 으레 금성무의 풋풋했던 시절의 외모에 감탄한다. 마음속으로 정한 날짜까지도 연인이 돌아오지 않자 그가 유통기한이 다 된 파인애플 통조림 서른 개를 꾸역꾸역 먹어대는 지질한 모습은 슬픔을 자아내면서도 어딘가 귀여운 구석이 있었다. 누군가는 왕가위 감독이 감각적인 영상으로 담아낸 홍콩의 풍경을 찬미하기도 한다. 통조림의 유통기한 날짜를 보며 "기억이 통조림에 들어있다면 기한이 영영 끝나지 않기를 바란다. 꼭 기한을 적어야만 한다면 만 년 후로 하고 싶다"는, 지금 들어보면 다소 유치함에 몸서리쳐지는 대사를 통해 그때 그 시절의 낭만에 빠져드는 이들도 있다.

그런데 나는 그 영화를 보면서 기억에 인상 깊게 남았던 장면이 수북이 쌓인 폐기 대상 통조림들의 모습이었다. 거지마저도 필요 없다며 버리는 물건들이라니. 누군가의 노동, 땀과 눈물이 담긴 상품들이 딱 하루의 시간이 지났다는 이유로 모두 쓰레기가 된다. 자본주의 체제에 내재한 필연적인 '거대한 낭비'의 단면을 엿보는 것 같았다. 필요한 만큼만 생산해서 필요한 사람들이 소비하지 못하고, 수요 이상으로 마구 생산하는 나머지 잉여 생산물들이 쌓여서 썩어간다. 반면에 지구의 다른 한쪽에서는 폐기되는 통조림이라도 하나 먹을 수 있다면 굶주림을 면할 수 있는 사람들도 존재한다. 이런 세계에서 '보이지 않는 손'이 우리를 낙원으로 이끌어줄 것이라는 경제학의 신화를 믿어도 되는 걸까.

철 지난 홍콩영화의 한 장면이 머릿속에 떠오른 건, 나는 오늘도 당근마켓 거래를 하기 위해 약속 장소로 털레털레 걸어가는 중이기 때문이다. 비효율이 상존하는 지금의 경제 체제에서 의식 있는 사람들은 대안으로 '협동조합', '공유 경제'니 '로컬 경제' 같은 개념들을 말한다. 또다시 자원을 사용해서 새로운 상품을 만들기보단 이미 사용했지만 아직 쓸 만한 중고 물건을 서로의 필요에 따라 교환하고, 주소지 등록을 통해 믿을 만한 인근 이웃들 사이에서만 거래가 가능한 지역 친화적인 당근마켓. 이 얼마나 아름다운 대안 경제의 모습인가……는 말도 안 되는 헛소리고.

아이가 자라남에 따라 중고 물품 거래 횟수가 늘어나고 있다. 처음에는 멋모르고 모든 걸 새 걸로만 샀다. 내 아이에겐 좋은 것만 주고픈 마음이었다. 젖병도 아기 옷도 유모차도 아기띠도 장난감도 모두. 키워보니 그제야 알게 됐다. 아이는 생각했던 것보다 훨씬 빨리 자라기에 지난달에 쓰던 물건이 이번 달에 당장 필요 없게 된다. 젖병은 때마다 큰 걸로 바꿔줘야 하고, 한두 달 전에는 품이 남던 옷이 팔다리가 두세 뼘이나 튀어나올 만큼 작아지고, 한동안 잘 갖고 놀던 장난감에는 이제 더이상 잠시나마의 관심도 보이질 않는다. 거듭된 육아용품 쇼핑에 지치고 무쓸모한 물건들이 마치 유통기한 지난 통조림들처럼 방구석에 한가득 쌓이는 데 반해 통장 잔고는 하루가 다르게 줄어드는 걸 본 아내는 마침내 당근마켓 앱을 깔았다.

분명 앱은 아내의 휴대폰에 깔려있는데 어째 매번 거래하러 나가는 사람은 나다. 그래도 기꺼이 심부름 길을 나서는 건, 코로나 팬데믹 하 매일 집과 회사만 오가는 중에 이렇게나마 낯선 누군가와 조우할 수 있다는 설렘 덕분일까. 그 누군가를 만나기 위해서는 아내가 시키는 대로 정해진 시각, 정해진 장소에 나가야 한다. 거래 상대방과 처음이자 마지막이 될 만남의 순간은 매번 긴장된다. 주변을 두리번거리는 저 양반인가, 이쪽을 바라보며 걸어오는 저 아저씨인가, 혹은 인근 도로에 비상등을 켜고 서 있는 차에서 내리는 저분인가. 나도 상대방도 긴가민가한 표정으로 서로를 슬며시 살핀다. 그때 휴대폰을 꺼내서 전화를 걸려고 하거나, 혹은 손에 박스나 비닐봉지 따위를 들고 있거나, 아니면 지갑을 꺼낸다거나 하는 등의 액션을 취하면 비로소 확신이 든다. 그렇다면 이제 조심스레 다가가 말을 걸어볼 차례.

"저기 혹시…… 당근?"

"네네, 맞아요. 당근 당근. OO 사러 오신 분이죠?"

"아. 네. 와이프가 시켜서."

"저도 그래요. 하하하."

열이면 여덟, 아홉은 아내의 명령을 수행하러 나온 나 같은 처지의 남편들과 거래했다. 그렇게 8개월 동안 많은 물건들과 만나고 헤어짐을 반복했다. 백일도 안 돼서 모유 수유를 끊었기에 필요 없어진 수유패드, 금방 키가 훌쩍 크는 바람에 딱 두 번 만에 못 쓰게 된 작은 사이즈 아기띠는 일찌감치 떠나보냈다. 아기체육관이란 장난감은 한창 가지고 놀다가 어느 날부턴가 채 3분도 집중하지 않기에 팔아야만 했다. 팔기만 한 건 아니다. 범보의자, 쏘서, 보행기, 겨울 패딩 같은 물건들과 에듀볼과 에듀테이블 등의 교구들은 마치 새것 같은 것들로 싸게 잘 사왔다. 처음 만났을 때 이게 웬 신문물이냐며 감탄했던 타이니러브 모빌은 한동안 잘 쓰다가 사온 가격 그대로 다시 되팔기도 했다. 당근마켓은 그야말로 있을 건 다 있고 없는 건 없는 세계였다.

아이의 장난감을 당근마켓에 팔 때 의식처럼 꼭 하는 행위가 있다. 장난감을 포장하기 전에 아이 앞에 세워두고 작별 인사를 시킨다. 나는 헤어짐을 앞둔 두 연인 옆에 앉아 농반진반으로 배경음악을 흥얼거린다. 015B의 〈이젠 안녕〉이다. "안녕은 영원한 헤어짐은 아니겠지요. 다시 만나기 위한 약속일 거야."

고작 8개월짜리 아이가 이별의 아픔에 대해서 뭘 알겠냐마는, 이때만큼은 떠나가는 장난감을 애처롭게 쳐다본다. 고사리손으로 장난감을 꼬옥 잡고 놓지 않으려고 한다. 이게 마지막이라는 걸 알기라도 하는 듯 커다란 눈엔 눈물이 그렁그렁 맺혀 있다. 하지만 슬픔의 순간은 찰나일 뿐. 다음 주에 가져다준 새 장난감, 아니 실은 누군가가 썼던 헌 장난감에 금세 흥미를 보이는 아이. 이리 보고 저리 보고 만져보고 껴안아보고 지나치게 흥분하여 심지어 혀로 핥기까지 하면서 난리법석이다. 떠나간 연인은 어느새 까맣게 잊어버린 듯하다. 네가 금성무보다 낫다야.

새 장난감에 정신이 팔린 아이를 보고 있으니 불현듯 겁이 난다. 먼 훗날 언젠가, 결국에는 우리 부부도 아이에게 헌 장난감 신세가 될지도 모르겠다고. 아이가 한 명의 어른으로 성장하고 나면 더 이상 부모의 보살핌이 필요 없는 날이 오고야 말 게다. 누가 될진 모르겠지만 새 장난감 같은 본인의 반려자(아직 얼굴도 모르는 며느리야, 미안하다. 장난감이라고 표현해서)와 함께 살아가는 날이 올 거다. 그때가 되면 우린 어떤 감정이 들까. 자식을 다 키웠다는 후련함을 느낄까, 너도 이제 다 컸구나 하는 대견함에 가슴 벅찰까, 떠나보내기 아쉬워하며 슬픔에 젖어들까. 회사에서 소문난 딸바보인 H형은 두 딸아이 모두 시집보내지 않고 아빠하고 평생 같이 살게 할 거라고 한다. 아이들도 "아빠가 제일 좋아, 아빠하고 평생 같이 살 거야"라고 얘기한다면서. 예전에는 말도 안 된다며 웃어넘기곤 했는데 그게 무슨 심정인지 이제 이해할 수 있다.

　이번 주말에는 어떤 장난감과 헤어지고 또 어떤 다른 장난감과 만나게 될는지. 아내가 이미 잘하고 있지만, 합리적인 경제인으로서 모쪼록 우리 건 비싸게 팔고 남의 건 싸게 살 수 있기를. 그리고 아이가 떠나가는 것들에 대해 그동안의 추억에 감사는 하되 너무 슬퍼하지 않기를 바란다. 영화 〈봄날은 간다〉에서 나온 대사였던가. 버스하고 여자는 떠나면 잡는 게 아니라고. 장난감과의 이별도 마찬가지란다, 진아.

17

우리 아이는 클래식을 듣습니다

이상하다. 아이가 언제 이렇게나 자란 걸까.

매일 이어지는 고된 육아의 날들 속에선 느끼지 못했다. 어제도 오늘과 비슷했고 내일도 오늘과 비슷할 것 같았다. 아이가 얼른 자라나길 기도했다. 틀린 생각이었다. 휴대폰 사진첩을 열어보면 불과 몇 주 전 혹은 몇 달 전과 비교한 지금의 아이 모습이 어찌나 다른지. 한동안 머리카락이 죄다 빠져 민둥산이 됐던 머리는 어느새 숱이 무성해졌고, 분유만큼이나 이유식도 제법 먹게 됐으며, 뒤집기도 못 하던 녀석이 이제는 주변 사물들을 붙잡고 혼자서 두 발로 일어선다. 우리가 알아차리지 못했을 뿐 아이는 시나브로 커가고 있었다. 그리고 어느덧 300

일을 맞았다.

아이가 요즘 가장 즐겨하는 놀이는 거실 책장에서 책을 꺼내서 보는 거다. 자랑은 아니지만, 장난감과 인형이 아니라 벌써 책을 갖고 논다.

서재 공간이 부족해서 거실 창가 쪽에 책장을 뒀는데 덕분인지 아이가 책을 가까이하게 됐다. 물론 책을 '보는' 것뿐이지 아직 글자를 모르니 '읽을' 수는 없다. 하지만 마치 내용을 이해하며 읽는다는 듯 손가락으로 한 장 두 장 페이지를 넘기며 본다. 주먹을 쥔 상태에서 조그맣고 가느다란 엄지와 검지를 좌악 펼치고선 페이지 사이에다 넣고 오른쪽에서 왼쪽으로 스윽 밀어 넘기는데. 어디서 보고 배운 건지 제법 그럴싸하게 어른의 책 읽는 모습을 재현한다.

예전에는 어떤 책이 본인 것인지도 구별하지 못했다. 책장의 1층에 꽂혀있는 『거시경제론』『교육사회학 원론』『통계학 입문』 따위 어른용 책들과 2층에 자리 잡은 그림책, 동시집, 노래가 흘러나오는 사운드북 같은 아이 책들을 손에 집히는 대로 마구 꺼내었더랬다. 거실 바닥에 온갖 종류의 책이 중구난방으로 떨어져 있으니 난장판도 이런 난장판이 없었다. 지금은 그때와 달리 많이 발전했다. 책장까지 영차영차 열심히 기어간 뒤 1층의 책은 무시하고 선반을 잡고 일어서서 2층에 있는 아이용 책들만 골라서 꺼낸다. 원하는 책들만 다 꺼내고선 자리에 풀썩 앉아 페이지를 넘기며 본다. 그런 걸 다 기억하다니, 고놈 참 영특하다.

이쯤 되면 왠지 모를 기대감이 생긴다. 고작 10개월 남짓한 녀석이 자기가 볼 수 있는 책을 기억할 수 있고, 정확하게 그 책을 구분하여 집어서 꺼내는 데다, 페이지를 넘기며 자못 정독한 후, 지식에 굶주린 사람처럼 금방 다음 책을 꺼내서 펼치는 아이를 보고 있으니 그럴 수밖에. 꺼져가던 잔불이 다시 살아나듯 '우리 아이가 천재는 아닐까?' 하는 생각이 또다시 들고, 아이에게 조기교육까지는 아니라도 무언가 더 대단한 걸 가르쳐야 하나 같은 의무감 비슷한 것도 생기는 것이다.

아이를 보는 중에 TV로 유튜브를 튼다. 몇 달 전만 하더라도 아이에게 TV 영상이 좋지 않은 영향을 줄까 봐 온종일 라디오만 들었다. 이제는 TV도 종종 켜둔다. 걱정과는 달리 아이가 멍하게 TV 화면만 바라보고 있진 않았다. 덕분에 아이가 책을 보거나 에듀테이블 따위 장난감을 가지고 노는 동안 내가 보고 싶은 영상을 틀었다. 한 눈은 아이를 살피고 다른 눈으로는 TV를 봤다. 〈나얼의 음악세계〉에서는 그루브한 흑인 음악을, 〈최자로드〉에서는 이곳저곳의 맛집을, 〈네이버 온스테이지〉에서는 당시 화제였던 이날치를 비롯한 인디 팀들의 공연을, 〈서울워커〉에서는 서울 여기저기를 걷는 영상을 보면서 바깥나들이 대리 만족을 얻었다.

그러다가 어느 날, 이 영특한 아이에게 뭔가 교육적인 영상을 보여줘야겠다는 생각이 들었다. 부모들은 꼭 이런 생각을 하나 보다. 고심 끝에 선택한 영상은 클래식 공연 실황들이었다. 서울시향의 신년음악회, 예브게니 키신이 연주한 〈라흐마니노프 피아노협주곡 2번〉, 조성진이나 손열음의 피아노곡, 로열 오페라하우스 채널의 유명한 아리아들까지 여러 영상을 보여줬다. 오케스트라 단원들이 쥐고 있는 각양각색의 악기들과 화면에서 들리는 음악들이 생경해서였을까. 아이는 처음으로 접하는 클래식 영상을 잠자코 앉아 바라봤다. 하지만 불과 5분 정도였다. 재미가 없는지 금세 흥미를 잃고 책장으로 돌진해서 그림책들을 냅다 꺼내기 시작한다. 그놈의 핑크퐁 영상은 10분이고 20분이고 숨 쉬는 법도 잊어버린 양 집중해서 보더니만.

　"애가 좋아하지도 않는 것 같은데 왜 억지로 그런 걸 가르쳐? 자기가 좋아하는 걸 보고 들었으면 좋겠는데."

　실망한 기색이 역력한 나에게 아내가 한마디했다.

　"그래도…… 이런 걸 모르는 것보다는 아는 게 더 좋잖아."

　변명하듯 아내에게 대답했다. 하지만 아내의 다음 말에 더 이상 대답을 이어갈 수가 없었다.

　"너도 지겨워서 꾸벅꾸벅 졸더니만. 돌도 안 된 애가 어떻게 클래식을 좋아하겠니?"

　그래도 아이가 클래식 음악을 좋아했으면 한다. 아이돌 음악도, 힙합도, 빌보드 핫 싱글 차트인 곡도 나쁘진 않지만 기왕이면 더 어렵고 고상해 보이는 취향을 가졌으면 한다. '난 누가 시키는 게 아니라 내가 좋아하는 걸 좋아할래'와 같은 태도는 일견 쿨해 보인다. 자신의 취향을 확실히 알고 그것을 즐기는 주체적인 삶. 하지만 그건 자기의 한계를 미리 단정 짓는 행위일 수도 있다. 좋아하는 것만 좋아하는 건 한 우물에만 계속 머물러 있겠다는 말이기도 하니까. 다소 낯설고 어려운 것에 대해서도 이해하고 즐기려고 애쓰는 게 더 멋있어 보인다. 어제보다 나은 오늘의 내가 되기 위해 다소 수고스럽더라도 노력하는 모습. 그게 어쩌면 취향의 계발이 아니라, 허영이나 자기 과시의 모양새로 보일 수도 있지만 말이다.

그런데 나는 아이에게 왜 하필이면 클래식 음악을 들려주려 하는 걸까.

영화 〈리플리〉에서 호텔 벨보이 리플리(맷 데이먼)는 재즈 음반들을 공부한다. 상류층 자제인 디키(주드 로)에게 접근하기 위해서다. 재즈광인 그의 취미를 배우는 것이 목표. 처음엔 쳇 베이커가 남자인지 여자인지도 몰랐지만 그의 곡인 〈My Funny Valentine〉까지 흥얼거릴 수 있게 되고 색소포니스트 '버드' 찰리 파커의 음악을 구분해내는 경지에까지 이른다. 그제야 공부를 끝내고, 재즈 음반을 매개로 디키에게 우연인 척 가장한 첫 만남을 가진다. 이른바 신분 상승을 위한 첫 발걸음이다. 영화에서 재즈는 단순히 취향을 드러내는 소재가 아니다. 자산가 계급이 누리는 고상한 취미이자 그들만의 자본이다. 부르디외가 말한 것처럼 첨예한 계급적 표지를 드러내는 하나의 상징이라 할 수 있다.

아내 눈에는 나 역시 리플리처럼 보였을까. 아이가 클래식 음악을 즐기는 소위 고상한 취향을 가지게 되면 상류층 혹은 적어도 꽤 높은 중산층의 한 자리를 차지할 수 있지 않을까 하는 속물적인 바람을 가진 사람으로. 그렇지만 물려줄 만한 부동산이니 주식이니 하는 금융 자산이 없으니 문화적 자본이라도 심어줘야지 별수 없다.

나는 클래식을 들으면 꾸벅꾸벅 졸기 바쁘지만 우리 아이는 그러지 않았으면 한다. 바이올린 정도 악기를 하나 연주할 수 있고, 유명한 곡들의 작품 번호니 모차르트의 쾨헬, 슈베르트의 도이치 번호 같은 것들도 줄줄 꿰고, 교향곡의 악장 구분도 쉬이 할 수 있는, 뭔가 '있어 보이는' 사람으로 자랐으면. 이건 어쩌면 내가 이루지 못한, 가지지 못한 것에 대한 미련을 아이에게 투영하는 걸 수도 있다. 어제보다 나은 사람이 되었으면 하는 순수한 바람이 아니라, 아이가 원하든 원하지 않든 간에 출세와 성공을 위해 취향을 억지로 가르치는 비릿한 욕망 같은 것일 뿐이라고.

아직도 아이에게 무얼 가르쳐야 할지, 어떤 사람으로 자라나

길 원하는지 정확히 모르겠다. 어차피 아이 교육은 육아 과정에서 앞으로도 계속해서 고민해야 할 문제이니 언젠가는 나름의 답을 얻을 수 있을 거다. 다만 막연한 기대감을 가지고서 오늘도 아이에게 클래식을 들려준다. 아니, 아이와 함께 나도 클래식을 듣는다.

무서워서 뉴스를 못 보겠다

회사 동기들과 점심을 먹고 카페에서 이야기를 나누던 중이
었다.

양부모의 학대로 숨진 '정인이 사건'이 뉴스며 포털 메인 화면
을 도배하던 때. 동기들과의 대화는 자연스레 아동 학대에 대
한 주제로 이어졌다. 다들 이제 막 돌을 맞이했거나 어린이집
에 다니고 있는 아이를 키우는 부모의 입장이라 남의 일 같지
않았을 터.

"엊그제 방송했던 SBS 〈그것이 알고 싶다〉 봤어?"

아직도 화가 풀리지 않은 듯 거친 숨을 몰아쉬며 M형이 말했
다.

"도저히 끝까지는 못 보겠던데요. 근 몇 년간 봤던 영상 중에서 제일 끔찍하더라고요."

H형이 몸서리를 치며 대답했다. 고작 16개월 먹은 아이였던 정인이는 복부 장기 파열로 죽음에 이르렀다. 이렇게까지 몸이 망가지려면 얼마큼의 충격이 가해져야 하는지 실험을 해봤는데, 소파에서 펄쩍 뛰어내려 바닥에 누워있는 아이를 밟아야지만 그 정도에 이른다는 결과가 나왔다. H형은 TV에서 재연되는 실험 장면을 차마 끝까지 볼 수가 없었다고 했다. 끔찍한 장면에 절로 두 눈을 질끈 감게 되더라고.

대화는 계속해서 이어졌다. 언론의 자극적인 기사 경쟁에 따른 오보라고 밝혀졌지만, 부모의 방임으로 인해 어린 형제가 라면을 끓여 먹으려다 화재가 났던 '라면 형제' 사건, 대낮 만취운전 사고로 인도에서 엄마를 기다리던 여섯 살 꼬마 아이가 차에 치어 죽은 사건도. 그뿐 아니라 몇 해 전부터 지금까지 일어났던 각종 아동 학대며 사건 사고들에 대한 기억이 줄을 지어 소환됐다. 그런데 말없이 묵묵히 고개만 끄덕이고 있던 K형. 일과 육아에 치여 사는지라 최근에 일어난 일에 대해서는 잘 모른단다.

"나는 요즘에 뉴스를 안 봐. 퇴근하고 집에 가면 딸애들 둘이나 보느라고 TV 볼 시간도 없어."

"저는 뉴스를 보긴 하는데, 요즘엔 아이하고 관련된 뉴스밖에 눈에 안 들어와요.”

K형의 말에 맞장구치며 말했다. 나 역시 요즘 바빠서 TV를 볼 시간이 없다고. 그나마 가끔 짬이 나서 TV를 틀면 이상하게도 아이와 관련된 뉴스만 눈에 들어왔다. 부처 눈에는 부처만 보이고 돼지 눈에는 돼지만 보인다더니, 아이를 키우니 눈에 아이만 보이게 된 걸까. 그러고 보니 작년 5월 산후조리원에 들어갔을 때 처음으로 봤던 뉴스도 아이와 관련된 내용이었다. ‘가정의 달’ 특집 기사였는데 조리원에서 학대를 당해 영구 장애가 생긴 신생아 이야기가 나왔다. 이런 걸 조리원에서 봐도 되나. 장소와 어울리지 않는 뉴스를 보고 있으니 기분이 묘했다. 방금까지도 웃으며 인사하던 조리사 쌤들이 왠지 낯설어 보였다.

이제는 아이들이 다치고 죽는 일이 남의 일 같지가 않다. 고작 11개월 동안에도 아이에겐 많은 사고가 일어났다. 잠자코 앉아 있다가 뒤로 자빠져서 바닥에 뒤통수를 쿵 하고 부딪치는 건 흔한 일이다. 누워서 갖고 놀던 장난감이 얼굴에 떨어지는 바람에 다치기도 했다. 잠시 한눈을 판 사이에 자다가 침대에서 떨어졌던 날도 있었다. 요즘엔 기어다니는 것에 만족하지 않고 책장이나 소파, 혹은 주변 사물들을 짚고 일어서는 아이. 두 다리만으로 서 있는 모습이 일견 대견하면서도 위험한 순간들이 점점 더 늘어난다. 일어서다가 책장 선반에 머리를 부딪치고 집 안 가구들의 모서리에 찍히기도 하고, 아직 여물지 않은 다리 근육 때문인지 종종 균형을 잃고 옆으로 쓰러지기도 한다. 아이가 노는 모습을 보고 있으면 절로 미소 짓게 되면서도 동시에 혹여나 잘못되기라도 하면 어쩌나 하는 불안감에 몸서리친다.

아이를 키우기에 이 사회는 얼마나 안전할까. 가장 최근 자료인 〈2023년 사망원인통계〉에 따르면 14세 이하 아동 10만 명당 사고로 인한 사망자는 2.3명이다. 2010년에 4.8명이었던 수치가 꾸준히 감소하는 중이지만 연간 100~200명의 아이가 사고로 목숨을 잃고 있다. 질병이나 타살을 제외하고 사고로 인한 사망자 수만 세었는데도 그렇다. 사고 유형별로는 교통사고가 거의 절반을 차지한다. 매년 100명 안팎의 어린이가 차에 치여서 세상을 떠난 셈이다. OECD 국가 중 경제력으로는 10위권이다 자랑하면서 어린이 교통사고 사망자는 회원국 평균보다 높다.

그동안 뉴스에 나오지 않았던 민식이가 적어도 수십 명은 됐을 거다. 어린이 보호구역에서 교통사고를 줄이기 위해 만들어진 '민식이법'이 시행된 지 몇 년이 지난 지금은 조금이나마 더 나아졌을까.

비단 조심해야 할 게 자동차만은 아니다.

아이가 태어났던 2020년에는 코로나19 바이러스가 기승을 부렸다. 엄격한 거리두기 탓에 출생 장면을 옆에서 지켜보지 못할 뻔했다. 전염병이 옮을 새라 모든 행동거지가 조심스러웠다. 영아기를 무탈히 보냈다 하더라도 어린이집이나 유치원에서 종종 일어나는 학대의 대상이 될지도 모른다. CCTV에 녹화된 매 맞는 아이가 우리 아이라면 어떻게 해야 할지. 이후에 학교에 입학하면 따돌림이나 학교폭력을 겪으며 고통받을 수도 있다.

생명존중시민회의에서 발표한 〈2021년 자살 대책 팩트시트〉에 따르면 자살 위험이 있어 관심을 가져야 할 집단으로 분류된 초중고 학생은 2019년에만 무려 8만 1,900명에 달했다. 남자아이다 보니 군대도 걱정이다. 멀쩡히 들어갔다가 멀쩡하지 않은 몸으로 나오는 게 군대 아니던가. 직장에서는 갑질, 아니 취업부터가 쉽지 않을 터. 직장도 구하고 결혼도 시켰으면 자식을 다 키운 걸까. 글쎄, 그때가 되면 또 어떤 문제가 기다리고 있을지. 일생에 걸쳐 세상에는 아이에게 위험한 것들투성이다. 걱정도 많으면 병이라는데 아비 된 입장에서 걱정하지 않으려야 않을 수가 없다.

이런 상황에서 저출생 대책의 일환으로 아이 낳으면 얼마를 줄게 따위 돈 몇 푼 쥐여주겠다는 정책에는 코웃음 치게 된다. 어른도 살기 힘든 '위험 사회'에서 아이를 키우라니. 그것도 국가별 아동 행복도가 몇 년째 최하위권인 이 나라에서. 어쩌면 아이를 낳는다는 건 고난의 대물림이 아닌가 하고 아이에게 미안해질 때가 있다. 양부모의 학대를 받다 세상을 떠난 정인이 사건의 보도 이후 SNS에서는 '정인아 미안해'라는 손팻말을 든 사진이 줄지어 이어졌다. 처음에는 타인의 아픔에 공감하는 이들이 고마웠다. 하지만 하루가 멀다 하고 인스타그램에 올라오는 똑같은 게시물들을 보면서 거부감이 들었다. 이 사람들은 정말 미안하기는 한 걸까, 미안해 보이려고 애를 쓰는 걸까. 화풀이라는 '유행'에 동참하기 위한 행렬이 아닌가 하고 의심됐다. 아내는 내 심보가 스크류바처럼 배배 꼬인 사람이라서 그렇단다.

아이의 안전을 위해 우선 내가 할 수 있는 일부터 하나씩 해나갈 참이다. 그동안 해왔던 매월 말의 적십자사 기부나 유니세프 물건 구매, 복지관 봉사활동 같은 것들 외에도. 어린이 보호구역에서는 거북이처럼 느릿느릿 운전하고, 아이에게는 조심해야 할 것들을 하나하나 가르치고, 주민센터에 생활안전을 위한 정책들을 종종 건의하겠다.

그리고 무엇보다 중요한 건 아이들에 대한 끊임없는 관심. 아이를 키우기 전에는 몰랐기에 무심코 지나쳤던 장면에 눈과 귀를 예민하게 열어둬야겠다. 길을 걷다 만난 아이의 팔다리에 멍이 들어 있거나 낯빛이 어둡지는 않은지, 윗집에서 들리는 아이 울음소리가 평소와 다른지, 아이가 나중에 자라서 만나게 될 친구들의 옷차림이나 목소리와 행동이 어떠한지까지. 관심이 애정을, 애정이 변화를, 변화는 예전보다 나아진 곳으로 우리를 이끌어주리라 믿는다.

결국, 아이가 살기 좋은 세상을 만드는 건 더 나은 세상을 만들기 위한 일과 다를 바 없다.

19

아빠가 된다는 건
나를 잃어버린다는 걸까

때는 어리바리 신입사원이었을 무렵. 당시 속해있던 부서에는 만화 『미생』의 오 과장처럼 눈이 항상 벌겋게 충혈된 선배 한 분이 계셨다. 매일 밤 이어지던 회식의 여파인지, 혹은 주말에 부업이라도 뛰는 건지. 어느 날엔 툭 건들면 눈에서 빨간 물이 주르륵 흘러나오지 않을까 싶을 만큼 상태가 나빠 보였다. 걱정스러운 마음에 말을 건넸다.

"과장님, 눈이 왜 그렇게 시뻘게지셨어요? 오늘 유독 심하신데요."

"아아. 어제 밤새도록 아들 과학 보고서 써주느라고. 요즘에 이런 건 원래 부모가 다 해주는 거야."

C과장은 바람이 다 빠져가는 풍선인 양 힘없는 목소리로 대답했다. 초등학생 아들의 과제를 해주느라 집에서도 쉴 시간이 없단다. 요즘은 학생들의 자기주도적 학습이 중요한 시대라고 하더니만 학부모들은 그렇지 않은 듯. 인터넷 검색과 각종 참고도서, 여유가 있는 집은 전문가와의 인터뷰까지 동원해가며 자기 자식의 과제를 대신하느라고 난리라고 했다. 본선에 오른 작품들을 보면 이게 초등학생이 쓴 건지 대학교수가 쓴 논문인지 구분을 못 할 만큼 어마어마한 것들이 올라온다고. 과연 사교육이 횡행하는 나라답다.

비단 과제뿐이랴. 평일에는 숙제며 수행평가를 도와주고, 주말에는 아이 손을 잡고서 박물관이니 미술관이니 하는 곳들을 인기 연예인의 빡빡한 스케줄처럼 쉼 없이 돌아다녀야 한단다. 이게 나 좋으라고 하는 거야? 다 너 잘 되라고 그러는 거야, 라는 틀에 박힌 대사를 날리면서. 대체 왜 저러고 사는 건가 싶었다. 이건 마치 아이 뒷바라지만이 일생일대의 목표인, 소위 '종놈의 삶'이 아닌가.

그 후로 몇 년이 흘렀다. 나도 아이를 키우는 사람이 되었다. 퇴근하고 집에 오면 다시금 노동의 반복이다. 지친 몸을 소파에 누이고 싶지만 허락되지 않는다. 얼른 씻고 나와서 밥을 씹는지 마시는지 모를 만큼 허겁지겁 삼킨다. 그리고 아이가 잠들 때까지 다시 육아의 세계로 출근. 이제 11개월을 지나 돌이

가까워진 아이는 단 한순간도 가만히 있질 않는다. 집 안 모든 곳을 기어다니고, 기는 게 지루해지면 주변의 아무거나 붙잡고 일어서기도 하고, 요즘은 마치 등산하듯 소파 위로 낑낑거리며 기어 올라갈 때도 있다. 장난감을 갖고 놀다가도, 어느새 책장에서 책을 꺼내서 마구 흩어 놓기도 한다. 쉬지 않고 움직이는 아이가 행여나 다치기라도 할까 봐 뒤를 졸졸 따라다닌다. 그렇다 보니 내 비루한 육체는 만성피로에서 벗어나질 못한다. 하도 앉았다 일어서기를 반복했더니 도가니가 비명을 질러대는 통에 며칠 전엔 무릎 보호 밴드를 하나 샀다.

　당분간은 그동안의 모든 취미생활과도 단절이다. 아이 없이 둘만 있을 땐 늦은 밤까지 거실에서 음악을 들었더랬다. 주말이면 회현 지하상가 중고 LP숍에서 숨은 명반들을 디깅하고, 새벽까지 심야 방송과 해외의 인터넷 라디오도 찾아 듣곤 했다. 이제는 그럴 수가 없다. 손으로 쥐었다 폈다에 어느덧 능숙해진 아이는 서랍장에 꽂아 둔 LP판과 CD를 마구 집어 꺼낸다. 아차 하는 사이에 소중한 컬렉션 몇 개가 박살나버렸다. 김현철 1집 LP판에 기다란 상처가 났을 때는 눈물이 날 뻔했다. 키가 부쩍 크더니만 이제는 오디오 본체를 노리고 손을 뻗는다. 아내와 함께 극장에서 마블 영화 보기, SNS에서 인기라는 맛집이며 카페, 맥줏집 다니기, 계절마다 훌쩍 떠나던 국내와 해외여행까지. 이제는 꿈도 꿀 수 없는 일이다.

매년 봄이면 창덕궁에 흐드러지게 핀 홍매화를 보러 갔었다. 일찌감치 예매해서 후원을 한참 동안 걷고, 단청이 칠해져 있지 않아서 좋아하는 소박한 분위기의 낙선재를 톺아보고, 궁의 정전인 인정전 내부도 한참 들여다보고, 창경궁으로 넘어가는 길목에 자리 잡은 매화나무를 마지막으로 감상하는 게 이 계절에 매년 누려왔던 즐거움이었다. 하지만 아이를 안은 채 처음으로 들렀던 창덕궁은 예전의 봄과는 달랐다. 아이에게 위험하지 않은 길로, 아이가 피곤하지 않을 만큼의 짧은 거리만, 시선은 아이를 향해 고정한 채로 걷다가, 들어선 지 얼마나 되었다고 금방 차로 되돌아왔다. 홍매화는 자세히 봐야 예쁜데 언감생심, 스치듯 안녕이었다.

　이렇게 요즈음의 모든 사건과 행동과 관심은 아이가 우선이다. 먹는 것도, 나가는 것도, 쉬는 것도, 자는 것도 아이가 먼저, 그다음이 아내와 나의 차례이다. 아이는 정해져 있는 단단한 상숫값이고 나머지 아주 조그마한 부분에 대해서만 변수 같은 자유가 허락된다. 이렇듯 내 의지로 내 삶을 온전히 살지 못하는 게 정말 '나의 삶'이 맞는 걸까. 그렇다고 아이를 마치 억지로 짊어진 짐처럼 생각하는 나는 제대로 된 '아빠의 삶'을 살고 있는 걸까. 육체적 고통의 토로나 취미생활의 단절에 대한 아쉬움을 넘어서, 아이를 키우는 사람의 삶에 대한 본질적인 고민을 하기 시작했다.

나는 육아라는 걸 제대로 하고 있는 걸까, 다른 아빠들은 마치 돌아온 '슈퍼맨'처럼 잘하던데, 남들은 아이의 얼굴을 보면 없던 힘도 솟아난다는데 나는 왜 그렇지 않을까, 이게 정말 내가 원하던 삶이었을까. 이런 의문들이 꼬리에 꼬리를 물다 보니 여태껏 잘못 살아온 것 같다는 존재론적 죄책감에 빠진다. 건실하게 직장생활도 버텨내고, 집도 사고, 차도 사고, 결혼도 하고, 아이도 낳았으니 누가 보더라도 주어진 '사회적 책무'를 충실하게 이행한 삶이었건만. 롤플레잉 게임으로 치면 자유의지가 넘치는 주인공인 줄 알았는데 동네 어귀에 서 있는 한낱 NPC 중 하나에 불과한 삶을 살고 있는 듯하다. 나는 누구이며 여기는 어디인가.

이쯤 되면 20세기 청춘 드라마에서나 나올 법한 대사를 외쳐야 할 것 같다.

"도대체 나다운 게 뭔데!"

아이를 바라보고 있으면, 녀석이 우리 삶의 궤도에 갑작스레 끼어든 커다란 바윗덩어리 같다는 생각이 들 때가 있다. 참말로 멋지고 근사하게 생긴, 매혹적인 돌멩이긴 하다. 허나 길 한 가운데를 가로막고 있는 탓에 앞으로 나아가려면 한참을 돌아서 가거나 아예 다른 길을 찾아야 한다. 이게 없었으면 원래 가던 길을 그대로 편안하게 걸어갔을 텐데.

늦은 밤까지 잠에 들지 않는 아이와 놀아주다 기진맥진해진 채 앉아있으면 머릿속에 아이를 권유하던 이들의 얼굴이 하나하나 떠오른다. 지옥으로 가는 길은 선의로 포장되어 있다더니, 다들 그렇게나 아이가 있는 삶이 좋다면서 나를 유혹하고 설득했었다. 아이가 셋인 Y선배는 낳아보면 '새로운 세상'이 열릴 거라고 했는데 곰곰이 생각해보니 그게 좋은 세상인지 나쁜 세상인지에 대해서는 알려주지 않았다. 아뿔싸, 당했구나. 현란한 말발의 약장수에게 당해서 나도 모르게 만병통치약 한 박스를 받아온 시골 영감님이 된 기분이다.

그렇게 한참을 후회와 의문과 철학적 고민의 늪에 빠져 있다가 고개를 절레절레 흔들며 상념을 떨쳐냈다. 까르르 웃는 잘생긴 돌멩이, 아니 아이 얼굴이 바로 눈앞에 다가왔으니까. 사람이 어떻게 저렇게나 맑고 티 없는 소리를 낼 수 있는 걸까. 불순물이 하나도 섞이지 않은 종의 소리가 이럴까. 웃음소리뿐 아니라 얼굴이 뽀얗고 보드라운 것이 생긴 것도 봐줄 만하다. 고슴도치도 제 새끼는 함함하다고 한다지만 이리 봐도 저리 봐도 참말로 귀엽다. 바라보고 있는다고 약장수 말처럼 만병이 통치되진 않지만 어느 정도는 효과가 있다. 이 정도면 내 삶을 조금 희생해도 될 것 같긴 하다. 그럼에도 아직까진 아이가 주는 효용보다 내 삶의 희생이 더 크게 느껴지니, 손익분기점에 도달하기까지는 멀었다.

엊그제는 동기들과 밥을 먹고 회사 앞 산책로를 걸었다. 이런저런 얘기를 나누다가 어느 순간부터 아이 예찬론을 펼치고 있는 나. 귀엽고 예쁘고 똑똑하고, 온갖 수식어를 붙여가며 칭찬하고 있다. 내내 육아에 대한 고통만을, 손익분기점에의 미도달만을 얘기했었지만 본심으로는 아이를 좋아하고 있었던 걸까.

"아이가 없었으면 저는 뭐 하면서 지냈을까요?"

아이를 키우기 전, 둘만 있을 땐 매일매일 비슷하게 하루를 마무리했다. 소파에 누워서 각자 휴대폰이나 만지작거리고 TV 드라마나 예능 프로그램을 보다가 까무룩 잠들곤 했다. 주말에는 남들처럼 시쳇말로 힙하다는 카페며 맛집을 찾아다니고 여행도 다니고 사진을 찍곤 했다. 돌이켜보니 그다지 의미 있던 삶은 아니었던 것 같다. 하지만 아이와 함께 있으니 왠지 예전보다는 조금 더 '유의미한' 삶을 사는 것 같은 기분이다, 한 명의 인간을 만들어내고 발달시켜 나가는 보람찬 일을 하고 있다, 아이가 없었다면 지금은 뭘 하고 있었을지 상상조차 할 수 없다는 등의 말을 덧붙였다.

"아니, 네가 그런 말을 할 줄은……."

M형이 믿을 수 없다는 표정으로 나를 쳐다본다. 아이를 싫어하던 네가 어쩌다 이렇게 되었냐는 놀람과 함께 너도 이제 우리와 같은 사람이 되었구나 하는 묘한 동지의식이 섞여있는 표정이었다. 역시나 20세기 청춘 드라마에서나 나올 법한 대사를

또 외쳐야 할 것 같다.

"도대체 나다운 게 뭔데요! 예전의 나는 어땠는데요?"

그래도 아직까지 카카오톡 프로필 사진만은 아이 얼굴로 바꿔놓지 않았다. 부모가 되면 으레 SNS를 아기 사진으로 도배를 하던데 그런 흔한 부모가 되기는 싫었다. 자기소개할 때 "저는 진이 아버지입니다" 따위 말을 하는 것만은 피하고 싶다. 내 이름 석 자를 말하고 싶다. 아이를 키우지만 아이에 매몰되어 나 자신을 잃어버리지는 않겠다는 실존주의적 몸부림이다. 물론 이런 얄팍한 저항이 얼마나 더 갈지는 모르겠다.

20

첫니가 나려고
간밤에 그렇게 울었나 보다

통잠이라는 거 별것 아니더구먼. 이제 갓 부모가 된 사람들은
왜 다들 아이 잠 때문에 고생하는 거지. 우리 아이는 백일쯤부
터 통잠을 자던데. 아마도 잠이 많은 아빠를 닮아서 그런가 봐
요. 대단한 자랑거리라도 되는 양 그렇게 말하고 다녔다. 나는
베개에 머리를 눕히기만 하면 채 5분도 안 돼서 잠에 빠져드는
사람이었다. 한번 잠에 들면 층간소음 따위 신경 쓰지 않으며
바로 옆에서 흘러간 90년대 댄스 가요 리믹스를 틀어놓고 쿵작
쿵작 춤을 춰도 모를 만큼 깊은 잠을 자는, 그런 사람. 정말 아
빠를 닮아서인가. 여느 아이와는 달리 일찌감치 하룻저녁에 여
덟, 아홉 시간씩 쭈욱 잠을 자는 아이에게 감사할 따름이었다.

그런데 어느 날부턴가 아이가 자꾸만 오밤중에 깨기 시작했다. 그날도 갑자기 벼락같은 울음소리가 들렸다. 그저 눈을 반쯤 뜨고서 칭얼거리는 게 아니라 송곳처럼 귓구멍을 후벼 파는 비명과 비슷한 소리였다. 놀란 마음으로 비몽사몽간에 머리맡의 안경을 더듬거려 찾아 쓰고 아이 침대로 바삐 달려갔다. 울부짖는 아이를 서둘러 안았다. 괜찮아 괜찮아, 아빠 여기 있어. 한참을 토닥거리며 아이를 달랬다. 울음소리는 점차 잦아들더니 다시금 평온한 적막이 찾아왔다. 잠든 아이를 침대에 조심스레 눕히고 까치발로 살금살금 방을 나가려는데, 아이가 눈을 번쩍 뜨더니만 나와 눈을 마주친다. 그리고 또다시 운다. 나라 잃은 설움이 북받친 우국지사처럼 통곡한다. 그렇게 날이 새도록 몇 번이고 잠에서 깨어 우는 아이를 달래느라 고생했다. 최근에 없던 일이었다.

대체 무엇 때문이었을까. 아무리 달래도 울음이 잦아들지 않고, 간신히 재웠더니 금방 깨서 우는 이유가. 쪽쪽이도 입에 잘 물고 있고, 아랫도리를 만져보니 기저귀 갈 때도 아니고, 밥 먹은 지 얼마 되지도 않은지라 배가 고픈 것도 아니고, 혹시나 해서 체온계를 대봤지만 열이 나는 것도 아니고. 도무지 알 수가 없었다. 연유를 몰랐지만 어찌저찌 다시 아이를 꿈나라로 반송시키기는 했다. 1년가량의 육아 기간이 무색하게도 아직도 모르는 것투성이다. 육아에 대해 잘 알지도 못하면서 통잠이 어쩌니, 이 정도면 할 만하니 하며 아는 척을 했었구나. 그동 안 그저 운이 좋았을 뿐이었다. 보는 이도 없는데 괜히 민망해 졌다.

전쟁 같은 지난밤을 보내고 난 뒤 아침. 아이에게 물을 마시 게 하는데 낯선 모양새로 입을 오물거리는 것이 뭔가 이상하 다. 입안을 자세히 살펴보고 손가락까지 넣어봤더니 비 온 뒤 죽순처럼 빼꼼 돋아난 이가 만져졌다. 생글생글 웃는데 어젯밤 과 달리 아랫니 하나가 하얗게 돋아난 게 이제야 눈으로도 보 인다. '한 송이 국화꽃을 피우기 위해 봄부터 소쩍새는 그렇게 운' 것처럼, 첫니가 돋아나려고 간밤에 그리도 울었던 게로구 나. 여태껏 느껴보지 못했던 생경한 감촉이 밤잠을 설치게 했 을 터. 요즘 들어 자꾸 칭얼거리고 밥도 잘 안 먹고 침을 많이 흘렸던 게 이앓이를 하느라고 그랬던 것이었다. 보통 6개월 전 후로 첫니가 난다던데, 우리 아이는 왜 이가 안 나는 걸까, 그 렇게 계속 걱정하던 참이었는데 비로소 하얀 이를 영접하는 순 간. 태어난 지 336일째 되는 날이었다.

첫니를 만나고 한 달여가 지난 5월 2일, 드디어 아이의 첫돌 을 맞았다. 이제 이는 아래위 각각 두 개씩, 총 네 개가 보인다. 입을 활짝 벌리고 웃을 때마다 듬성듬성 나 있는 이들의 모양 새가 우습다. 이가 비어 있는 구멍들 사이로 바람이 숭숭 새어 나올 것 같다. 어렸을 때 이를 뽑은 아이에게 어르신들이 '이빨

빠진 개우지'라며 놀리시던 말도 생각났다. 그렇게 놀려주고 싶을 만큼 귀여운 모습이다. 아내에게 말했더니 난생처음 들어보는 말이란다. 대체 개우지가 무슨 뜻이냐고. 정확히는 모르지만 아마 경상도에서 '범의 새끼'를 이르는 말일 거라 대답해 줬다. 이게 서울 사람은 모르는 사투리였구나. 아이의 첫니가 아니었다면 평생 모를 뻔했다.

비단 첫니뿐이랴. 코로나19라는 역병 때문에 돌맞이 잔치도 못 했건만 아이는 벌써 이렇게나 자랐다.

산후조리원에 있을 땐 자기 고개를 가누지도 못하고 가만히 누워만 있던 것이 이제는 걸을 채비를 한다. 언제부턴가 고개를 빳빳이 세우더니 혼자서 뒤집기를 했다. 뒤집자마자 기어가기 시작했고 기는 걸로는 성에 안 차 하더니만 어느 날부터는 주변의 물건들을 잡고 일어섰다. 요즘엔 바퀴 달린 보행기를 잡고서 한 발 두 발 걸음마를 시도한다. 종종 보행기에서 손을 떼고 두 발로만 서서 균형 잡기 연습을 한다. 남사당패 외줄타기 하듯 두 팔을 휘휘 저어가며 똑바로 서려고 애를 쓴다. 어 어 어 어라, 아이코. 옆에서 지켜보다가 아이가 쓰러지려 하면 재빠르게 잡아준다. 세발자전거를 타다가 두발자전거를 연습하는 아이를 도와주는 모양새 같다. 몇 년 후의 일을 미리 연습하는 셈 치자.

한 번에 고작 분유 20㎖씩 먹던 게 다였는데 이제는 이유식을 먹는다. 분유 가루에 물을 탄 음식 따위가 아니라, 쌀에다가 각종 고기와 채소들을 다져 넣은 죽을 주식으로 하고 있다. 식욕도 왕성해서 끼니마다 100㎖짜리 통에 든 걸 모두 해치운다. 그걸로도 모자라서 후식으로 과일도 먹고, 간식으로 치즈나 요거트, 쌀 튀밥 과자 같은 것들도 계속 먹는다. 자기 전엔 야식(?)으로 분유 240㎖를 꿀꺽꿀꺽 마셔줘야 한다. 이제 곧 이유식도 졸업하고서 밥과 국으로 된 유아식을 먹을 날이 머지않았다. 숟가락질 준비도 해야겠다. 잘 먹으니 좋긴 한데, 매일 아이 식사를 위해 요리를 해야 하니 아내는 영 죽을 맛이다. 분유 먹일 때가 좋았지 하면서 한숨을 쉬곤 한다.

빠빠, 엄마, 맘마와 까까, 빠이빠이 같은 단어들을 알아듣고 제 입으로 말하기도 한다. 요즘엔 빠빠를 넘어서서 제법 정확하게 '아빠'라는 소리를 낸다. 나와 눈을 마주치며 아빠라고 부르는데, '엄마'라는 말보다 아빠라는 말을 더 잘하는 것 같아서 왠지 모를 승리감에 도취한다. 정작 아내는 그러든가 말든가 착각은 자유지 하는 반응이다. 하지만 실상 아이가 가장 많이 하는 말은 '이거'다. 어디서 배운 건지는 모르겠는데 원하는 물건이 있으면 손가락을 가리키면서 이거라고 소리친다. 에듀볼 장난감을 향해 이거, 턴테이블 옆에 올려진 피규어들을 보며 이거, 원숭이 인형을 가리키며 이거, 식탁 위의 과자 봉지를 향해 이거. 그럴 때마다 아이를 안고서 그쪽으로 가줘야 한다. 그러지 않으면 벼락같은 울음소리로 즉각적인 응징을 내린다.

아이는 지도 벌써 남자라고 TV에 여자 연예인이 나오면 헤벌쭉하게 입을 벌리고서 쳐다본다. 가장 좋아하는 누나는 걸스데이 혜리. 그녀가 등장하는 부동산 앱 광고가 나오면 어떻게 알았는지 금세 TV 앞으로 기어 온다. 곧이어 혜리가 "다방!"이라고 외치면 뭐가 그리 좋은지 까르르 웃는다. 혜리만큼이나 자동차도 좋아한다. 산책을 나가면 지나가는 자동차를 보느라고 상모 돌리듯 고개를 이리저리 돌린다. 남자아이라서 정말 자동차 따위를 좋아하는구나. 그러다가 얼마 전에야 알게 됐다. 자동차가 아니라 자동차 아래의 바퀴가 굴러가는 걸 유심히 살펴본다는 것을. 자동차 바퀴, 자전거 바퀴, 심지어 집에 있는 보행기와 미니바이크의 바퀴까지. 이제는 뭐든 둥글게 생긴 건 무조건 굴리려는 버릇이 생겼다. 88올림픽 때였으면 '굴렁쇠 소년' 선발 대회라도 내보냈을 게다. 이렇게 본인의 취향이라는 게 생겼다.

아이는 이렇게 조금씩 성장하는 중이다. 반면에 나는 좋은 아빠로 성장하고 있기는 한 걸까. 엊그제도 나도 모르게 아이에게 화를 내버렸다. 이유식을 먹이던 중이었다. 아기의자에 앉아 있기 싫다며 자꾸 탈출을 시도하기에 결국 바닥에 아이를 앉혔다. 숟가락을 들이밀었더니 한 번은 받아먹고 두 번째는 고개를 휙 돌리더니 이내 장난감을 향해 기어간다. 허겁지겁 따라가서 다시 입에다 넣어주고 그 짓을 계속 반복. 그마저도 싫다고 입에 든 걸 사방팔방으로 뱉어내질 않나, 갑작스레 으앙 하고 울질 않나, 숟가락을 쳐서 날아가 버리게까지 하니 성이 안 날 수가 없다. 속에서 큰불이 났다. 인상을 쓰고 큰 소리를 내면서 아이에게 야단을 쳤다. 말귀도 알아듣지 못할 아이에게 화를 내는 나를 보며 아내가 고개를 절레절레 흔들며 말했다.

"짜증 좀 내지 마. 진이가 보고 배운단 말이야. 아무리 화가 나도 그러면 안 돼."

하지만 아내 역시 다음 날 저녁을 먹이다가 화를 낸 듯했다. 아이가 식사를 하는 동안 샤워를 하고 나왔더니 아내 얼굴이 벌겋게 상기되어 있었다. 평소와는 달리 입을 꾹 닫고 거칠게 숨을 씨근덕거리며 말없이 아이에게 밥숟가락만 거친 손놀림으로 건네준다. 그렇지, 우리 아이가 어떤 아인데 얌전히 밥을 먹고 있을 리 없지. 분명 울고불고 난리를 쳤을 게다. 다 이해한다는 듯 아내에게 옅은 미소를 지었다. 너도 화가 많이 났구나. 그래도 화내면 안 돼. 아이가 보고 배운단 말이야. 어제 네가 했던 말이야.

아이를 낳은 뒤 쉴 새 없이 육아 전선에서 고군분투한 지 어느덧 1년. 어느 때보다 몸과 마음이 쉬이 지치는 요즘이다. 그래서일까. 최근 들어 아이에게 닮고 싶은 아빠의 모습보다는 못난 아빠의 모습을 더 많이 보여주는 것 같다. 아내 역시 본인은 좋은 엄마가 아닌 것 같다며 한숨 쉬는 날이 하루하루 늘어만 간다. 우리는 부성애라든지 모성애라는 걸 타고나지 못한, 어딘가 고장 난 사람들인 게 아닐까. 아무래도 아이뿐만 아니라 우리 역시 미성숙한 존재인가 보다. 우리도 낼모레면 불혹의 나이인데 아직도 이러고 있으면 어떡하나. 마음을 더 단단하게 해야지. 나도 아내도, 언제 다 커서 아이에게 좋은 어른이 될는지. 아들과 함께 우리도 더 자라야겠다. 다시 한번 마음을 다잡아본다. 이것이 바로 돌을 맞이하는 우리들의 자세다.

나도 의지라는 게 있는 사람이다

만 13개월이 된 아이는 전례 없던 흥미로운 행동을 보여줬다. "요고 요고"라고 말하면서 무언가를 향해 손가락을 가리킨다. 처음에는 그저 옹알이 비슷한 걸 하나보다 싶었다. 빠빠, 맘마, 까까와 같은 말이겠지. 그런데 몇 번이나 요고를 외치는데도 내가 가만히 앉아있자 얼굴이 점점 빨개지고 숨소리가 가빠지더니 기어코 울음을 터뜨리는 것 아닌가. 그제야 자세히 살펴봤다. 손가락이 향하는 곳을 따라가 보니 책장 위에 놓여있는 원숭이 인형이 보인다. 아아, 저거 달라는 거였어. 일어나서 인형을 가져다주니 비로소 만족한 듯 까르르 웃는다.

그때부터였다. 자기가 직접 할 수 없는 것을 원할 때 요고를 외치는 아이. 요고가 의미하는 바는 점점 다양해졌다. 이제는 사물을 가리킬 뿐만 아니라 행동을 지시하기도 한다. 전등 스위치를 가리키며 요고라고 말하면 불을 껐다 켜기를 해줘야 한다. 턴테이블에 손가락이 향하면 LP판이 빙글빙글 돌아가게 전원을 켠다. 때로는 복잡다단한 연속 동작도 의미한다. 서랍장 위에 놓인 피규어를 만지고 싶다, 하지만 아빠가 아니라 내가 직접 손을 뻗어 쥐고 싶다는 의지를 피력하는 아이. 피규어를 한번 가리키고 서랍장 옆에 세워둔 의자를 바라보며 "요고"라고 말한다. 나는 그걸 보고 서랍장 앞으로 의자를 갖다놓고 아이를 올려준다. 아이는 의자 위에 서서 피규어를 손에 쥐고, 만족스러움을 표현하는 예의 그 까르르를 다시 보여준다.

사물, 행동, 일련의 과정까지 모두 단어 하나만으로 해결하다니. 프랑스 작가 플로베르는 "하나의 사물을 정확하게 표현하려면 단 하나의 단어만 필요하다"라는 '일물일어설'을 주창했다는데, 이 녀석의 '요고'라는 단어는 일물일어가 아니라 이른바 '만물일어설'이라 할 수 있겠다. 툭하면 요고요고 거린다. 불과 몇 달 전만 하더라도 아기침대에 가만히 누워있던 녀석을 먹여주고 씻겨주고 어르고 재워주고 했었는데. 이제는 자신의 의지라는 게 생겨서 만능열쇠 요고를 휘두르면서 아빠를 마구 부려 먹는다.

하루 중 아이의 발화 대부분을 차지하는 건 요고지만, 간간이 나와 눈을 마주치며 "아빠"라든지 간식용 쌀 튀밥 봉지를 가리키며 "까까"라는 말을 하기도 한다. 아직도 "엄마"라는 말을 정확하게 하진 못했다. 음마, 마마, 암마까진 하는데 엄마는 발음이 다소 어려운지 엄마보다 아빠를 '먼저' 말했다. 분명 먼저 말했다. 그걸 듣고 혼자서 묘한 승리감에 도취했다. 육아라는 전장에서 아내와 나는 협력자이면서 동시에 아이의 사랑을 갈구하는 경쟁 관계였는데 내가 한 발짝 더 앞서게 됐다. 엄마 소리를 듣지 못한 아내는 슬슬 부아가 치미는 듯하다.

"엄마, 해봐. 진아. 엄마. 자, 봐봐. 엄마는 요고가 아니야. 따라 해봐. 엄. 마."

아내가 입 모양이 잘 보이게 해서 큰 소리로 몇 번이나 엄마라는 단어를 말해준다. 오늘에야말로 아이의 입에서 정확한 발음의 엄마를 듣고야 말겠다는 의지가 활활 타오르는 모습이다. 아이는 엄마의 행동을 유심히 바라본다. 방글방글 웃는 게 말을 알아듣는 것 같기도 하다. 그리고 마침내 무슨 말인지 이해했다는 듯 고개를 힘차게 끄덕이고는 큰 소리로 대답한다.

"요고!"

이유식을 졸업하고 유아식의 세계로 진입했던 시기. 이름이 비슷해서 헷갈렸는데 이유식은 죽처럼 진밥으로 만드는 거고, 유아식은 고슬고슬한 된밥에다 국과 찬을 곁들이는 것. 간만 하지 않았다 뿐이지 어른의 밥과 거의 비슷하다. 누워서 분유만 쪽쪽 빨던 것이, 조금 컸답시고 떠먹여 주는 죽을 먹다가, 이제는 아기 의자에 앉아서 식판에 담긴 밥을 떠먹는다.

　하지만 아이에겐 아직 숟가락질이 낯설 수밖에. 숟가락을 제대로 쥐질 못하니 열이면 일곱 여덟은 바닥에 흘리고 만다. 어쩌다가 완벽한 곡선을 그리며 입안까지 온전히 밥 한 숟갈을 집어넣으면 감탄의 박수를 보낸다. 들리는가, 휴스턴. 여기는 메이저 진. 숟가락과 입의 도킹에 성공했다. 지켜보는 나는 환호성을 지르며 서류를 공중으로 집어 던지고 손가락을 입에 대고 삐액― 휘파람을 불며 난리를 치는, 그런 우주 SF 영화의 한 장면처럼 기뻐한다. 물론 성공의 때는 극히 드물고 대부분의 경우에는 내가 일일이 밥과 국을 떠먹여준다.

　어느 날인가. 역시나 식사 도중이었다. 밥을 한 숟갈 떠서 아이 입에 넣어주려는데, 아이가 손을 올리더니 숟가락을 옆으로 쓱 민다. 입을 꾹 닫고 고개를 절레절레 흔든다. 아니, 뭐야. 밥 먹기 싫은 거야? 벌써 배불러서 그래? 이상하다 싶어 잠시 기다리고 있었더니 이제는 숟가락을 자기 입 쪽으로 당긴다. 입을 앙 벌리더니 덥석 문다. 아아, 나만의 밥 먹는 리듬이 있다는 거구나. 세심하게 아이가 원하는 속도에 맞춰줘야 했다. 어떤 때는 내 숟가락을 아예 밀어버리기도 한다. 그리고 자기 손에 쥔 숟가락으로 밥을 뜬다. 스스로 먹겠다는 거다.

　이걸 보고서 머릿속으로 먼 훗날의 장면을 그려봤다. 어느새 장성한 아이가 내게 성질을 부리면서 말대꾸한다.

"아빠. 밥은 내가 알아서 할게. 이거 먹어라 저거 먹으라 하지 마."

"아니, 진아. 이거 몸에 좋은 거야. 멸치하고 시금치하고, 여기 미역 줄기도 좀 먹어 봐. 우유도 많이 마셔야 키가 크지. 아니, 콜라 같은 거 마시지 말고."

"아, 됐어. 내가 먹고 싶은 대로 먹게 내비둬, 좀!"

의지가 생겼다 한들 만 13개월 아이의 몸으로 스스로 할 수 있는 건 많지 않다. 전가의 보도인 '요고'를 매번 외치기가 미안한지, 혹은 그것마저도 외치기가 귀찮은 건지, 가끔은 스스로 하기 어려운 문제가 닥쳤을 때 내 손을 살포시 잡는다. 단단히 닫혀있는 서랍장 문을 연다든가, 자기 키보다 높은 곳에 위치한 장난감을 꺼내주라든가, 사운드북에서 소리가 안 나오면 전원 스위치를 켜달라든가 할 때. 한참을 목표물을 바라보다가 내 쪽으로 몸을 돌려 다가오더니 손을 잡는다. 쪼그만 손이 내 손을 꼼지락거리며 더듬는다.

"네가 나훈아여? 고마 쎄리 손 한번 잡아 주이소, 이거야?"

아이가 알아듣지도 못할 시답잖은 농담을 또 한다. 그나저나 아빠의 손을 이렇게나 덥석 잡다니. 피할 틈조차 주지 않는 과감한 직진을 보아하니 나중에 커서 연애 좀 하겠는데. 또다시 마음속으로 아이의 훗날 애정전선 코칭 장면까지 상상하고 있는데, 내 손을 자꾸만 잡아끄는 아이. 아빠가 좋아서 손을 잡은 게 아니란다. 필시 무언가 원하는 게 있다. 손에 힘을 빼고 아이가 잡아끄는 곳으로 움직여보니 서랍장 문짝에 도달했다. 장난감이 들어있는 서랍장이다.

"알았어 알았어. 아빠가 이거 열어줄게. 짜잔. 열렸다."

다정한 애정 표현이 아니라 원하는 바를 이루기 위해 나를 한낱 도구로 삼았던 거였다. 제깟 놈이 아무리 용을 써봐도 아직은 단단히 닫혀있는 문을 열 수가 없었기 때문. 서랍장 문을 열어주니 아이가 나를 향해 '참 잘했어요'의 의미가 담긴 칭찬 스티커 같은 미소를 지어준다. 인간의 언어로 유창하게 대화는 할 수 없어도 이렇게 이심전심이 가능하다.

며칠 후에도 내가 서랍장 문을 열어줬다. 그런데 아이가 내 손을 탁하고 친다. 이내 쓱 밀어내고 자기가 직접 서랍장 문을 열려고 끙끙댄다. 이제부터는 이거 내가 스스로 열 거라고, 아빠는 더 이상 건들지 말라는 눈빛으로 나를 째려본다. 왠지 묘한 기시감이 일어서 언제 이런 때가 있었나 기억을 더듬어봤다. 내 손을 이렇게 찰지게 때리는 사람은 어릴 때 다녔던 피아노 학원쌤 이후로 네가 처음이다. 건반은 손가락을 세워서 쳐야 한다며 손을 탁탁 내리치던 게 소름 끼칠 만큼 싫었는데. 아들아, 너니까 봐준다야.

날이 갈수록 아이 자신의 의지가 뚜렷해지는 게 보인다. 다만, 아이가 성장해감에 따라 걱정도 비례해서 늘고 있다. 아이의 행동에서 어디까지 허락하고 어디까지 금지해야 하는 걸까. "안돼, 하지 마"라는 말을 자주 하다 보니 아이가 소극적으로 될까 봐 고민이다. 엊그제 또래 아이들과 함께 놀고 온 날, 아내는 왠지 표정이 어두웠다. 왜 그러냐 물어봤더니 다른 아이들에 비해 낯을 가리고 쉬이 어울리질 못 하더란다. 그동안 너무 야단만 쳐서 적극적으로 나서지 못하게 된 걸까. 칭찬과 야단 사이에서 균형을 잘 잡아야 할 텐데. 나 하나의 삶도 균형 잡기가 어려운데 아이의 삶까지 고민해야 한다.

아이가 스스로의 힘으로 일어서는 걸 응원하면서도 우리 마음대로 할 수 없다는 게 한편으로는 아쉽기도 하다. 이제는 더이상 아이를 '아이로만' 봐서는 안 될 게다. 간혹 아이가 자신의 소유물이라도 되는 양, 억지로 무언가를 시키는 부모들을 볼 때가 있다. "다 너 잘 되라고 하는 거야"라는, 우리 역시 자라면서 몇 번은 들어봤던 말을 하면서 자신이 이루지 못한 정념들을 아이에게 투영하는 사람들. 나는 그런 구시대적 대사를 일절 치지 않고서 아이 스스로의 의지에 대해 인정하고 존중하는 아빠가 될 수 있을까.

생각해보니 얼마 전에 아내에게서 그 대사를 들었다. 저녁을 먹고 한껏 부른 배를 쓰다듬으며 소파에 누워 있는데, 운동 좀 하라며 나를 일으켜 세우려는 것 아닌가.

"아아, 좀 쉬자. 나 오늘 너무 힘들어."

그러자 아내가 말했다.

"다 너 위해서 그러는 거야."

이보게. 자네가 우리 엄마도 아닌데 나한테 대체 왜 그러는 거야. 아이한테도 안 그러면서.

22

조선시대에는
노비도 육아휴직을 했다

조선 세종 4년 때의 일이다. 예조에서 세종에게 한 장의 계를
올렸다. 내용인즉슨 "성균관의 생원과 학당의 생도들이 휴가가
없어 어버이를 뵙지도, 옷을 세탁하지도 못하니 매월 초 8일과
23일에 휴가를 달라"는 것이었다. 세종은 예조의 건의를 받아
들여 성균관의 휴가제도가 생겼다. 북방에서 경계를 서는 병사
들에게는 열흘간의 결혼 휴가, 상을 당하면 고향 집까지 다녀
올 수 있도록 100일 휴가를 주기도 했다. 이뿐 아니다. 관에서
일하던 노비奴婢를 위해서도 육아휴직 제도를 만들었다. 여자
종인 비가 아이를 낳으면 100일의 출산휴가와 더불어 1개월간
의 복무를 면해줬으며, 남자 종인 노에게도 아내의 출산 후 30

일간의 남성 육아휴직 제도를 만들어준 것이다. "아내가 아이를 낳으면 남편 구실을 해야 한다"는 어명과 함께였다.

조선시대 노비도 썼던 육아휴직을 나라고 왜 못 하겠나.

아내는 아이를 낳고 나서 계속 몸이 안 좋다. 좋지 않은 몸 상태로 아이를 돌보고 이유식을 만들고 유모차를 끌고 동네 산책도 시키고 아이 옷 빨래며 장난감 소독이며 온갖 집안일까지 한다. 하루하루 힘들어 죽겠다며 그늘 짙은 한숨을 뱉었다. 나 역시 퇴근 후엔 육아와 가사 전선에 참전했지만, 고작 반나절만 함께하는 전우는 썩 도움이 되지 않는 듯했다. 이제 돌이 지나고 13개월을 맞이한 아이. 아빠, 엄마, 맘마, 까까 같은 말을 하고 혼자서 두 다리로 일어서 있기도 한다. 금방 혼자서 걸을 것 같다. 아이를 키우면서 마주하게 되는 이런 소중한 순간들을 하나도 놓치지 않고 싶어졌다. 나의 어머니께서는 항상 이런 말씀을 하셨다. 젊었을 적 일하러 나가느라 너희가 크는 모습을 제대로 보질 못해 미안하다고. 그게 한으로 남았다고. 세대를 이어 나 역시 같은 실수를 반복할 수는 없다.

그래서 힘에 부쳐하는 아내를 돕고, 아이의 소중한 순간을 함께하고자 육아휴직을 결심했다.

남성 육아휴직 제도가 있긴 하지만 실제로 쓰는 건 쉽지 않았다. 상사나 동료의 눈치가 보인다든지, 내가 빠질 때의 업무 공백 같은 건 둘째고 당장 먹고사는 데 필요한 '돈'이 가장 문제였다. 아내는 임신했을 때부터 회사를 그만둔 상황이라 나마저도 일을 그만둘 수는 없었다. 엑셀을 켜서 매월 기초, 기말의 예상 현금 잔액을 기입해가며 곰곰이 따져봤다. 국가에서 육아휴직 급여가 지원되는데 시작일로부터 첫 3개월까지는 통상임금의 80%(최대 150만 원, 최소 70만 원), 4개월부터 종료일까지는 통상임금의 50%(최대 120만 원, 최소 70만 원)이 지급된단다. 다만, 매달 25%씩 공제하므로 실수령액은 첫 석 달 동안 112만 5천 원이며, 다음 달부터는 90만 원 정도였다. 공제된 금액은 복직 후 6개월 뒤에 신청하면 한 번에 입금된다. 여기에다 지역마다 다르긴 하지만 지자체에서 매월 지급되는 육아, 아동 수당이 약 30만 원 정도 들어온다.°

국가의 도움을 받을 수 있다. 하지만 아무리 따져봐도 이 돈으로는 도저히 세 가족이 살 수가 없다. 아파트 대출 때문에 달마다 백만 원이 넘어가는 원리금도 상환해야 하는데 턱없이 모자란 액수. 이놈의 집은 있어도 문제, 없어도 문제다. 그래도 있는 편이 낫긴 하다. 빚 갚느라 허리가 휘긴 하지만 서울에 집

° 2021년 기준이다. 2025년부터 월 최대 150만 원에서 250만 원으로 인상되었다. 매달 25%씩 공제해서 6개월 후에 지급하는 사후지급제도 폐지되어 육아휴직 기간 중 전액을 받을 수 있다. 모르는 사이에 세상은 조금씩 더 나아지는 중이다.

을 가진 소위 유산계급임에 감사하며 방법을 찾아봤다. 그리고 해결책을 발견했다. 회사에다 언론인 대출을 신청했다. 은행 대출로 잡히지 않는 사각지대의 대출인 데다가, 휴직 기간에는 회사에서 급여가 나오지 않기 때문에 대출금 상환 역시 일시 중단할 수 있었다. 그동안 저축해놨던 돈과 새로 대출받은 돈을 합치면 6개월 정도는 휴직이 가능하겠다 싶었다. 아무리 계산해봐도 그 이상은 무리였다. 그나저나 빚을 내서 빚을 갚으면서 생활하다니, 아랫돌 빼서 윗돌 괴기도 아니고. 모든 계산이 끝난 뒤 하나둘 팀원들에게도 알리고 드디어 휴직 신청 기안을 올렸다.

내가 육아휴직에 들어간다는 소식에 회사 동료들은 부러워하면서도 걱정스러워했다. 김 과장네는 아내도 일을 안 한다며. 둘 다 일을 쉬면 생활은 어떡하려고 그래. 먹고살 만한 걸 보니 원래부터 여유가 좀 있었나 봐. 몇 주 동안 늘 같은 질문에 웃으면서 늘 같은 답을 했다.

"에이, 여유는요 무슨. 빚내서 휴직하는 거예요."

웃으면서 말하니까 다들 농담이라고 생각하더라. 진짜인데. 남의 사정도 모르고.

그리고 마침내 그날이 왔다. 첫 번째 육아휴직의 첫째 날.

일없이 순탄하게 휴직을 시작하리라고는 생각하지 않았다. 우리 아이가 어떤 아이인데 이런 날을 놓칠 리가. 아이는 휴직

1일차 0시를 넘어가자마자 갑자기 잠에서 깨어나 울기 시작했다. 통잠을 자게 된 지가 언젠데 왜 하필 오늘 새벽에 이러는 걸까. 쪽쪽이를 물려봐도 토닥거려봐도 안고 달래봐도 울음을 그치지 않는 아이. 기저귀가 **빵빵**한 것도 아니다. 배가 고플 시간도 아니다. 열이 나는 것도 아니다. 추운 것도 더운 것도 아니다. 도무지 이유를 모르겠다. 밴드 장기하와 얼굴들의 노랫말을 빌려 표현하자면 여전히 '아이의 마음이란 어렵고도 어렵구나'다.

1년 넘도록 아이를 키웠는데도 아직 알 수 없는 것들이 너무 많다. 공포심이라는 건 정체를 알 수 없거나, 혹은 알더라도 대처할 방법이 없을 때 생겨나는 법. 지난한 육아의 과정에서 이럴 때마다 무서움을 느낀다. 아이의 무언가가 잘못된 건 아닐까 하고. 혹시나 하는 마음에 가장 가까운 병원이 어디였지, 몇 시까지 운영하더라, 아니면 좀 더 차를 달려가서 큰 병원 응급실을 가야 하나. 별의별 생각을 다 한다. 다행히 한참을 안고 달랬더니 아이는 다시 잠의 세계로 돌아갔다. 그리고 감사하게도 아침까지 푹 잠들어주셨다. 간밤의 난리법석은 아마도 아빠의 육아휴직을 환영하는 신고식 같은 거였나보다.

아침에 일어나선 멀쩡한 얼굴로 아이와 인사를 했다. 잠에서 깨어나 자기 침대에서 혼자 뒹굴뒹굴하고 있는 아이. 내가 방에 들어서자 인기척을 느꼈는지 두 발을 딛고 벌떡 일어난다.

어라, 아빠가 이 시각에 웬일이야 하는 표정을 하고서. 일어선 아이와 눈을 마주쳤다. 나를 보고 씩 하고 웃는다. 벌써 눈웃음 치는 법을 익힌 걸 보니 나중에 여자 여럿 홀리겠다, 라며 김칫 국을 마셔본다. 영차 하고 안은 뒤 거실로 나갔다. 밤새 불룩해 진 기저귀를 갈고 따뜻한 물을 마시게 했다. 정신을 좀 차리게 한 뒤엔 이유식을 먹였다. 어제저녁에 아내가 만들어서 냉장고 에 넣어 둔 걸 전자레인지에 45초를 데우면 딱 알맞은 온도가 된다. 이유식을 먹인 후엔 분유도 조금 먹였다. 돌을 맞은 아직 까진 이유식과 분유를 함께 먹이고 있다. 다음 달쯤이면 분유 를 완전히 끊을 예정이다.

그리고 한참 동안 아이와 놀아준다. 그림책도 보고, 인형 놀 이도 하고, 소리 나는 퍼즐도 맞추고, 걸음마 보행기를 잡고 걷 기도 하고, 집 안 여기저기를 같이 돌아다니며 함께 논다. 요즘 엔 키도 훌쩍 크고 두 발로 설 수 있게 되니 선반 위로 손을 뻗 어 오디오와 턴테이블에 관심을 보인다. 아니, 관심이라기보단 '접촉'이라는 표현이 더 알맞겠다. 손에 닿는 모든 걸 만지고 심 지어는 입에 넣으려고까지 한다. "에비, 그건 아빠 거야"라며 못 만지게 하면 금세 얼굴을 찡그리면서 울음을 내뱉는다. 얼 굴이 시뻘게질 정도로 울어대는 게 성깔이 굉장하다. 누굴 닮 았나 모르겠다. 아내도 아니라고 하고, 나 역시 어릴 때 그러 지 않았다. 심증으로는 아내를 닮은 듯한데 차마 입 밖으로 그

말을 꺼낼 수가 없다. 별수 없이 아이가 원하는 대로 만지게 한
다. 그랬더니만 김현철 2집과 딥 퍼플 라이브 앨범 LP판을 손
으로 마구 만지면서 DJ 흉내를 낸다. 오디오 전원 버튼을 켜
고, 턴테이블의 바늘을 판 위에 올리고, 뱅글뱅글 돌아가는 판
을 손으로 잡아서 멈췄다가 다시 돌리고, 뒤로 돌렸다가 앞으
로 돌렸다가, 속도 조절을 하고, 턴테이블을 끄기도 한다. 가르
쳐준 적도 없는데 어떻게 이런 걸 해내는 걸까. 애지중지하던
판은 망가지겠지만, 왠지 음악에 소질이 있어 보인다며 또다시
김칫국을 마셔본다.

　나의 휴직을 기다렸다는 듯이 아내는 일이 있어 오전부터 집
을 비웠다. "혼자서도 잘할 수 있지?" 싱글벙글한 얼굴로 집 밖
을 나섰다. 하루 종일 아이와 나, 단둘이 시간을 보내야 했다.
점심때도 이유식과 분유를 함께 먹이고 그새 가득 찬 기저귀를
갈고 한참을 놀아줬다. 칭얼거리기 시작하자 낮잠 잘 때가 됐
음을 직감했다. 침대에 눕혀 토닥거려주니 금방 잠들었다. 아
이의 낮잠 시간 덕분에 내가 점심 먹을 시간이 만들어졌다. 무
얼 해먹기 귀찮아서 라면을 끓였다. 신라면엔 역시 계란을 넣
어야지. 아이가 깰세라 얼른 라면에 계란을 푼다. 독거노인의
모양새로 혼자 라면을 먹으면서 생각했다. 오전 내내 무언가
하긴 한 것 같은데 무얼 했는지를 모르겠다. 집에 있으면 이런
날들이 매일 도돌이표처럼 반복되겠구나. 불현듯 중학생 때 문

제집에서 봤던 수학 문제가 하나 생각났다. '풀밭 한가운데의 기둥에는 몇 m 길이의 줄에 묶여있는 염소가 한 마리 있다. 줄이 닿는 반경 사이에는 염소가 들어가지 못하는 가로세로 몇 m짜리 사각형 창고가 있다. 염소가 먹을 수 있는 풀의 전체 넓이는 얼마인가?' 따위의 문제. 혼자서 아이를 돌보니 마치 내가 줄에 매여있는 염소가 되어버린 기분이었다. 사랑스럽지만, 때문에 다른 건 아무것도 할 수 없게 만드는 아이 때문에. 꺼어음 메에에에. 밥을 먹고 난 후 트림 소리가 염소 울음소리처럼 들렸다.

 밥을 다 먹고 설거지를 했다. 아이가 깰까 봐 물을 약하게 틀어놓고 조심스레 그릇들을 닦느라 한참이나 걸렸다. 소파에 걸터앉아 휴대폰을 손에 들었다. 오늘부터 휴직했다는 사실을 깜빡하고서 회사 인트라넷 앱을 켰다. 습관의 힘이란 무섭다. 그런데 이상하다. 늘 몇 개씩 와 있던 수신 전화도 메일도 문서도 없다. 주말도 아닌데 어째 연락이 하나도 없을 수가 있지. 아 맞다, 나 오늘 재택근무가 아니라 내년 초까지 휴직이지. 기분이 좋으면서도 섭섭한 마음이 한쪽에 피어올랐다. 휴직 전날까지만 하더라도 "저 휴직하는 동안 회사 번호로 오는 전화 다 차단해놓을 거예요. 절대로 연락하지 마세요"라며 농반진반으로 으름장을 놓고 나왔는데, 정말 그래주니 기분이 이상하다. 새삼스럽게 나라는 인간의 쓸모에 대해 생각하게 된다.

아이가 낮잠에서 깨어났다. 마침 시간 맞춰 아내도 집으로 돌아왔다. 외출했더니 오늘 바깥 날씨가 너무 좋단다. 집에만 있기 너무 아까운 날씨란다. 그렇다면 지금 산책하지 않는 자, 유죄. 서둘러 옷을 갈아입고 아이를 유모차에 태우고서 밖으로 나갔다. 요즘엔 비가 자주 왔던지라 오랜만에 만나는 화창한 날씨였다. 하늘은 눈이 부시게 파랗고 구름은 몽글몽글하게 하얗고 진한 초록빛 나뭇잎은 봄바람에 살랑거리고 지나가는 사람들은 다들 웃는 표정이다. 마스크를 썼는데도 다들 미소를 숨길 수 없을 만큼 날이 좋다. 평일 낮에 회사에 안 가니까 좋긴 좋구먼. 이렇게 여유로운 나들이라니. 점심때 살짝, 아주 살짝 들었던 섭섭한 마음 따위 하나도 생각나지 않았다. 통장 잔고만 허락해준다면 2년이고 3년이고 휴직하고서 육아하고 싶은 마음이다.

산책을 마치고 집에 돌아와서는 아이를 씻기고 저녁을 먹이고 또 한참을 놀아주다가 밤 아홉 시를 조금 넘겨서 재웠다. 이렇게 육아휴직 첫 번째 날이 끝났다. 이런 하루의 순간들을 거의 6개월 동안 매일 반복해야 한다. 기대가 되면서도 앞날을 알 수 없어 두렵기도 하다. 좋을 날만 있을 거라 기도해본다. 아이도 나도 아내도 무탈하게 함께 잘 지내면 그걸로도 충분하다.

며칠 동안 그렇게 아내와 함께 아이를 돌봤다.

"밭맬래, 애 볼래?"라는 질문에는 역시나 밭을 매고 싶다는 답을 하고 싶다. 그렇게 육아가 여전히 힘들다. 하지만 아내에게서 예전과는 다른 표정과 말을 보고 들을 수 있게 됐다.

"진이하고 여기도 가보고 저기도 가보고, 이것도 해보고 저것도 해보고 싶어. 우리 내일은 뭐 할까."

들뜬 표정과 설레는 목소리로 내게 이런저런 말을 한다. 아이를 재우고 아내와 둘이서 맥주 한 잔 기울이고 있던 참이었다. 휴직 전만 하더라도 밤에 아내와 나눴던 대화의 내용은 주로 "아이 낳기 전이 좋았다. 아이 키우는 게 너무 힘들다. 어디로든 도망가버리고 싶다. 어느 날 내가 사라져도 찾지 마라" 따위 '과거+부정형'의 내용이었다. 한숨을 고명으로 얹은 가시 돋친 말들. 하지만 육아휴직을 시작한 지 며칠이나 됐다고 아내는 어느새 '미래+긍정형'의 어투로 말을 하고 있다. 내일을 기대하는 대화라니. 세상에. 그 말을 들으니 왠지 눈시울이 뜨거워졌다. 너 갑자기 왜 그래, 아내가 물었다. 아니, 이거 우는 게 아니라 맥주 마시고 트림을 했더니 눈이 시큰하네. 오늘 소화가 잘되려는지 하루 종일 자꾸 트림이 나와. 말도 안 되는 변명을 주절주절 늘어놨다.

과연. 육아휴직을 한 보람이 있다.

23

아빠 고추를 왜 만져

14개월 차의 어느 날부터인가, 아이는 혼자서 아기 욕조에 들어가는 것을 거부하기 시작했다. 늘 하던 대로 물을 받아놓은 욕조에 앉혔더니 그 순간부터 입을 삐죽거렸다. 이내 몸을 좌우로 흔들어대고 고개는 상하로 끄덕거렸다. 인상을 쓰고서 눈을 꼭 감은 채 으앙— 하고 성마른 울음을 터뜨렸다. 눈에는 금세 눈물방울이 그렁그렁 맺혔다. 곧이어 욕조에서 탈출하려고 팔다리를 버둥거리고 난리였다. 물은 사방팔방으로 튀고 나는 난데없는 물벼락에 온몸이 흠뻑 젖었다. 어제까지만 하더라도 얌전히 앉아서 목욕하던 녀석이 대체 왜 이러는 걸까. 도무지 이유를 알 수 없었다.

그렇다고 목욕을 사나흘에 한 번꼴로 게으르게 할 수는 없었다. 코로나19 시국임에도 외출을 게을리하지 않던 중이었다. 아이가 답답해하니 집에만 있을 수 없었다. 정수리에 뜨거운 불구덩이를 이고 다니는 듯한 요즈음의 날씨 때문에 바깥나들이를 다녀오면 나도 아이도 몸에 땀이 흥건했다. 하루에 한 번은 꼭 목욕할 수밖에 없었다. 씻는 걸 하루 건너뛰었더니 아이 몸에서는 쿰쿰한 쉰내가 났다. 이게 어디서 나는 무슨 냄새야, 킁킁. 아이코, 우리 진이 냄새구나. 아주 어린 아가였을 때는 땀이고 오줌이고 똥이고, 죄다 향긋한 내음이 났는데 이제 제법 컸다고 어른의 그것과 비슷한 고약한 냄새를 풍겼다. 지금 먹는 이유식을 졸업하고 우리가 먹는 어른 밥을 같이 먹게 될 때 즈음이면 얼마나 더 고약한 냄새가 날까. 한참 후의 일을 벌써 걱정한다.

다시금 목욕하기 위해 이런저런 방법을 동원했다. 좋아하는 동요를 불러주기도 하고, "이제부터 씻까씻까 할꼬야"라며 귀여운 목소리로 얼러보기도 하고, 핑크퐁 상어 가족 친구들을 손에 쥐여주기도 하고, 머리에 물이 닿는 걸 싫어하나 싶어서 몸에만 슬쩍 물을 부어 씻어보려고도 했다. 모두 허사로 돌아갔다. 결말은 늘 귀가 찢어질 듯 시끄러운 울음소리와 함께 새드엔딩으로 끝났다. 혹시나 홀로 씻는 게 싫어서 그런 걸까. 한 가닥 가냘픈 기대를 품고서 나도 옷을 벗고 아이와 살을 맞닿은 채 큰 욕조로 함께 들어가 봤다. 뒤에서 껴안은 채로 물을 조금씩 끼얹고 수건으로 부드럽게 닦아주니 이번에는 얌전히 앉아 있는다. 비로소 목욕을 다시 할 수 있었다. 혼자가 아니라 누군가와 같이 씻고 싶었던 게로구나. 별수 없이 아이가 목욕할 때마다 나도 함께 반신욕을 하게 됐다. 그간 고마웠던 아기 욕조는 당근마켓으로 떠나보냈다.

목욕하다 보면 아이가 자기 고추를 만지작거릴 때가 있다. 오랫동안 격조했던 친구를 만나기라도 한 듯 문질러대며 반가움을 표한다. 항상 기저귀에 꽁꽁 싸매져 있었으니 퍽 반갑기도 할 터이다. 그럼에도 '얘가 대체 왜 이러지, 벌써 그런 즐거움(?)을 알 만한 나이가 아닌데' 하고 걱정되는 마음에 육아 정보를 검색했다. 알아보니 생후 6개월이 지나면 자기 신체에 대해 궁금해하는 게 정상이고 고추를 만지는 걸 그리 걱정할 필요는 없단다. 자연스러운 성 발달 단계라고. 24개월 이전에는 그냥 무관심한 척해야 한다. 이런 행동을 나쁘다고 다그치거나 하지 못하게 하면 오히려 더 관심을 갖는다. 대신에 다른 장난감을 쥐여주거나 하면서 주의를 다른 곳으로 돌리면 된다고 한다. 만 4세 이후에는 아이도 말을 알아들을 수 있게 되니 그때부턴 제대로 된 성교육을 시작하면 된다는 설명이 이어졌다. 그러니까, 심하게 집착하지 않는 이상 고추 만지기는 그리 문제 될 건 없는 행동이었다.

그런데 아이는 종종 나의 그것을 만지기도 한다. 자기 걸 만질 때보다 신기해하는 표정이다. 아빠 건 자기 것에 비해 아무래도 이상하게 생겼나보다. 훨씬 크기도 하고, 껍질도 까지고, 시커먼 털도 숭숭 나 있는 것이 이상하게 보일 법도 하다. 내가 어릴 적 돈가스를 사준다던 엄마 말에 속아 포경수술 병원으로 끌려가지만 않았어도 아이 것과 생김새는 비슷할 텐데.

"아얏! 이눔 자식아. 아빠 꼬추를 왜 만져?"

"까르르르르."

아이는 내 반응은 아랑곳없이 그곳을 잡아당기고 꼬집고 이리저리 손에서 굴리기도 한다. 재밌는 장난감이라도 새로 하나 얻은 듯한 행동이다.

"으하하. 아빠 거 대단해서 그러지?"

괜히 신나서 동요를 한 곡조 뽑는다. 아이가 즐겨 보는 사운드북에 있는 〈잉잉잉〉이라는 노래다. '고추밭에 고추는 뾰족한 고추 이리 봐도 저리 봐도 날씬한데—'라는 노랫말이 나오는 곡. 나는 개사를 해서 노래를 부른다.

"목욕탕에 아빠 꼬추는 커다란 꼬추. 이리 봐도 저리 봐도 큼직한데."

그걸 듣자마자 아내가 욕조로 달려와서 등짝을 짝 하고 때린다.

"애 앞에서 무슨 말도 안 되는 헛소리야! 이제 부모가 하는 거

보고 따라 한단 말이야."

물이 묻은 등짝을 손바닥으로 맞으니 대단히 아프다. 아프니까 고추다, 아니, 청춘이다. 청춘이라기엔 나이를 너무 먹었으니 아프니까 장년이다. 아내는 굳이 쓸데없는 말 한마디를 덧붙이는데 그게 마음에 크나큰 상처가 됐다.

"그리고, 그깟 거 뭐가 그리 크다고 애한테 자랑질하고 있어?"

한바탕 소동이 벌어진 후 목욕도 막바지에 이르렀다. 끝날 때가 되면 아이는 제가 알아서 찌둥거린다. 우에에에, 재미없어 이제, 나갈 거야. 온몸을 배배 꼬면서 길었던 물놀이의 지루함을 몸으로 표현한다. 이제 욕조 밖으로 나간다. 몸에 남아있는 물기가 하나도 남지 않게 잘 닦아주고, 머리도 탈탈 털어서 습기를 앗아내고, 아기 로션을 온몸에 골고루 바르고, 고추와 사타구니, 엉덩이엔 파우더를 톡톡 뿌려준다. 기저귀를 입기 전에 다시 한번 자기 고추를 물끄러미 바라보는 아이. 작별을 못내 아쉬워하는 건지. 그리고 내 얼굴과 아랫도리를 바라보며 씩 웃는다. 나만의 착각일 수도 있는데 진짜로 나를 보며 비웃는 표정 비슷한 걸 지었다. 네까짓 게 뭘 안다고 아빠의 그곳을 비웃는 게냐. 설마 엄마 말을 알아들은 걸까.

그래도 아이에게는 아직 내가 대단해 보일 거다. 다들 그러하듯이 어린 시절, 나에게도 아버지만큼 멋진 사람이 또 없었다.

나보다 키가 훨씬 크고, 수염과 털도 많고, 힘도 세고, 회사에서 돈도 벌고, 고장 난 기계도 뚝딱 고치고, 운전대도 멋지게 돌리고, 목욕탕에서 보면 고추도 엄청 크고, 열탕에서도 시원타 하며 오랫동안 앉아 계셨다. 그의 멋짐을 하나하나 이야기하자면 하루가 모자랐다. 훗날, 내 머리가 굵어지자 아버지가 평범한 사람처럼 보였다. 아니, 평범하지도 않고 되레 부족한 사람. 딱히 대단하지도 배울 것도 없는 사람으로 느껴졌다. 어느 때부터인가는 '나는 아버지처럼 되지 않을 거야'라는 철없는 말을 했다. 내가 아버지보다 키가 커졌을 때부터였을 거다. 다시 한참의 시간이 지나 나도 아빠가 되어보니, 나의 아버지가 얼마나 대단한 사람이셨는지 새삼 깨닫게 된다. 가장이 된다는 건 얼마나 어려운 일인지. 이렇듯 어떤 깨달음은 얻는 데 긴 시간이 필요하기도 하다.

　나의 아이는 오랫동안 아버지인 나를 좋아해줬으면 하는 바람이다. 고추도 크고, 모르는 게 하나도 없고, 얼굴도 잘생기고, "세상에서 우리 아빠가 젤 멋있는 사람이야"라며 아이가 동네방네 자랑하고 다니는. 그렇게 모자람 없는 아버지가 될 수 있었으면 한다. 내가 그런 아버지가 될 수 있을까. 이럴 줄 알았으면 더 좋은 직장을 구할걸, 고시 공부를 때려치우지 않고 몇 년 더 할 걸, 돈을 많이 벌어서 큰 집과 비싼 차를 살 걸, 운동을 열심히 해서 몸짱이 될걸. 마흔 가까이 살면서 이뤄놓은 게 뭐가 있나, 영화 〈올드보이〉의 오대수처럼 내 삶을 하나하나 반추해본다. 그리 대단한 것 하나 없이 뜨뜻미지근한 온도로 살아온 것 같아 얼굴이 홧홧해졌다. 그럼에도 어떻게든 아이에게 자랑스러운 아버지이고 싶다. 이런 생각은 '좋은 부모'가 되어야 한다는 일종의 강박 같은 걸까. 아내는 나를 보면서 왜 그렇게까지 애쓰냐고 묻는다.

"세상 어느 부모도 완벽할 수는 없어. 초보인데 모르는 게 있으면 안 되나? 우리가 진이한테 가르치기만 하는 게 아니라, 진이한테서 배울 수도 있지."

아내의 말이 맞다. 아무리 애를 쓴다 한들 모르는 게 하나도 없는 완벽한 아버지가 될 수는 없다. 아이가 물어봤을 때 모르는 게 있으면 다른 데 물어보면 되지. 그리고 보니 공자님 역시 '불치하문不恥下問'이라 하여 아랫사람에게 묻는 것을 부끄러워하지 말아야 한다고 가르치셨다. 깨달음을 얻은 제자의 모습을 하고서 아내를 쳐다보니, 스승님께서는 어째 방금 했던 말과 행동이 다르시다. 육아전문가 오은영의 저서, 육아 관련 파워블로거와 유튜버, 맘 카페의 이런저런 정보 등을 찾아보느라 정신없다. 모자란 엄마가 되지는 않겠다는 의지로 불타오르는 눈빛이다. 완벽하기 위해 애써 노력할 필요 없다더니만 저 눈빛은 예전에 박사 과정을 밟던 시절의 그것과 다를 바 없어 보인다. 아니, 그때보다 더 반짝거리는 눈빛이다. 도서관에 나란히 앉아 공부하던 그 시절엔 저 눈빛이 나를 향해 있었는데 이제는 아이만을 바라보고 있다.

이렇듯 아내도 나도 아이에게 조금이나마 더 나은 부모가 되기 위해 애를 쓰는 중이다. 육아라는 건 단지 아이를 잘 기르고 가르치는 것뿐 아니라, 부모 된 자로서 어제보다 나은 오늘의 나를 만들어가는 부단한 자기 수양의 과정이기도 하다고 생각한다. 그래서 하릴없이 휴대폰이나 들여다보는 시간을 줄였다. 책장에서 먼지만 쌓여가던 책을 다시 꺼내 읽고, 아침에 일어나면 KBS FM 라디오에서 〈굿모닝 팝스〉를 듣고 따라 하며 영어회화 공부도 하고, 틈틈이 운동을 하면서 아직 별것 없는 몸에 잔뜩 힘을 준 채 거울을 본다. 음…… 그런데 지금보다 고추가 더 커질 방법은 아무래도 없는 것 같다. 내가 보기에 이 정도면 충분한 것 같은데. 아내는 왜 괜한 말을 해서 사람 마음을 심란하게 하나 모르겠다.

24

걸음마의 역사

"다른 집 아이들은 돌도 되기 전부터 걷는다던데."

"아, 진짜? 어떻게 그렇게 빨리 걷지?"

"오늘 다녀온 집의 애도 아직 돌이 안 지난 여자아인데 벌써 조금씩 걷더라고."

아내는 걱정스러운 얼굴로 말했다. 오픈 채팅으로 만난 엄마들의 모임에 다녀온 이후였다. 비슷한 또래 아이를 키우는 사람끼리 오프라인에서 모이게 됐는데, 호스트 역할을 했던 집에서 엄마들과 아이들을 초대했었다. 당시 우리 진이는 13개월, 호스트네 아이는 아직 돌이 되기 직전, 다른 집의 쌍둥이네는 16개월짜리 아이였다. 그런데 무리 중 우리 아이만 혼자 걷질 못하고 바닥을 기어다녔다고 한다. 그 집 애는 여자아이라서 발달이 빠른 건가, 어떻게 벌써 걸음마를 시작했데. 아이는 또래 친구들이 두 발로 서서 걸어 다니는 모습을 호기심 어린 눈빛으로 잠시 쳐다보다가 이내 까까 먹기에 열중했더랬다. 그놈의 동결건조 딸기과자. 손에도, 입에도, 옷에도, 바닥에도 온통 빨간 물이 들게 하는 그놈의 과자 따위가 뭐가 그리 좋다고. 친구들은 다들 진작에 걷고 있는데.

그럼에도 아내와 달리 나는 별 걱정하지 않았다. 다른 발달과정에 비해 걸음마는 저마다 개인차가 크다고 했다. 보통 생후 12~16개월 사이에 걸음마를 시작한다고 하니 우리에겐 아직 시간이 한참 남아 있었다. 아주 한참의 시간이 흘러 18개월 이후가 됐는데도 두 발로 걷질 못하면 그때 가서 병원이나 전문가의 상담을 받으면 된다고 하더라. 우리 아이는 다른 아이들보다 고개도 빨리 가눴고, 뒤집기도 금방 했고, 배밀이는 제법 빨랐고, 돌이 지나기도 전에 뭔가를 잡고 일어서는 행동을 쉽게 했으니까. 그동안 충분히 이른 속도로 이뤄냈던 지난 과업들을 생각해보면 걸음마 정도야 금방 해낼 수 있을 거라 믿었다. 그리고 회동 때 찍은 사진을 보니 우리 진이가 제일 잘 생겼던데 그럼 됐지.

그 후로 얼마 지나지 않아 아가들이라면 으레 체험하는 '문화센터'에 나갔다. 비슷한 연령대의 아이들을 모아놓고 노래 부르기, 공 튀기기, 촉감 놀이, 그림 그리기 같은 프로그램을 진행하는 곳이다. 매주 목요일 오전, 문화센터가 열리는 인근의 이마트 은평점으로 향했다. 우리 아이와 비슷한 또래 아이를 여럿 볼 수 있었다. 극한의 저출생 시대라더니 이렇게나 아이를 많이들 낳는구나. 프로그램에는 대부분 엄마와 아이가 함께 짝을 지어 들어가기 때문에 아빠인 나는 강의실 밖에 앉아 한 시간여를 하릴없이 기다려야 했다. 마침내 수업이 끝나고 아내와 아이가 나왔다. 아이의 인생 첫 사회생활의 현장이 어땠는지 무척 궁금했던지라 아내가 숨 돌릴 겨를도 없이 질문을 쏟아냈다.

"수업 어땠어? 할 만하디? 진이가 재밌어 해? 낯설다고 울지는 않았어? 다른 아이들하고 낯가리진 않았고?"

"응, 재밌어하네. 그런데 진이 빼고 다른 애들은 다 걸어 다니더라……."

아내의 표정은 어두웠다. 여기 오는 대부분의 아이들은 혼자서서 걷더라면서. 남과의 비교는 불행의 씨앗이라지만 신경이 쓰이는 건 어쩔 수 없었다. 그런데 그날. 아들 녀석은 집에 돌아오더니만 난데없이 걸음마를 시도했다. 네 발로 바닥을 기어다니기만 하던 아이가 두 팔에 힘을 주고 바닥을 영차 하고 밀더니만 아무것도 잡지 않고 두 발로 우뚝 섰다. 팔을 허우적거리면서 균형을 잡으려고 애를 썼다. 깜짝 놀랐다. 이렇게 갑자기 걷는 건가. 충만한 의지와는 달리 연약한 다리는 미처 준비되지 않았을 터, 비틀거리면서 두 걸음도 못 가 풀썩 쓰러지는 아이. 그럼 그렇지. 하지만 아이는 넘어지자마자 다시 일어섰다. 또 한두 걸음 걷고 쓰러지고. 또다시 일어서고. 역시나 쓰러졌지만 또 일어서서 걸으려 하고. 이상하게도 그날따라 걷기에 열심이었다. 친구들이 죄다 걷는 모습을 보니 질투심이라도 생긴 걸까.

 제가 걷겠다는데 아비 된 자로서 지켜만 볼 수는 없는 일. 그날부로 걸음마 특훈에 돌입했다. 우선 아이를 마주 보고 앉았다. 조심스레 두 손을 잡고 일으킨 뒤 "걸음마 걸음마 한 발 두 발. 걸음마 걸음마 아이 잘한다"라는 가사의 동요를 부르면서 왼발, 오른발 박자 맞춰 걷기를 시도했다. 걸음 훈련이라는 건 군대 훈련소 때 이후로 나도 처음이다. 왼손을 앞으로 끌면서 왼발, 그다음에는 오른손을 당기면서 오른발. 자빠지려 하면 잠시 쉬었다가 다시 일어나서 걷고. '어련히 알아서 하겠거니' 하는 마음은 이제 버리고 '기필코 해내고야 말겠다'의 자세로 열심이었다. 넘어지면 다칠세라 며칠 동안은 집 안 거실 매트 위에서 연습했고, 걸음 수가 늘어나자 밖으로 나가 아파트 단지 놀이터, 이후에는 인근 공원의 광장으로 가서 같이 걸었다. 가는 곳곳마다 걸음마 연습을 게을리하지 않았다.

 그렇게 연습하자 14개월이 지난 어느 날부터인가는 아이 혼자서 서너 걸음을 걸을 수 있게 됐다. 그다음 날은 네댓 걸음, 다음다음 날은 예닐곱 걸음. 며칠 새 눈에 띌 만큼 걸음 수가 늘어갔다. 붙잡고 있던 손을 놓았음에도 씩씩하게 걸어가는 아이를 보며 생각했다. 조금씩 천천히, 그래도 앞으로 나아가고 있었다. 그 모습을 보며 생각했다. 인간의 발달이라는 게 야구 경기의 9회 말 2아웃 역전 만루홈런 같은 방식으로 갑작스레 이뤄지는 게 아니구나. 다소 지루하더라도 매회 안타, 도루, 희생번트 등을 통해 진루를 하고 점수를 조금씩 쌓아가는 것. 그러다 보면 결국 경기가 끝날 때 즈음엔 승리할 수 있는 점수가 만들어져 있다. 뭐든지 한 방에 극적인 승리를 얻으려고 해서는 안 되는 법이었다.

수많은 연습의 날이 있었지만 특히 기억나는 때가 있다. 아파트 놀이터에서 연습하던 중이었는데 예쁘장한 여자아이가 미끄럼틀을 거꾸로 오르고 있었다. 아들은 그 아이를 보더니 "저기, 빨리, 저기로 가야 돼"라는 듯 제자리에서 발을 동동 굴렀다. 손을 잡고 미끄럼틀 쪽으로 바삐 걸어갔다. 미끄럼틀에 도착하자 아들은 내 손을 뿌리치더니만 여자아이를 따라서 저 역시 혼자 두 발로 걸으려고 했다. 마치 "거기 예쁜 누나. 나 좀 봐요. 나도 서서 걷는 남자랍니다"라고 말하는 듯한 모습이었다. 헤벌쭉 웃고 있는 듯한 아이의 뒷모습을 보며 생각했다. 아아, 너도 남자구나. 그리고 연상 취향이었구나. 인간을 발전하게 하는 원동력은 무엇일까. 본능적인 이끌림, 호기심의 충족, 경쟁심의 발현, 혹은 누군가에 대한 사랑? 아들을 보아하니 역시나 그중에서도 사랑의 힘이 최고였다. 셀린 디옹 누님이 노래하셨던 '빠워 오브 러브'.

그렇게 며칠이나 흘렀을까. 아이가 내 손을 잡지 않고 혼자서 열댓 걸음을 걸었다. 아직도 그 순간이 생생하게 기억난다. 거실 끝에서 주방 끝까지의, 나름의 대장정이었다. 한 발 두 발 내디딜 때마다 비틀거리면서도 단 한 번도 쓰러지지 않고 다 걸어냈다. 그리고 잠시 뒤돌아보더니 이 정도면 만족한다는 듯 싱긋 웃으면서 바닥에 풀썩 주저앉았다. 이것 보라는 듯 나를 돌아보며 의기양양한 미소를 지었다. 나는 그 모든 장면을, 주먹을 꽉 쥐고서 숨죽여 지켜보다가 끝난 후에 환호성을 질렀다. 그리고 아내에게 외쳤다.

"우와! 이것 봐. 진이가 혼자 걸어 이제. 저기서 여기까지 걸었다니까."

"그러게. 이 정도면 혼자 걷는 거네 진짜. 잘 걷는다, 우리 아들."

남들 다 하는 거, 뭐 대단한 일이라고 한참이나 호들갑을 떨었다. 그러니까, 오늘의 이 몇 걸음은 작은 발걸음이지만 아이의 역사에서는 위대한 도약이라고. 한참을 감격에 겨워 주절거렸다. 누가 보면 아이가 에베레스트 등정에라도 성공한 줄 알겠다.

그다음부터는 시도 때도 없이 걷기 시작하는 아이였다. 걸음마 초기에는 마음은 급한 데 반해 몸이 따라주지 않았다. 몇 발짝 앞의 장난감을 집기 위해서, 저도 답답했는지 어려운 걷기보다는 익숙한 기어가기를 선택하고서 성마르게 기어가곤 했다. 이제는 아무리 가까운 거리더라도 두 다리에 힘을 준 채 서서 걸어간다. 기는 것보다 걷는 시간이 훨씬 더 많아졌으니 "이제 우리 아이는 혼자서 걸어요"라고 말하고 다녔다. 하지만 오매불망 그리던 걸음마를 시작하고 나니 우리는 피곤해졌다. 쉴 새 없이 걷는 아이 뒤를 졸졸 따라다니면서 가구 모서리 따위에 부딪치지 않게 손으로 막아주고, 바닥으로 자빠질라치면 등을 받쳐주고, 걸음마를 마치고 풀썩 주저앉을 때 무릎이 아프지 않게 보호대도 씌워주고 하며 신경 쓸 게 많아서였다.

"어휴, 가만히 누워 있을 때가 편했어."

"사람 마음이 참 간사하네 정말. 못 걸을 때는 그렇게나 걸었으면 하더니만."

엊그제는 계단 오르내리기도 정복했다. 분수대가 있는 광장에서 아파트 윗 단지로 올라가는 소위 108계단을 걸어 올라갔다. 여기서 넘어지면 큰일이니까 한 손을 잡고서 조심조심 한 계단 두 계단씩 올랐다. 마지막 계단을 오르고 나서 아래를 내려다보니 우리가 함께 오른 계단이 끝이 보이지 않을 만큼 길었다. 정말 에베레스트 등정에라도 성공한 듯하다. 우리 진이가 해냈어, 해냈다고. 다 올라와서는 잡고 있던 손을 슬며시 놨다. 내 도움 없이 혼자서 콩콩 잘 걷는다. 그렇게 한참 걷다가 이내 불안한지 내게 손을 뻗어 따라오란다. 따라갔더니 내 손을 확 낚아채더니 꼬옥 쥔다. 소중한 장난감이라도 쥐듯. 그리고 다시 한 발 두 발 걷는다. 아직은 아빠하고 손을 잡고 걷고 싶은가 보다.

 아이가 언제까지 내 손을 원할지 모르지만 원한다면 언제라도 잡아줄 요량이다. 걸음마 다음에는 또 어떤 장애물 앞에서 내가 아이의 손을 잡아주고, 아이는 그 손을 잡고 가다가, 어느 순간부터 내 손을 놓고 혼자서 앞으로 나아가게 될까. 앞으로 수많은 문제가 아이 앞에 펼쳐지겠지만 잘해 나가리라 믿는다. 걸음마도 해냈는데 그까짓 거, 함께라면 하나도 어려울 게 없을 거다.

25

육퇴 후 다시 만난 세계

거울을 본다. 육아 때문일까, 간밤에 삽시간에 늙어서 그늘진 얼굴이 보인다. 어제 면도를 하지 않은지라 턱 주변이 거뭇거뭇하다. 출근하지 않으니 면도를 잘 안 하게 된다. 머리는 제멋대로 뻗친 것이 머리라고 부르기보다는 까치집에 더 가까운 것 같다. 화장실에 들어온 지 얼마나 됐다고 밖에서 나를 부르는 소리가 난다.

"아빠빠빠빠, 으아아아아아아. 아빠빠빠."

아이가 기다리고 있어서 한가로이 거울이나 쳐다볼 새가 없다. 얼른 볼일을 본 후 손을 씻고 나왔다. 아이 침대로 달려간다. 이제부터 하루의 시작이다.

어느덧 육아휴직 두 달째. 매일의 일과는 이렇게 똑같이 시작되고 똑같이 반복된다. 아침 일곱 시쯤이면 어김없이 아이 목소리가 잠결에 희미하게 들린다. 나는 잘 때 누가 업어가도 모르는 사람이었는데 사람이 변했다. 이렇게 잠귀가 밝아질 수가 없다. 화장실에서 볼일을 보고 아이 침대로 달려가 보니 벌써 기립해서 두 팔을 휘휘 젓고 있는 아이. 내가 일어났는데 왜 서둘러 오지 않느냐고 재촉하는 듯한 몸동작이다. 눈을 맞추며 웃고 침대에서 들어 올려 거실로 나간다. 밤새 가득 찬 기저귀를 갈고 물을 마시게 하고 조금 놀다가 아침을 먹인다. 후식으로 과일을 같이 먹고 또 논다. 주방놀이 장난감, 강아지와 원숭이 인형, 보행기와 미니 바이크, 그림책과 사운드북. 그런 것들과 쉴 새 없이 놀다가 기저귀를 한 번 더 갈고 낮잠을 재운다.

　오전 시간이 어떻게 지나갔는지 모르겠다. 오후에도 비슷한 일과를 반복하고 점심, 저녁을 먹이고 또 한참을 논다. 종종 바깥나들이를 다녀오기도 한다. 저녁 여덟 시 반쯤에는 드디어 쪽쪽이를 물리고서 잠을 재운다. 마침내 일과가 끝난다. 이렇게 집 안팎에서 하루 종일 아이의 충복으로 지내고 있다. 나를 겸허하게 낮춰, 아니 납작 엎드려서 온 정신과 열정을 아이에게 집중한다. 그동안 살면서 이렇게나 집중했던 존재가 또 있었던가.

　아이가 낮잠을 자는 동안 아내도 나도 둘 다 지쳐서 소파에 몸을 누인다. 분명 내가 휴직을 하고 나서 육아와 집안일을 둘이 나눠서 하는데도 힘들어 죽을 지경이다. 여름이라서 어째 더 지치는 걸까. 몸이 지치니 신경이 예민해지고 사소한 엇갈림 하나에도 날 선 소리가 절로 나오게 된다. 이렇듯 팽팽하게 당겨지기만 하는 실은 끊어지기 마련. 조였다가 풀기를 고루 반복해야 끊어지지 않을 수 있다. 이를 위해 오후에는 서로에게 육아 노동 이완의 시간을 주고받기로 한다. 선심이라도 쓰듯 아내에게 말했다.

"너 이따 오후에 잠깐 나갔다 와."

"그래도 될까? 너 혼자 진이 보려면 힘든 거 아냐?"

아내는 정말인가 싶어 되물었다. 나는 정말이라며 대답했다.

"아니야, 괜찮아. 밤에는 내가 나갈 거니까 낮에는 네가 나가."

아내는 잠깐의 휴식 시간 동안 집 근처 카페에 다녀온다. 아주 잠깐이지만 그 시간이 얼마나 소중한지 모른단다. 육아고 뭐고 다 잊고 쉴 수 있다고. 나는 밤에 아이를 재우고 나면, 그때야 이른바 육아 퇴근, '육퇴'를 맞이한다. 충복의 신분에서 벗어나 드디어 해방을 맞은 자유인의 시간이다.

단순히 아이 침대를 떠나는 것만으로 퇴근했다고 할 수는 없다. 그런 것으로는 퇴근의 맛이 살지 않는다. '퇴근 세리머니'가 필요하다. 아이 방의 문을 살그머니 닫고서 거실로 나와 체조선수의 마무리 동작처럼 두 팔을 활짝 벌리고서 짠! 하고 자세를 취한다. 고된 하루가 끝난 기쁨을 표현하는 동작이다. 아내는 '저 양반이 대체 왜 저러나?' 하는 표정으로 나를 쳐다본다. 매번 이러는 데엔 다 이유가 있다. 학창 시절에는 수업 시간이 끝났음을 알리는 종이 "땡땡땡" 울릴 때 비로소 얼굴이 밝아졌고, 회사 다닐 땐 오후 여섯 시가 지나서 "먼저 들어가보겠습니다"라고 외치는 순간 노동이 끝났음을 느꼈다. 으레 정신이 육체보다 우월하다지만 이런 단순한 동작 하나로 사람의 마음이 이렇게나 달라질 수 있다. 육아 현장에서는 누군가가 퇴근 시각이라고 알려주지 않으니 퇴근 세리머니를 일부러라도 하면서 기분을 내본다.

육퇴 후엔 아내와 맥주를 한잔하거나, 밀렸던 TV 드라마나 예능 프로그램을 시청하거나, 아주 가끔 책을 읽거나 했다. 그런데 무슨 짓을 하더라도 뭔가 부족한 느낌이었다. 술은 마셔봤자 안주 때문에 살만 점점 불어나고, TV를 보면 순간에는 즐겁지만 이후에 남는 게 없고, 책 읽기는 몸이 피곤한지라 페이지 두어 장 집중해서 넘기기도 어려웠다. 이건 아니다. 뭐가 문제일까. 곰곰이 생각해보니 집에 있으면 계속해서 일터에 남아 있는 기분이 들기 때문이라는 결론에 이르렀다. 퇴근 인사 따위 세리머니를 했다고 해서 퇴근한 게 아니라 회사 정문 밖으로 나가야만 퇴근이 완성되는 것이다. 그래서 최근에는 육퇴 후 혼자서 집 근처 홍제천으로 산책을 다녀온다. 물론 낮에도 아이와 함께 바깥나들이를 하곤 하지만, 그땐 아이에게 모든 관심을 쏟아야 하므로 제대로 된 산책이라 할 수가 없다. 산책보다는 시중에 가까운 일이다. 홀로 한 시간 남짓한 밤 산책을 나오니 이제야 드디어 진정한 해방의 시간이다.

집 바깥으로 나와 밤공기를 한껏 들이쉰다. 여름의 맛이다. 한낮 동안 뜨겁게 달궈진 공기는 그새 유순해졌다. 대기 중에 가득한 습기는 속옷처럼 몸에 들러붙어 피부에 땀과 함께 송골송골 맺힌다. 적당한 불쾌감이 느껴진다. 그렇지, 이게 바로 여름밤이지. 낮에는 육아에 온 정신을 쏟느라 미처 이 계절의 맛을 느끼지 못했더랬다. 아이가 옆에 없어 홀가분해진 몸과 마음으로 홍제천 길을 따라 걷는다. 그렇게 혼자서 걷다 보면 고립된 세계에서 탈출한 한 명의 탈주범이라도 된 듯 기뻐서 절로 발걸음이 빨라진다.

이제는 그동안 잃어버린 나의 세계를 되찾을 시간이다. 한동안 연결이 끊어졌던 친구들과 동기들에게 연락해본다. 서로 반가워하며 인사를 나누고 대화를 이어가지만 쉽지 않다. 누군가는 아직 회사에서 일을 하고 있거나, 다른 누군가는 퇴근을 했지만 우리 아이와 비슷한 또래의 어린아이를 돌보는 중이거나, 혹은 육아와는 별 상관없는 부동산이나 주식 이야기를 하려 한다. 간신히 이어졌던 연결고리는 어느새 느슨해지고 주고받는 대화는 점점 드물어지다 이내 끊기고 만다. 더 이상 숫자 1이 뜨지 않는 메신저 앱을 떠나 인스타그램, 카카오스토리 따위 SNS 앱을 열어본다. 다들 즐겁게 잘 살고 있는 모양이다. 내가 아무 걱정할 필요가 없어 보인다. 휴직 전에는 도무지 손이 가질 않던 회사 인트라넷 앱도 괜히 눌러본다. 게시판도 들어가 보고 별것 없는 공지사항도 하나하나 다 읽어보고 혹시나 나를 찾는 이메일이 오지나 않았을까 확인한다. 내가 알던 사람들과 내가 속했던 세계에 이렇게 애써 연결을 시도하며 '인간은 사회적 동물이다'라는 명제를 온몸으로 증명하는 중이다.

　간신히 퇴근하고서 나의 잃어버린 세계를 되찾았건만 이곳은 실체가 없는 황량한 세계이다. 휴대폰 문자나 톡, SNS 사진과 영상들 따위 눈에 보이지 않는 전자 신호와 텍스트 따위들을 매개로 삼아 예전의 세계와 가냘프게 이어져 있다 생각할 뿐. 괜스레 외로워졌다. 요즘에는 코로나19 때문에 대면해서 누군가를 직접 만나는 것이 꺼려지고, 아이 때문에 이사 온 이 동네에는 아는 친구도 하나 없다. 맘카페, 문화센터, 오픈채팅을 통한 동네 모임 등도 죄다 엄마들끼리의 모임이라 남자인 내가 낄 데가 없다. 심지어 맘카페는 생물학적 남성은 가입조차 안 된다. 집에서 아이와 오롯이 둘만 있는 날엔 말이 통하질 않으니 하루 종일 인간의 언어를 구사할 일도 없다. 얼굴 보고 이야기하며 만날 수 있는 사람이 고픈 요즘이다.

분명 홍제천은 걷거나 뛰거나 운동하는 사람들로 붐비는데 나 혼자 외따로 떨어져 있는 듯하다. '함께'하고들 있는 저 사람들의 세계가 부럽다. 생각이 생각에 꼬리를 무는 밤 산책이다. 하루 동안 쌓인 몸과 마음의 짐을 비워내기 위해 쉬는 시간을 가진 거였는데 오히려 가득 채우기만 하고 있는 꼴이다. 어느덧 밤이 늦었다. 휴대폰 시계를 확인하니 30분이나 걸었다. 이제 30분 동안은 되돌아가는 시간이다. 아이가 있는 집에서는 무슨 일이 갑작스레 벌어질지 모르니 한 시간이 넘도록 집을 비울 수는 없다. 바삐 발걸음을 놀려 돌아가야 한다. 내일도 육아 현장으로 출근하려면 산책에 너무 힘을 빼서는 안 된다. 이 일은 내 계획대로 휴식이나 퇴근을 할 수 없기 때문에 여분의 힘을 늘 아껴둬야 한다. 컴백홈 후 조심스레 현관문을 연다.

"잘 다녀왔어. 설마 그새 별일 없었지?"

"쉬이― 조용조용히. 진이 깰라."

아내는 조용히 하라며 입에 손가락을 갖다 댔다. 다행히 내가 없는 새 아이가 느닷없이 잠에서 깨지는 않았단다. 종종 퇴근 후 연락하는 상사가 있었는데 우리 아이는 그런 악덕 상사가 아니었다. 아무렴, '직장 내 괴롭힘 방지법'도 발효된 마당에 그런 상사는 더 이상 있어서는 안 되며, 우리 아이 또한 야밤에 깨서 울부짖는 그런 못된 짓을 해서는 안 되는 법이다. 그것이 올바른 아이의 자세이다. 아이가 곤히 잠들었음을 확인한 후, 발뒤꿈치를 들고 욕실로 살살 걸어 들어가 씻고, 조용히 머리를 말리고, 서둘러 침대에 누워 잠을 청했다. 내일도 어김없이 아내와 함께 육아 현장으로 동반 출근을 해야 한다. 이 직장은 휴가라는 건 쓸 수 없는 곳이다. 게다가 정확한 성과 측정이나 이렇다 할 보상 체계도 없다. 괜찮은 직장은 아니다. 딱 하나 좋은 건, 이곳의 사장님이 무척 귀엽고 예쁘다는 것뿐.

26

취향은 어떻게 만들어지는가

나는 후렌치파이를 싫어한다. 직사각형의 납작한 페이스트리, 그 가운데에는 동그랗게 과일잼이 들어가 있는 바삭거리는 과자. 쿠크다스, 누네띠네와 더불어 부스러기가 많이 흩날리는 걸로 악명 높은 그 과자를 무척 싫어한다. 그걸 내 돈 주고 사 먹은 적은 단 한 번도 없다. 누군가 호의를 베푼답시고 내게 후렌치파이 하나를 건네준다면 차마 거절할 수 없어 억지로 감사를 표하고서 주머니에 넣어 뒀다가 나중에 몰래 쓰레기통에 버릴 것이다. 심지어 '후렌치파이'라는 단어를 몇 번 되뇌자마자 금세 입맛이 텁텁해져 온다. 목구멍이 답답하다. 침을 삼키니 쓴맛이 돈다. 생각만으로도 불쾌해졌다.

언제부터 이토록 싫어하게 되었나. 연유를 알아내기 위해 어렸을 적 기억으로 거슬러 올라가봤다. 여섯 살 무렵부터 다녔던 유치원. 기억이 정확하진 않지만 새싹유치원 새싹반에서는 오후 간식으로 늘 후렌치파이와 야쿠르트가 나왔다. 기억 속의 장면을 더듬어보니 후렌치파이를 앞에 두고서 얼굴을 찡그리고 있는 어릴 적 모습이 떠오른다. 마치 두리안, 취두부, 삭힌 홍어 따위를 마주했을 때 으레 짓는 표정이다. 아주 어렸을 때부터 이미 싫어했던 것. 시간을 거슬러 올라가 후렌치파이와의 첫 만남이 어떠했는지 기억해낸다면 이유를 알 수 있으려나. 하지만 더는 기억나질 않으니 그것과 절연하게 된 이유를 다음과 같이 추측해본다.

1. 매일 간식으로 나와서 질려버렸다. 하지만 그건 이유가 될 수 없다. 후렌치파이만큼이나 항상 나왔던 간식이 오예스였는데, 오예스에 대해서라면 언제든지 환영이다. 한국인의 정이 넘쳐 북한사람과 구소련 인민들마저도 감동하게 만들었다던 초코파이보다 더 좋아한다. 여하튼 자주 본다고 해서 싫어지는 건 아니다. 밥을 매일 먹는다고 밥을 멀리하진 않잖은가.

2. 어느 날 페이스트리 부스러기가 목에 걸려서 컥컥거리다가 죽을 뻔했다. 충분히 일리 있는 가설이다. 목 폴라티도 목도

리도 썩 좋아하지 않는 걸로 봐서 어렸을 때 그런 사고가 벌어졌을 수도 있다. 무의식적으로 목이 답답한 걸 피하는 거다. 하지만 어머니께서는 그런 끔찍한 일이 있었다고 말씀해주신 적 없다. 나도 딱히 기억나는 바가 없다.

3. 유치원 청결 상태에 민감한 선생님이 계셨다. 그분은 아이들이 바닥에 부스러기를 흘날릴 때마다 소리를 지르며 야단치셨다. 과자를 먹을 때마다 혼이 났으니 파블로프의 개처럼 조건반사적으로 과자를 무서워하게 됐다. 하지만 그런 선생님이었다면 애초에 후렌치파이를 간식으로 내줬을 리가 있나.

도무지 답을 찾아낼 수가 없었다. 혼자서 끙끙대다가 고향에 계신 어머니께 전화를 걸어 여쭤봤다.

"어무이, 내가 은제부터 후렌치파이를 싫어했습니꺼?"

"뭐라꼬. 후렌치파이? 꽈자 말하는기가. 니 그거 싫어하나? 몰랐네."

역시나 답을 찾아낼 수가 없었다.

반면에 좋아하는 과자도 있다. 단맛 나는 과자들이다. 그중에서도 초콜릿 덩어리가 꽉꽉 박혀있는 초코칩, 하얀 크림이 매력적인 오레오, 이렇게 두 개를 가장 애정한다. 초코칩이라고 해서 다 같은 초코칩은 아니다. 취향을 조금 더 구체적으로 설명하자면, 촉촉하다며 이름 붙어있지만 실은 뻑뻑한 녀석은 안되고, 다이제처럼 한 면은 초코 다른 한 면은 비스킷인 아수라 백작형은 질색이며, 노브랜드에서 파는 이게 사람이 먹는 건지 동물사료인지 헷갈리는 대용량도 아니어야 한다. 오직 직사각형 종이 곽에 담긴 바삭한 초코칩에만 입맛을 다신다.

아내는 나와는 정반대의 과자 취향을 가졌다. 아내는 과자란 모름지기 소금기를 머금어야 제맛이라는 짠맛 파다. 육퇴 후 밤 산책을 마치고 집으로 돌아오는 길에 종종 편의점에 들른다. 그때마다 야식이 고픈 아내가 꼭 주문하는 게 포카칩을 필두로 한 감자칩류, 오랜 역사와 전통을 자랑하는 새우깡, 요즘의 MZ 세대가 선호하는 꼬북칩 등이다.

내가 후렌치파이를 싫어하고 초코칩을 좋아하며 아내는 단맛 과자보다 짠맛 과자를 더 좋아하는 것처럼, 이제 고작 16개월 나이 먹은 아들도 좋아하고 싫어하는 게 벌써부터 분명하다.

최근에는 과일 주스에 환장한다. 이미 오래전부터 사과, 딸기, 복숭아, 포도, 자두, 키위 등 과일이라면 한 번도 거부한 적 없던 아이였다. 당연히 주스도 좋아할 거로 생각했다. 다만 시중에 파는 건 설탕이니 뭐니 하는 것들 범벅일까 봐 동네 초록마을에서 '유기농'이라는 이름표를 붙여놓은 걸 사 왔다. 아이는 한 모금 빨더니만 세상에 이런 맛이 있나 하는 황홀한 표정을 지으며 정신없이 빨대를 빨아댔다. 거실에서 잘 놀다가도 걸핏하면 냉장고 앞으로 다가가서 문을 툭툭 친다. 이 안에 든 주스를 지금 당장 내놓으라는 몸짓이다. 날이 갈수록 냉장고행이 잦아졌다. 시도 때도 없이 주스를 찾는지라 이제는 보이지 않는 곳에 숨겨뒀다. 하루에 딱 두 번만 시간 맞춰 배급하려고.

 과일 주스라고 해서 마냥 좋아하지는 않는다. 개중에서도 좋아하는 게 있고 싫어하는 게 있다. 사과보다는 오렌지 주스를 더 좋아한다. 추측건대 새콤한 맛을 더 맛있게 감각하는 듯하다. 그래서인지 지난여름에는 자두를 그렇게나 먹어댔나 보다. 매번 같은 것만 마시면 질릴까 봐 어느 날에는 다른 브랜드의 주스를 마시게 했다. 한 모금 마시더니 주스 갑을 손으로 밀쳐 냈다. 아니, 너 좋아하는 주스인데 왜 그래. 내용물을 확인해 봤더니 늘 마시던 사과에 비트가 섞여 있었다. 아하, 비트 맛을 구분해냈고 그 맛은 별로였구나. 좋아한다는 건 우선 좋아하는 대상에 대해 안다는 것, 안다는 것은 좋아하는 대상과 아닌 것을 구분할 수 있는 것, 구분한 이후에는 좋아하는 대상에 대해서만 각별해지는 것이렷다.

 주스처럼 단것만 찾으면 어쩌지 하고 걱정했지만 끼니마다 밥도 문제없이 잘 먹는다. 생선구이와 소고기볶음을 좋아하는데 이에 못지않게 채소도 아주 좋아한다. 식판에 밥을 차려주면 가장 먼저 손이 가는 쪽은 고기가 아니라 채소 반찬 칸이다. 어른인 나도 썩 좋아하지 않는 채소를 가리지 않아서 다행이다. 이유식 죽을 졸업하고 유아식인 밥과 반찬으로 넘어갔던 날. 괜히 긴장됐다. 그동안 갈아서 먹던 채소를 통째로 먹게 됐는데 과연 좋아할까 싫어할까. 다행히 아이는 아무렇지 않다는 듯 심상하게 시금치 한 줄기를 집어 먹었다. 첫인상이 좋았나 보다. 좋았던 건 취향의 서랍장에 넣어 잘 기억해두는 걸까. 이후에는 시금치와 비슷한 색의 채소인 청경채를 먹여봤다. 아이는 시금치라 생각하고 처음 집어 먹고서는 '이거 내가 알던 맛이 아닌데?'라는 표정으로 고개를 갸우뚱거렸다. 하지만 곧이어 두 번 세 번, 먹을수록 시금치 못지않게 잘 먹었다. 원래 좋아하던 것을 기억해뒀다가 비슷한 것들을 만났을 때 포섭해나가면서 취향의 세계를 확장해가는 모습이었다. 이제 웬만한 초록 채소는 다 좋아하겠다.

  그렇게 다 잘 먹는데 딱 하나, 우유는 싫어한다. 뼈도 튼튼해지고 키도 쑥쑥 자라게 하는 우유를 안 먹다니. 혹시나 흰 우유가 싫은가 싶어 바나나와 딸기 우유로 현혹해보려 했으나 실패했다. 한 모금 마시자마자 미간을 찌푸리며 우유 갑을 손으로 쳐낸다. "어디 감히 수라상에 이따위 음식을 젓수라고 올리느냐, 짐을 능멸하는 것이냐" 하며 기미나인에게 화를 내는 임금 같다. 우리는 아이 앞에서 아이 맛있다, 아이 좋아, 이런 말로 꾀면서 어떻게든 우유를 마시게 하려 한다. 반복과 따라 하기를 통해 우유를 좋아하게 만들려는 전략이다. 그러나 계속

실패하는 중이다. 어쩔 수 없이 밤잠에 들기 전에 분유를 한 병 먹인다. 진작에 끊어야 하는데 아직이다. 우유 대용으로 아기용 저염 치즈도 하루에 두어 장씩 먹인다.

먹는 것에서만 자기 취향을 드러내는 건 아니다. 저도 남자랍시고. 길을 걸을 때, 놀이터에서 놀 때 마주치는 남자아이보다는 여자아이를 더 좋아한다. 그중에서도 자기보다 몇 살은 더 먹음직한 누나를 마주했을 때 더 반가워한다. 낯선 사람을 그렇게나 경계하는 녀석이 낯을 가리지도 않고 먼저 다가가서 안녕 하며 조그만 손을 좌우로 흔들어대고 까르르 웃음소리를 내고 씩 하고 미소를 짓는다. 이게 제법 먹히는지 꼬마 숙녀분들은 대부분 우리 아이에게 웃어준다. 아이는 그 웃음을 받고 웃음 하나 더 얹어서 또 웃는다. "웃는 여잔 다 이뻐. 왜 그런지 나도 몰라"라는 BGM이 어디선가 들리고 초가을임에도 때 모르는 꽃잎들이 나리는 듯하다. 이런 건 배운 게 아니라 타고난 것이라고밖에 설명이 안 된다.

실은 연상의 여인보다 더 좋아하는 건 바퀴 달린 탈것들이다. 자전거, 오토바이, 자동차, 그냥 자동차 말고 트럭이나 레미콘, 포클레인까지. 바퀴만 굴러가면 그걸 쳐다보느라 정신없다. 잘 웃어주는 예쁜 누나고 뭐고 다 필요 없고 오로지 바퀴, 바퀴, 또 바퀴다. 40년쯤 일찍 태어났다면 88올림픽 굴렁쇠 소년의 자리는 우리 아이가 차지했을 텐데. 놀이터의 누나들과 거리의 바퀴 달린 것들을 바라보기 위해서는 바깥으로 나갈 수밖에 없다. 그래서 아이는 극도로 아웃도어 성향이다. 지난주에는 실내에 있는 키즈 짐에 갔었는데 입구에서부터 울고불고 난리였다. 나는 밖으로 나갈 거라고, 이런 숨 막히는 곳에는 한시도 있을 수 없다고. 유리창 너머 바깥을 향해 계속해서 걸어 나가려는 탓에 결국 채 5분도 놀지 못하고 나와야만 했다.

이미 관찰된 바 있는 취향의 변화도 일어나고 있다. 불과 두어 달 전만 하더라도 아이는 우리가 '숭이숭이'라 부르는 원숭이 인형과 절친이었다. 하루라도 없으면 죽고 못 사는 듯 만지고 껴안고 물고 빨고, 심지어는 아빠 엄마에게도 하지 않는 뽀뽀까지 하더니만 이제는 본체만체한다. 그새 둘 사이에 절교라도 할 만한 비밀스러운 사건이 있었던 걸까. 이제는 '샤샤'라 부르는 시베리아허스키 강아지 인형만을 항상 붙들고 다닌다. 깨어있을 때도 잘 때도 옆자리에 둔다. 그렇다면 지금 싫어하는 것도 언젠가는 좋아하게 될지도, 지금 싫어하는 걸 나중에는 좋아하게 되는 날이 올지 모른다. "사랑이 어떻게 변하니?"라고 항변하며 영원을 바라는 것들이 존재한다고는 하지만 취향이라는 건 얼마든지 변할 수 있는 법. 그나저나 그놈의 뽀뽀는 왜 부모인 우리에게는 안 해주는 걸까. 쪼그만 녀석이 되게 비싸게 군다.

이쯤 되니 궁금해진다. 취향이라는 건 타고나는 걸까, 만들어지는 걸까. 알려주지 않았음에도 왜 어떤 건 좋아하고 어떤 건 싫어할까. 애써 가르친 것 중에서도 왜 좋아하는 것과 싫어하는 걸 나누는 걸까. 아이의 취향이 앞으로 어떤 방향으로 나아갈지 아직은 모른다. 이미 만들어진 것도 있고, 시간이 흐르며 변할 것도 있고, 좋아하는 누군가를 따라서 새롭게 만들어지는 것도 있을 게다. 아이는 살아가면서 경험을 통해 자기만의 세계를 확장해나갈 거다. 억지로 떠먹여 줄 수는 없고 아이가 제 나름대로 해나갈 일이다.

다만, 하나 바라는 게 있다면 아이는 단맛 과자파였으면 한다. 그럼 내 편이 하나 늘어나는 셈이다. 모름지기 과자는 달아야지 과자다. 우리 집 짠맛 파의 기나긴 압제를 타파하고 프롤레타리아 단맛 낙원을 함께 이뤄보자꾸나. 물론, 강요하는 건 아니다. 나는 나고 너는 너니까.

27

삼신할매가 질투한데이

"삼신할매가 질투하니까 그런 말 하지 말어."

 아내의 할머니께서 말씀하셨다. 우리가 신이 나서 떠벌리고 있을 때였다. 진이는 나남 없이 으레 거친다고 하는 돌치레도 없었어요. 얼마나 튼튼하고, 밥도 잘 먹고, 밤에 잠도 잘 자고, 똥도 아름답게 싸는지 몰라요. 두말할 나위 없는 사실이었다. 하지만 우리의 팔불출 짓을 보고 있으니 할머니께서는 짐짓 걱정이 되셨나보다. 그러고 보니 할머니뿐 아니라 나의 부모님도 영상통화로 만나는 손주 얼굴을 보며 그러셨다. 아이고, 못난아. 저놈 저거 얄미운 것 좀 보소. 실은 속으로는 손주가 너무 예쁜데 괜히 민망해서 그런 말을 하시는구나, 싶었다.

우리네 조상들은 아이를 낳을 때 삼신할매가 점지해주셔서 낳는다고 믿었다. 아이가 태어나면 삼신에게 제사를 지내며 "삼신이 낳으시고 삼신이 보호하신다"라고 기도했다고 한다. 출산 후 21일 동안은 미역국과 밥을 지어 삼신께 먼저 정성을 올린 후 먹었으며, 아이의 백일이나 돌을 맞아 잔치를 벌일 때도 삼신을 모셨다. 아마도 의학이 지금처럼 발달하지 않았던 예전에는 아기를 낳다가 죽거나 병으로 아이들이 목숨을 잃는 일 역시 많았기에 삼신에게 하는 기도에 의지할 수밖에 없었을 터. 그런 삼신께서 혹여나 질투하거나 괜스레 아니꼬워하는 마음이 들지 않게 아무리 예쁜 아이라도 "예쁘다 예쁘다" 같은 말은 삼가는 게 미신처럼 남았을 게다.

그러던 어느 날이었다. 아이는 늘 그러하듯 오전에 똥을 한 번 쌌다. 낮잠을 자기 전에 두 번째 똥을 쌌다. 하루에 한 번에서 두 번 정도 대변을 보니까 평소와 다를 바 없다고 생각했다. 아내는 일이 있어 오후에 집을 비웠다. 혼자서 아이와 함께 놀고 있는데, 녀석이 내 손을 가만히 붙잡고 서더니만 끙 하고 힘을 준다. 자식이, 아빠가 화장실 문손잡이인 줄 아나. 요즘에 생긴 희한한 버릇이다. 아이는 나를 잡고 선 채로 변을 본다. 일을 다 본 후엔 내 얼굴을 바라보며 씩 웃는다.

"짜식. 오늘은 일일 삼똥을 하셨구먼. 어제 많이 먹어서 그런가 봐."

"······."

말문이 트지 못한 아이는 그저 웃을 뿐이다. 똥 기저귀를 벗기고 엉덩이를 물티슈로 닦고 세면대로 가서 비누칠하고 한 번 더 닦인 뒤 파우더를 바르고 새 기저귀를 입혔다. 이제는 이런 일, 아내 없이도 능숙하게 할 수 있다.

불과 한 시간이 지났을까. 아이는 내게 다가오더니 얼굴이 벌게지며 또 한 번 용을 썼다.

"아니, 이눔아. 하루에 네 번은 너무하지 않냐. 어제오늘 먹은 거 다 똥으로 나오겠다."

다시 한번 아이 엉덩이를 씻기고 기저귀를 갈았다. 그 후로 얼마 지나지 않은 때였다. 아이는 부욱!!! 하고 방귀를 뀌었다. 깜짝 놀라서 마시던 물을 뿜을 뻔했다. 거 참 방귀 소리 한번 우렁차구먼. '영유아 방귀 소리 대회'라는 게 있다면 우승은 떼어 놓은 당상이겠어, 라고 생각했다. 방귀 냄새는 쉬이 가시지 않았다. 어째 쿰쿰한 악취가 점점 더 짙어지는 것 같았다. 혹시나 해서 기저귀를 열어봤더니 또 똥이었다. 다섯 번째였다. 누가 그랬던가. 똥이 무서워서 피하나 더러워서 피하지, 라고. 하지만 여섯 번을 지나 하루에 일곱 번이나 똥 기저귀를 갈게 되자 똥은 더 이상 더러운 게 아니라 무서운 존재가 되었다. 게다가 싸면 쌀수록 묽어지고 끈적거리는 점액이 함께 나와서 겁은 커져만 갔다.

다음 날 아침 일찍 아이를 데리고 소아과 병원으로 갔다. 의사는 아이의 똥 사진을 보고, 배에 청진기를 대어보고, 귓속과 목구멍을 확인하더니만 장염기가 있다고 말했다. 그래서 똥이 이렇게 나온다고. 약을 처방받았다. 당분간 생과일과 유제품도 먹지 말란다. 당연히 밥과 함께 간식처럼 먹는 분유도 일절 금지다. 대체 어제 뭘 잘못 먹었기에 이럴까. 평소와 다를 바 없는 밥을 먹었고, 특별히 힘든 일을 하지도 않았고, 그저 동네 놀이터에서 잠깐 놀았을 뿐인데. 우리가 못 본 사이에 땅바닥에 떨어진 무언가를 주워 먹기라도 한 걸까. 병원에 다녀온 아이는 밥을 먹고 난 뒤 으레 하던 것처럼 간식을 내놓으라고 냉장고 문을 두드렸다. 이 안에 든 치즈와 과일을 눈앞에 당장 대령하라는 뜻이었다. 하지만 의사의 처방 때문에 아무것도 꺼내줄 수 없었다. 대답 없는 문을 두드리는 손이 애처로웠다. 울며불며 소리 질러도 어쩔 수 없었다. 미안하다. 당분간만 참자, 아들아.

며칠이 지나도 차도가 없었다. 혹시나 해서 집 근처 다른 병원으로 갔다. 비슷한 진단과 비슷한 약을 처방받았다. 그 후로 며칠간 똥 상태가 제법 좋아졌다 다시 나빠졌다 오락가락했다. 우리는 성마르게 또 다른 병원을 찾아갔다. '맹모삼천지교'도 아니고 병원을 세 군데나 돌았다. 이 병원은 우리가 원래 다니던 소아과였다. 의사가 교통사고를 당하는 바람에 몇 주 동안

문을 닫았었는데 복귀했다고 해서 다시 찾아갔다. 세 번째 의사(내가 학벌주의에 빠진 사람은 아니지만 이분은 S대 의대를 나왔다)는 우리가 바라던 대로 상냥하고 상세한 진단을 내렸다. 요즘 같은 환절기, 약한 감기에 걸린 것 같은데 그럴 땐 변도 좋지 않게 나올 수 있다고. 예전과는 조금 다른 약을 처방받아 왔다. 새로운 약을 먹은 지 얼마 되지 않아 제대로 된 단단한 똥이 나왔다. 하루에 일곱 번 변을 본 후 열흘만이었다. 누군가의 똥을 보면서 이렇게 행복할 일이 또 있을까. 기뻐하며 춤을 췄다. 그리고 큰 소리로 외쳤다. 역시 S대가 최고야.

아이는 아프고 난 다음부터 밥을 많이 먹는다. 예전에는 채 절반도 먹기 전에 아기 의자에서 일어서고 숟가락을 집어던지고 그랬는데, 이제는 식사가 끝날 때까지 한 번도 일어나지 않는다. 밥을 다 먹고 난 뒤에는 더 달라고 성화다. 간식도 더 많이 먹고 더 열심히 뛰어다니며 논다. 그리고 하나 더. 한동안 유제품을 끊은 덕분에 분유도 절로 끊게 됐다. 보통 12~15개월 사이에 끊는다고 해서 우리 아이도 얼른 분유를 졸업해야 할 텐데, 하고 고민 중이었는데 절로 문제가 해결됐다. 그동안은 우유를 도통 마시지 않아서 어쩔 수 없이 딸기나 바나나 우유 따위로 꾀고 치즈를 하루에 두 장씩 먹이고 밤에 잠자리에 들기 전 야식처럼 분유 200㎖ 정도를 먹였더랬다. 이제는 밥을 많이 먹게 됐으니 상태를 봐가며 적당히 우유와 치즈 공급을 재개해야겠다. 분유는 안녕이다. 여하튼 건강해져서 다행이다. 옛말에 그랬던가. 비 온 뒤 땅이 굳는다고. 이 모습을 보고 아내 할머니가 또다시 말씀하셨다.

"아이들은 아프고 난 뒤에 훌쩍 크는 법이여."

이제 괜찮겠거니 했다. 다시금 살이 포동포동하게 오른 아이를 데리고 나들이를 다녀왔다. 쇼핑몰도 구경하고 키즈카페도 다녀왔다. 샴페인을 너무 일찍 터뜨린 걸까. 다음 날 아침부터 악몽 같은 날이 다시 시작됐다. 새벽 여섯 시쯤이었다. 잠에서 깼는지 잠깐 부스럭거리더니 곧이어 태풍 매미처럼 사나운 울음소리를 터뜨리는 아이. 깜짝 놀라서 일으켜 안았더니 얼굴이 벌겋게 달아올라 있었다. 아이는 숨을 컥컥거릴 정도로 심하게 울었다. 아이답지 않게 기다란 속눈썹 끝에 눈물방울이 맺혔다가 이내 상기된 볼 위로 또르르 흘러내렸다. 눈물이 흐르고 또 흘렀다. 장난감을 쥐여주고 사운드북을 틀고 에듀테이블에다 미니바이크를 굴려줘도 울음은 멈추지 않았다. 이마에 손을 대어보니 불가마가 따로 없었다. 열을 재어 보니 39도가 넘어갔다. 허겁지겁 해열제를 먹이고 간신히 진정시켰다. 다시 병원에 다녀와야 했다. 감기약에다 혹시나 해서 항생제를 추가로 처방받았다.

다음 날 아침에도 열이 여전했다. 해열제인 소위 빨간약, 파란약을 시간 맞춰 교차로 먹이고 따뜻한 물을 떠먹이고 물에 적신 손수건으로 이마와 목덜미를 닦아주면서 열이 내리길 기도했다. 이제 컨디션은 괜찮아져서 집 안 여기저기를 뛰어다니며 놀고 미열만 났다. 꼬박 이틀이 지나고야 열이 내렸다. 체온계로 재어보니 정상 온도인 36~37도 정도였다. 아이는 언제 아팠냐는 듯 뽀얀 얼굴로 헤실거렸다. 역시나 밥도 잘 먹고 잘 싸고 잘 웃고 잘 뛰논다. 이제 정말 괜찮아졌다. 겨우 한숨 놓을 수 있었다. 건강해진 아이를 보면서 생각했다. 아픈 적 없이 튼튼하다느니, 살이 통통하게 올랐다느니, 아프고 났더니 별거 아니네, 따위 말은 함부로 입 밖으로 꺼내지 않아야겠다고.

  그러고 보니 삼신할매의 질투가 참말로 지독하시다.

28

황혼의 아이 돌보미들

어느덧 아이가 태어난 지 18개월. 그리고 육아휴직을 시작한 지 6개월. 한참 남은 줄 알았는데 휴직의 끝을 목전에 두고 있다. 끝나지 않을 것 같던 여름방학의 마지막 며칠처럼 아쉬움이 가득한 요즈음이다.

그동안 아이와 함께하며 많은 일들이 있었다. 그것들을 오롯이 담아두기에 기억은 나약하다. 시간이 흐르면 오래된 종이처럼 바스러지며 흩어질지 모른다. 그런 걱정 때문에 휴대폰 카메라로 아이 사진을 무던히도 찍었다. 어떻게든 기억이라는 것을 물성을 가진 존재로 남기려고 애써봤다. 함께 처음으로 겪었던 장면들. 첫 아쿠아리움, 첫 동물원, 첫 키즈카페, 첫 백화

점, 첫 과일주스, 첫 가족 잔치, 첫걸음마 등등. 아이는 처음 보는 세상 만물이 신기한지 가뜩이나 큰 눈을 더 크고 동그랗게 뜨고, 고개를 이리저리 돌리고, 꺄르르하핡 같은 해석 불가의 탄성을 내지르고, 갓 날기 시작한 새끼 새처럼 팔다리를 퍼덕거렸다. 그런 순간들을 빠짐없이 곁에서 지켜봤다.

아이에게 고정된 시선을 살짝 돌리면 마주하는 장면도 있었다. 평일 낮, 차를 타고 멀리 나가지 않는다면 주로 아파트 단지 안을 산책한다. 아이를 유모차에 태우고 느릿느릿 걷는다. 매일 아침 9시부터 오후 6시까지 회사에 나가지 않는 자가 누릴 수 있는 특권이다. 덕분에 여태 회사원이었다면 몰랐을 장면, 알더라도 예전 같았으면 무심히 지나쳐버릴 장면을 하나 알게 됐다. 아침 시간이나 느지막한 오후에 마주치는 풍경. 머리가 하얗게 세거나 얼굴에 주름이 깊게 팬 노인들이 보인다. 열이면 네다섯은 꼬마 아이들과 함께다. 아이들은 대부분 노랗고 동그란 가방을 메고 있다. 딱 봐도, 손주를 어린이집에 데려다주거나 데리고 오거나, 혹은 조손이 손잡고 함께 동네 놀이터 산책을 나온 모양새다. 그러고 보니 아이들은 절반이 넘게 엄마 아빠가 아니라 할아버지 할머니, 혹은 자신과는 하나도 안 닮은 아주머니와 함께다.

유독 이 동네는 어린이집이나 유치원에 다니는 나이대 아이들이 많다. 얼마 전 여기로 이사 온 동기 K의 말마따나. 산 아닌 평지에 위치한 대단지 아파트에다가, 어린이집과 유치원과 초등학교도 몇몇 자리 잡고 있고, 눈앞에 놀이터가 늘 하나둘은 보이고, 그리고 조만간에 인근에 어린이도서관도 하나 짓는다고 한다. 소위 아이 키우기 좋은 동네. 이런 덴 아이뿐만 아니라 노인도 살기 좋은 곳일까. 아니, 노인들의 자식이 여기에 살아서일까. 여하튼 이곳의 노인들은 대부분 잘 차려입었다. 비싼지는 모르겠지만 어디 하나 헤진 데 없고 색상은 요란한 데 없이 단정하다. 대부분 비교적 건강해 보인다. 허리도 굽지 않고 지팡이도 짚지 않았으며 검게 염색한 머리칼은 나이답지 않게 윤기가 흐른다. 대부분 표정도 밝다. 손을 붙잡고 있는 손주가 귀여워서 어쩔 줄 몰라 하는 얼굴이다. 아이가 까르르 웃으면 할아버지 할머니도 따라 웃는다. 얼굴의 고랑이 더욱 깊게 패일만큼 활짝.

물론 아닌 분들도 있었다. 빛이 있으면 어둠이 있고, 봉우리가 있으면 골짜기가 있고, 한국시리즈에서 신생팀 KT가 우승할 때 한화가 여전히 꼴찌를 했던 것처럼. 엊그제 아이를 데리고 소아과를 다녀오던 길이었다. 아파트 단지 바깥에 위치한 곳이라 약간의 오르막길을 올라가야 했다. 그때. 얼추 서너 살은 먹음직한 여자아이를 업고서 내리막을 걸어오던 할머니 한 분을 마주쳤다. 에헤이, 어르신들한테는 내리막길이 무릎에 더 안 좋다던데. 오늘 밤에 파스 하나 붙이고 끙끙 앓다 주무시겠네. 내 생각이 들리기라도 한 걸까. 할머니는 아이를 업은 와중에 한 손으로는 연신 무르팍을 툭툭 치고 주무르고, 숨을 가쁘게 몰아쉬고 하더니만, 결국 아이를 내려놓았다. 잠시 멈춰 서서 한숨 돌리려는 듯했다.

"후유. 할미 잠깐만 쉬자."

아이는 땅에 발이 닿자마자 얼굴이 일그러졌다. 할머니 다리를 붙잡고 치대더니 이내 울음보를 터뜨렸다.

"으앙, 싫어 시져. 다시 안아줘. 할머니, 안아줘 빨리. 빨리빨리."

할머니는 깊은 한숨을 뱉었다. 소매로 목덜미에 송골송골 맺힌 땀을 쓱 닦고, 바짓가랑이를 부여잡고 있는 손녀딸을 이내다시 안았다. 허리를 구부리고 안으면서 비명인지 기합인지 모를 흐읍 하는 소리를 내면서. 아이는 안기자마자 언제 그랬냐는 듯 울음을 딱 그쳤다. 소문으로 듣기에 그렇게나 잘 든다는 장미 칼로 무 자르듯, 정말 스윽 딱. 보통은 그라데이션으로 점점 울음이 옅어져가다가 그치지 않나, 저 울음은 가짜였던 것인가, 쟤가 연기를 하면 언젠가 대배우가 되겠군, 하는 쓸데없는 생각이 들었다.

저간의 사정은 모르지만 딱했다. 언젠가 읽었던 윤이형의 단편소설 「대니」도 문득 떠올랐다. 소설에 등장하는 할머니도 느닷없이 손주를 떠맡게 된다. 이유는 어느 날 집 앞 교회 바자회에서 산 김치를 집까지 들고 왔기 때문. 딸은 대뜸 묻는다. 엄마, 그 김치 몇 킬로야? 10킬로? 10킬로를 들고 다닐 수 있어? 그러면서 본인 어머니의 건강을 확인한 후 아이를 맡긴다. 회사에 복직하고 주말에만 아이를 보러 온다. 할머니는 어쩔 수 없이 재개된 노동을 견딘다. 인생의 황혼기. 적당한 소일거리를 하며, 유유자적 시장도 구경하고, 산바람 강바람을 쐬며 산책하고픈 마음을 억누르면서. 이런 마음을 알아주는 사람은 아무도 없다. 아이를 맡긴 딸조차도 무신경하다. 유일하게 알아주는 건, 사람이 아니라 베이비시터 안드로이드인 '대니'다.

소설에서는 육아를 돕는 안드로이드라도 있지. 현실세계에서는 그런 게, 아니 그런 지극히 고마운 존재가 있을 리 만무하다. 손녀딸을 안고 내리막길을 걷던 할머니처럼, 엄마 아빠의 빈자리는 조부모가 채운다. 혹은 일당 몇만 원의 돌보미 아주머니가 채우는 집도 있다. 맘카페의 정보에 따르면 조금 더 싼 값을 지불하면 한국인이 아니라 조선족 동포 아주머니들이 온다더라. 이렇든 저렇든 부모가 어쩔 수 없이 남의 손을 빌려야만 육아가 가능한 게 현실이다.

서울 집값이 어마어마한지라 빚을 갚으려면 부부가 둘 다 벌지 않으면 안 된다. 분윳값, 기저귓값, 금방 자라는 아이의 옷이며 장난감이며 책이며, 돈은 또 얼마나 드나. 그렇다면 아이를 어린이집에 보내면 되잖나. 허나 우리 아이처럼 두 돌도 안 된 아기를 외딴곳에 보내기엔 아직 이르다. 보내고 싶어도 불가능하다. 아이가 태어나고 출생신고를 하자마자 재빨리 어린이집 입소 신청을 했다. 그럼에도 여태 대기자 명단에서마저도 우리네 이름을 찾아볼 수 없다. 나라에서는 저출산 대책에 몇십조 원을 썼다는데 다 어디로 간 걸까. 게다가 코로나19라는 전대미문의 전염병은 낯선 아이 돌보미들을 집 안에 들이기도 꺼리게 했다. 물론 마스크도 쓰고 소독도 열심히 하겠지만, 혹시나 하는 걱정에서다. 그러니까 결국 아이를 조부모께 맡기는 건 부모의 탓이 아니었던 것. 이게 다 아이 키우기 힘든 망할 놈의 세상 때문이다. 국가와 사회와 세계와 질병과 시국에 대한 비난의 화살을 한바탕 퍼부어댔다. 그제야 마음이 다소 편해졌다.

  일면식도 없는 할머니를 보며 왜 그리도 감정이 격해졌나. 내가 공감능력이 뛰어난 사람이어서? 아니다. 그 이유는, 실은 우리도 할머니를 뵈러 가는 길이었기 때문이다. 아이의 할머니도 아닌 우리의 할머니. 소아과에 들른 다음의 행선지는 아내의 할머니 댁이었다. 제발 아이를 함께 봐달라고 재작년에 처조모댁의 앞 단지 아파트로 이사 왔던 우리. 처가댁도 시댁도 지방 먼 곳에 있는지라 선택지는 그곳 하나밖에 없었다. 도움을 받을 수 있는 유일한 구원처. 그렇기도 하거니와 아내에게는 그곳만큼 마음이 편한 곳이 또 없을 게다. 아내는 어릴 적부터 부모님이 아니라 할머니 손에 자랐다. 그러니까, 아들과 딸들에 이어 손녀딸까지 키워주시고 이제 다 끝났다고 생각하실 무렵, 우리가 증손주를 데리고 간 것. 사흘에 한 번, 더할 땐 이틀에 한 번꼴로 드나드는 중이다. 아무리 가깝다지만 이렇게 자주 가도 되나 신경이 쓰였다.

"우리 너무 자주 가는 거 아냐? 할머니께서 넌씨눈이라고 생각하실라."

"넌씨눈이 뭐야?"

"요즘 말을 잘 모르는구먼. '넌 X발, 눈치도 없냐'의 줄임말이라던데."

"뭐래. 너 혼자서 진이 볼 수 있겠디? 그것도 매일매일."

아내는 어쩔 수 없단다. 혼자서는 육아를 감당하기에 버겁다고. 무슨 말인지 나도 안다. 휴직하고 아이를 돌보면서 여실히 깨달았다. 하루 종일 아이 뒤를 졸졸 따라다니기는 힘들다. 아이는 같은 짓을 반복하고, 칭얼거리고, 말을 알아듣기 어렵고, 씻기고 먹이고 재우고 입히고 하며 손이 끊이지 않는다. 아이가 사랑스럽기는 하다. 세상 가장 고운 밀가루를 체에 쳐서 더 곱게 만든 후 빚은 듯 하얀 피부, 언젠가 가봤던 남쪽 해변의 몽돌처럼 까맣고 반짝거리는 눈동자, 어쩌면 이렇게나 투명할 수 있나 싶은 웃음소리, 하루가 다르게 신기할 정도로 늘어나는 말하기 솜씨, 아장아장에서 껑충껑충으로까지 발전한 걸음마를 보는 건 지극한 기쁨이다. 하지만 그 기쁨은 짧으면 10분, 길면 30분 정도 유효할 뿐. 잠깐의 기쁨이 지나가면 고되고 지루한 시간이 2호선 순환 열차처럼 반복된다. 하루가 저물 때쯤이면 몸은 천근만근인데 별다른 일을 한 것 같지 않다. 그때마다 내 자신이 초라해지고 마음 한구석이 서늘해진다.

　이런 상황이니 함께 아이를 돌봐주시는 아내의 할머니께 고마울 따름이다. 할머니 댁으로 가는 건 뿌리칠 수 없는 달콤한 유혹이다. 과연 우리 같은 초짜 신입에 비해 육아 '경력직'은 달랐다. 아들딸과 손주들까지 도합 여남은 명을 키워내신 아내의 할머니. 증손주인 우리 아이 하나 정도야 대수롭지 않다는 듯 잘 돌봐주신다. 게다가 조력자가 한 분 더 계신다. 아내의 고모님이다. 고모님 역시 할머니와 함께 아내가 똥오줌 못 가리던 어릴 적부터 장성해서 결혼하기 전까지 키워주셨다. 그런 두 분께서 증손주이자 조카 손주를 어렵지 않게 봐주신다. 늘 허덕이는 우리에 비해 훨씬 여유로우시다. 아이가 좋아하는 맛난 간식도 뚝딱 만드시고, 울음도 어쩌면 그렇게 금방 그치게 해주시고, 힘들다며 가시 돋친 말 한마디 하신 적이 없다. 아이도 어떨 땐 엄마 아빠보다 할머니들을 더 좋아라 하는 눈치다. 어느새 할머니들 옆에 바짝 붙어 있다. 우리는 그 틈을 타서 잠깐의 망중한을 즐긴다. 배터리가 다 닳아 충전기에 꽂아놓은 휴대폰처럼 널브러진다. 때로는 아이를 맡기고 나가 잠시나마 둘만의 시간을 보내기도 한다. 과연 할머니 댁 만세다.

  우리의 부모님과 조부모님들, 그러니까 소위 '황혼의 아이 돌보미'들. 기쁘고 숭고하다지만, 대부분의 시간은 고되기 짝이 없는 육아라는 짐을 함께 나눠 가진 우리들. 나도 아내도 당신들도 다들 힘냈으면 한다. 도착지는 아직 한참 멀었지만 육아라는 것도 언젠가는 끝날 여정일 뿐. 함께라면 그 길이 조금은 덜 힘들겠지. 그렇게 대책 없이 낙관적인 기대를 해본다.

29

저희 아이가 인싸라구요

그러니까 아예 조짐이 없었던 건 아니다.

코로나19 시국에 아이를 낳은 것이 잘못이라면 잘못일까. 영화 〈나는 전설이다〉의 윌 스미스가 된 기분이었다. 바이러스가 집어삼킨 세상에서 인류 최후의 1인으로 살아남은 그. 빛에 약한 변종 인간들을 피해 낮에만 바깥을 돌아다니고 밤에는 집에서 숨어 산다. 우리 역시 별다를 바 없는 처지였다. 바깥에는 역병을 퍼뜨리는 자들이 있어 마음 놓고 나갈 수가 없었다. 만삭의 아내는 그들을 피해 집에서만 시간을 보냈다.

병원에서는 하마터면 영상통화로 출산 장면을 지켜볼 뻔했다. 다행히 출산 직전 새벽부터 거리두기 단계가 완화돼서 남편인 나도 분만실에 들어갈 수 있었다. 산후조리원에서는 모든 단체 프로그램이 취소되는 바람에 아내와 함께 방에 갇혀 내내 TV만 봤다. 사람들을 만나지 못하게 하니 소위 '조동'이라 부르는 그 흔한 조리원 동기 하나 없다. 누구보다 손주를 반기실 아이의 조부모, 외조부모 역시 백일이 다 되도록 대면 만남이 이뤄지지 않았다. 애달프게 영상통화로만 근황을 알릴 뿐이었다. 아이가 집 밖으로 나가는 순간은 예방 접종 주사를 맞으러 동네 소아과에 들를 때뿐이었다.

하지만 평생을 히키코모리처럼 집 안에서만 살 순 없는 일. 생후 77일째 되던 날, 아이를 포대기로 꽁꽁 감싸안은 채 첫 바깥나들이를 시도했다. 아이는 창문을 통과하지 않은 맨 햇살을 처음 마주하고는, 눈이 부신지 반쯤 눈자위를 감고서도 뭐가 그리 좋은지 방긋거렸다. 하지만 좋은 시간은 그리 길지 않았다. 낯선 사람이 이쪽으로 걸어오거나, 지나가던 이름 모를 강아지가 짖거나, 배달 오토바이가 굉음을 내며 달려갈 때. 아이는 별안간 얼굴을 찡그리고 갑작스러운 울음을 토해냈다. 집 밖의 모든 것이 생경하게 느껴지는 듯했다. 아이를 달래면서 황급히 집으로 돌아올 수밖에. 우는 아이를 바라보며 걱정했다. 우리가 아이를 너무 가둬 놓고서 키운 건가. 아이의 세계를 집과 아빠, 엄마와 의사 선생님이라는 비좁은 공간으로 좁혀버린 걸까.

국공립 어린이집 교사와 학부모들을 대상으로 진행한 설문조사에 관한 뉴스 기사도 생각났다. 열 명 중 일곱 명은 코로나19가 아동 발달에 부정적인 영향을 끼쳤다고 대답했단다. 마스크 때문에 표정도, 입도 보이지 않으니 언어 발달과 애착 형성이 어렵다. 바깥 놀이가 줄어들어 대근육, 소근육 등 신체 발달도 더뎌졌다. 실내에서 지내는 시간이 많아지다 보니 아이들의 스트레스가 늘었다. 그 때문에 사회성이 제대로 길러지지 않을까 우려된다. 이런 내용의 기사였다. 아직 훗날의 일이지만, 이런 시국에 영유아기를 보낸 아이들이 자라서 학교에 가면 어떤 일이 벌어질까. 최근에는 입시에서 정시가 축소되고 내신 수시 비중이 늘면서, 본래의 취지와는 달리 고등학교 현장은 '옆자리 친구들끼리의 투쟁'의 장이 되었다고 한다. 지금처럼 사회성이 부족한 채로 커버린 아이들이 중고등학교를 다닐 때쯤이면 얼마나 문제적인 모습을 보일는지.

어느 하루. 여느 때처럼 조심스레 유모차를 끌고 동네 산책을 나섰다. 아이는 밖으로 나오자 역시나 방긋거렸다. 나갈 때마다 아이의 얼굴에서 팀 로빈스가 겹쳤다. 영화 〈쇼생크 탈출〉에서 이제 막 탈옥에 성공한, 형언할 수 없는 감정이 폭발하는 그 표정이다. 웃는 아이와 함께 한참을 걸었다. 늘 쉬었다 가는 곳인 아파트 단지의 분수대 앞에서 잠시 걸음을 멈췄다. 분수대에서 솟구쳐 나오는 물방울들은 햇빛에 섞여 들어 작은 무지개를 만드는 중이었다. 넋을 잃고 그 장면을 바라보는 사람은 우리만은 아니었다. 마침 우리 아이와 비슷한 또래의 아기가 유모차에 탄 채 함께하고 있었다. 똑같이 5월생이거나, 혹은 한두 달 정도 빠르려나. 그런데 아이는 처음 보는 또래 친구를 보더니만 갑자기 방긋거렸다. 까르르 하는 웃음소리도 냈다. 손까지 들어 반갑다는 듯 흔들었다. 세상에 이게 무슨 일이야. 아빠 엄마 외의 다른 사람은 모두 겁내던 쫄보 녀석이.

"진이야. 서로 친구야 친구, 안녕 안녕, 해보자. 안녕."

얼른 아이 손을 잡고 함께 흔들었다. 지금이 기회다 싶어 사회 활동을 가르쳤던 것. 이게 바로 인사라는 거란다. 처음 만나는 사람에게 하는 행동. 상대방 아이도 처음엔 어리둥절한 반응이다가 어느새 따라서 웃기 시작했다. 우리도 따라 웃고, 그쪽 아이의 엄마도 웃고. 모두가 한참이나 웃었다. 이어서 어른끼리 조심스레 말문을 텄다. 얘는 몇 개월이에요, 아아, 딸이로구나, 안 울고 얌전하네요, 날도 덥고 코로나 때문에 나다니기 참 힘들죠, 아이가 아직 마스크를 쓰는 걸 싫어해서 큰일이에요. 이런저런 말을 주고받았다. 그런 와중에 아이는 쉬지 않고 친구에게 웃음꽃을 피워 보냈다. 우리가 그간 전혀 모르던, 마치 본 적 없는 달의 뒤편과도 같은 모습이었다. 왠지 모를 배신감이 들었다. 전혀 조짐이 없었는데. 이렇게나 외향적인 성격에 친화력이 좋은 아이였나. 그간 왜 그랬던 거지.

하지만 우리 아이의 낯선 모습은 그때뿐.

13개월이 됐을 때 '문화센터'에 나갔다. 부모, 으레 엄마와 아이가 여럿이 함께 모여 춤을 추거나 그림을 그리거나 공놀이하는 등의 프로그램을 진행하는 곳이었다. 동네 산책을 하면서 우리 아이가 낯가림이 그리 심하지 않다는 자신감이 생겼던 무렵. 이제 돌도 지났으니 또래 아이들과 함께 사회생활이라는 걸 겪게 해주고팠다. 기대감에 부푼 채 문화센터가 열리는 은평 이마트로 향했다. 대망의 첫 수업. 우리의 기대는 형편없이 산산조각 났다. 낯선 장소와 낯선 아이들 여럿, 낯선 분위기가 견디지 못할 만큼 무서웠던 걸까. 아이는 센터로 들어가자마자 울고불고 난리였다. 하도 울어서 얼굴이 홍시처럼 시뻘게졌다. 혼자 있질 못하고 엄마 아빠 품을 찾아 안기려고 했다. 옷소매를 잡아끌며 밖으로 나가자는 듯 칭얼거렸다. 그동안 잘하던 아이가 대체 왜 이러나.

"이거…… 괜히 돈만 버린 거 아냐?"

"그래도 해야지. 사회생활을 배워야 할 거 아냐."

"일단 계속해보자. 하다 보면 점점 나아지겠지."

우리의 바람과는 달리 '계속'은 없었다. 지난여름 사회적 거리두기가 4단계로 격상되면서 수업이 줄줄이 취소됐다. 두어 번의 고생 끝에 간신히 적응했다 싶었더니 다음 수업은 더 이상 없다는 문자를 받았다. 남은 수강료는 환불받았다. 우리 아이의 사회성 교육은 대체 어떡하나. 또래 친구들은 어디서 사귀어야 하나. 걱정은 갚을 길이 막막한 대출 이자처럼 쌓여만 갔다. 걱정만 하면 무얼 하나, 행동을 해야지. 대체재 삼아 집 근처 키즈카페로 향했다. 아이에게 마스크를 단단히 씌우고 손소독을 열심히 시키면서. 애써 찾아온 보람 없이 아이는 자동차 장난감만 붙들고 혼자 놀았다. 곁을 지나가는 친구들에게는 무관심했다. 그러고 보니 이곳의 아이들은 저마다 자기가 좋아하는 장난감을 갖고 놀거나 스크린에 비춰주는 핑크퐁 영상만 보지, 모여 놀지는 않았다. 한데 모여서 이야기하고 웃고 마시고 하는 사람들은 죄다 아이의 엄마들, 드물게 아빠도, 뿐이었다. 그렇다. '키카'라는 곳은 아이들이 아니라 엄마들이 사회성과 친목을 다지는 곳이었다.

그러던 어느 날. 아이가 18개월이 됐을 무렵. 아내가 말했다. 우리 집에서 차를 타고 10여 분만 가면 '짐보리'라는 게 있어. 나는 난생처음 듣는 단어였다. 그게 대체 뭔데. 아내가 알아본 바, 한마디로 말하면 키즈카페하고 비슷한데 영유아 교육 전문가가 수업을 하는 곳이란다. 선생님이 딸린 실내 정글짐 같은 데라고. 아이가 과연 좋아할까. 긴가민가하면서 마포 지점으로 갔다. 아니나 다를까, 안으로 들어서자마자 아이는 울음을 터뜨렸다. 방금 들어온 문을 향해 손짓하며 도로 나가자고. 영화 〈브레이브 하트〉에서 자유를 위해 목숨을 걸고 싸우던 멜 깁슨처럼 "프리더어어엄!"을 외치는 듯했다. 어이쿠, 영업을 방해해서 죄송합니다. 우는 아이를 안고서 바삐 집으로 돌아왔다. 심기일전해서 열흘 정도 후에 은평 지점으로 갔다. 이번에는 좋아할까. 가냘픈 기대를 안고 갔는데 다행히도 울지는 않았다. 첫 번째 수업도 무사히 마쳤다. 바깥에서 궁금해하며 기다렸던 나는 아내가 나오자마자 물었다.

"이번에는 어땠어?"

"가만히 있었어. 수업이고 뭐고 안 듣고 외따로 떨어져서 가만히."

아내는 고개를 절레절레 흔들며 대답했다. 불과 30여 분 만에 모든 체력이 방전된 모양새였다. 그나마 이번에는 아이가 탈주하진 않았다는 게 한 줌의 위안이 되었으려나. 고심 끝에 계속 수업을 듣기로 하고 카드 결제를 했다. 생각보다 비싼 금액이 찍혀있는 영수증을 보며 중얼거렸다.

"이거 또 괜히 돈만 버린 거 아냐?"

이후 매주 금요일마다 수업을 들으러 갔다. 사람은 적응의 동물이라더니 두 번, 세 번, 아이는 점점 더 그곳에 익숙해졌다. 차에서 내릴 땐 은근히 설레는 눈빛이다. 실내에 들어서면 금세 뛰어다닐 준비를 한다. 곁에 엄마가 없으면 서럽게 울던 것이, 이제는 엄마 없이 아빠하고 둘이서도 별일 없이 잘 논다. 지난주에는 놀라운 광경도 목격했다. 돌아다니면서 마주치는 또래 친구에게 먼저 손을 흔들면서 인사하는 게 아닌가. 밀고 당기고 집어넣고 굴리고 하는 프로그램을 할 때마다 일등으로 참여한다. 그리고 나서 저 스스로 잘했다고 손뼉을 친다. 신이 나서 엉덩이를 씰룩거리며 춤을 춘다. 진이 잘했어요, 하고 칭찬해주는 선생님에게 쪼르르 달려가서 빙긋 웃는다. 수다스러운 우리의 다정한 이웃 스파이더를 보는 듯하다. 물론, 우울한 토비 맥과이어 말고 밝은 앤드류 가필드나 톰 홀랜드 버전으로. 또다시 왠지 낯선 그 모습을 바라보며 아내에게 말했다.

"여기서 우리 진이가 최고 인싸다."

아내 역시 씩 웃으며 동의를 표했다. 밝은 표정이었다. 그간 켜켜이 쌓였던 걱정이 모두 씻겨나간 듯했다.

우린 뭐가 그리 걱정스러웠을까. 아이의 사회성이라는 건 특별한 문제가 없다면 어련히 알아서 길러졌을 텐데. 내성적인 성격일까 봐 노심초사했지 싶다. 그런 성격이 잘못된 건 아닌데도 말이다. 어렸을 적 읽은 위인전을 떠올려보면 대부분의 위인은 다들 사회성이 뛰어났다. 서점에 가 봐도 리더에 관한 책이 산더미처럼 쌓여있다. 다들 적극적으로 앞장서서 행동하고, 주변 사람들과 소통을 잘하며, 리더십이 뛰어나서 모두를 이끌고 그랬단다. 또한 그런 성격이 좋은 거라고 받아들여져 왔다. 내향적인 건 고쳐야 할 부정적인 것이고 외향적인 게 선이라는 그런 막연한 믿음. 하지만 모든 아이가 그런 위인으로 자랄 수는 없다. 저마다 겉모습이 다른 것처럼 속마음도 다르며, 외향이냐 내향이냐는 옳고 그름이 아니라 서로 다름에 불과하다. 타고난 성격과 성향을 응원하고 길러줘야지, 부모가 원한다고 억지로 아이의 성격을 바꾸려고 해서는 안 될 일이다.

돌이켜보니 걱정할 필요가 없긴 했다. 산후조리원에서, 아직 제 이름이 없어 태명인 '복이'를 쓸 때였다. 아이를 안고 엘리베이터에 타서 올라가는데 조리원쌤 한 분이 포대기에 붙여진 이름표를 보고서 말했다.

"아아, 네가 바로 그 복이구나."

소문으로만 듣던 셀럽을 직접 만난 듯한 반응이었다. 어찌 된 영문인지 궁금했다.

"저희 애가 어떻길래……?"

"유명해요. '아주' 활발해서요."

무척 귀여워하면서도, 어째 한편으로는 아주 질려버렸다는 듯한 말투가 느껴졌다. 이어지는 말을 들었다. 아이는 모자동실 시간에 우리와 있을 때와는 달리, 또래 아기들과 여럿이 함께 있을 땐 얌전한 법이 없었단다. 힘차게 소리를 지르고, 먹기도 많이 먹고, 싸기도 많이 싸고, 아직 배냇짓에 불과하지만 방글방글 웃고, 고개를 돌려 양옆의 친구들을 바라보고. 단 한 순간도 쉬지를 않더란다. 쪼끄만 것이 어디서 그런 힘이 나오는

지 모르겠다고. 잠자코 누워있던 다른 아기들까지 덩달아 따라
서 소리치게 만드는 것 같다고 했다. 소위 타고난 '인싸' 재질이
었던 게다.

그러니까 아예 조짐이 없었던 건 아니었다.

마침내, 첫 유아휴직이 끝났다

아무도 재촉하지 않았다. 그럼에도 쓸데없이 자기 주도적인 시간이라는 녀석은 제가 알아서 흐르고 흘렀다. 그러다가 마침내 그날이 왔다. 육아휴직의 마지막 날. 휴직은 날이 좋던 봄에 시작했다. 그때만 하더라도 언제쯤이면 끝나려나 하고 봄날 아지랑이처럼 까마득해 보였는데 금세 여름 가을 겨울이 지나갔다. 약 7개월가량의 날들을 아이와 함께 보냈다. 그리고 새해에도 어김없이 아침이 밝았다. 이제는 회사로 돌아가야 할 때. 방실거리는 아이 얼굴이 눈에 밟히지만 어쩔 도리가 없다.

서른여덟 해의 인생에서 이토록 오랫동안 쉰 건 처음이었다. 그간 늘 무언가를 하고 있었다. 학생일 때는 공부를 했고, 방학을 하더라도 스펙을 쌓거나 아르바이트했고, 고시생일 때에도 당연히 공부를 했고, 취업 준비생일 때도 정신없이 바쁘게 살기는 마찬가지였다. 대학 졸업식 당일, 지금 다니는 회사의 최종 면접을 봤고 곧바로 합격 발표가 나서 이틀 만에 사회생활을 시작해야 했다. 그러니 삶에서 한 번도 긴 쉼표라는 걸 찍어본 적 없을 수밖에. 7개월간의 육아휴직은 처음으로 마주하는 낯설고도 긴 방학이었다. 기실 방학이라고 표현할 수는 없다. 아이를 돌보는 건 기쁘기는 하지만 몸과 마음이 한없이 지치는 일이었다. 이를테면 통장에 월급만 들어오지 않을 뿐 온종일 노동해야 하는 건 여느 직장인과 다를 바 없었다.

그간 육아 전선에서 동고동락했던 아내는 아쉬워하는 눈치다. 둘이 하던 걸 혼자서 할 생각을 하니 눈앞이 캄캄하단다. 앞으로의 시간도 그렇지만 지나간 시간에 대해서도 후회가 남는다고 한다. 셋이서 맛있는 것도 먹고, 멀리 여행도 가고, 놀이터에서 더 뛰어놀아야 했는데. 코로나19라는 역병과 가을 무렵 아이가 앓았던 감기 때문에 별다른 추억거리를 만들지 못했다. 복직 일자가 다가오자 휴직을 연장할지 고민했다. 하지만 남의 속도 모르는 통장 잔고는 예상보다 일찍 바닥을 드러냈다. 달마다 갚아야 하는 대출 원리금은 예상한 바와 같았지만, 예상외로 아이 물건과 장난감은 비쌌고 배달 음식은 너무 많이 시켜 먹었으며 카드값 외에 경조사비며 이런저런 데 나가는 게 많았다. 돈이 없으니 복직해야지 어쩔 도리가 없다.

그렇다고 별일 없었던 건 아니다. 뒤돌아보니 아이는 훌쩍 자라 있었다. 예전에는 자기 아이 사진을 자랑하듯 보여주는 이들에게 말하곤 했다. "엊그제 낳은 것 같은데 이렇게 컸다고요?" 남의 아이는 빨리 자란다더니, 우스갯소리가 아니라 정말 그랬다. 이제는 반대로 내가 그런 말을 듣는 입장이 됐다. 남들 못지않게 우리 아이도 금방 자랐다. 지난봄, 휴직 첫째 날에 찍었던 아이 사진을 오랜만에 다시 보니 너무 어려서 낯설다. 저때가 한참이나 옛날 옛적처럼 느껴진다. 나남할 것 없이 아이라는 건 더 빨리 자라지 못해 안달 난 존재들인가. 자라는 것을 한시도 멈춰있는 법이 없다. 지난 7개월간, 그러니까 아이가 13개월에서 20개월이 되기까지, 아이가 쉼 없이 자란 만큼이나 많은 일들이 있었다.

돌을 맞았을 때도 아이는 걸음마를 못 했다. 그러던 중 문화센터를 다녀왔던 날. 집에 돌아온 아이는 매트 위를 기던 중 갑자기 일어서서 걸으려고 했다. 여느 때와 달리 의욕적이었다. 팔다리에 힘을 주며 어떻게든 혼자 일어서려 용을 썼다. 두어 걸음 걷다 쓰러져도 금방 오뚝이처럼 일어났다. 지치지도 않는지 일어서고 몇 발짝을 떼고 쓰러지고 다시 일어나고를 수없이 반복했다. 아비 된 자로서 이걸 뒷짐 지고 보고만 있을 수는 없는 노릇. 그날부터 걸음마 특훈에 돌입했다. 아이의 손을 잡고 집 안에서도 걷고, 아파트 단지를 산책하다가도 걷고, 집 근처 월드컵공원에 갔을 때도 걷고. 걱정과 응원과 기쁨과 좌절을 겪기 수차례. 아이는 가능한 걸음 수가 점점 늘어났다. 마침내 여름에는 아이 혼자서 열몇 발짝을 걸었다. 가을에는 야외에서도 내 손을 잡지 않고 걸어 다녔다. 엊그제 눈이 내린 날에는 온 가족이 저마다 뽀드득뽀드득 눈길을 밟았다. 더 이상 걸음마 따위는 걱정거리가 아니다.

휴직 둘째 날부터 '유아식'을 먹이기 시작했다. 아직도 헷갈리긴 하는데, 분유 이후에 먹이는 죽 형태의 음식이 '이유식', 그다음으로 어른의 밥과 비슷하게 밥과 찬과 국을 갖춰놓은 것이 바로 유아식이다. 간만 약하게 조리했다 뿐이지 어른의 그것과 마찬가지다. 더불어 스스로 숟가락도 쥐게 했다. 언제까지나 아빠 엄마가 밥을 떠먹여 줄 수는 없다. 처음으로 잡아보는 숟가락이 어색한지, 아이는 밥이며 반찬을 무던히도 흘렸다. 열 번의 시도 중에 입으로 무사히 도착하는 건 한두 번 정도. 식사 시간이 끝나면 이런 난장판이 또 없었다. 바닥에는 떨어진 밥알과 반찬의 잔해들이 가득했다. 그랬던 녀석이 이제는 밥의 절반가량을 스스로 떠먹는다. 거의 흘리지도 않는다. 그뿐이랴. 포크질도 곧잘 한다. 과일이건 과자건 치즈건 뭐건 일단 포크로 찍거나 포크 위에 얹어 먹는다. 어떨 땐 나보다 더 손기술이 좋다. 희한한 각도와 속도와 세기로 손을 움직이는데 마치

묘기 대행진을 보는 것 같다.

이가 돋아나고 밥을 먹으니 양치가 문제였다. 새끼손톱만 한 작은 이들을 어떻게 닦아야 하나. 책에서 읽은 대로 따뜻한 물을 적신 가제수건을 아이 입에 넣었다. 수건으로 이를 하나하나 문질렀다. 아니, 문지르고 싶었다. 아이는 가만히 있지 않았다. 고개를 휙휙 돌리고 입을 꾹 다물고 혀로 손가락을 밀어냈다. 어느 날엔 문득 눈빛이 서늘해지는가 싶더니 내 손가락을 앙 하고 물었다. 어찌나 세게 물었는지 손톱이 빠질 뻔했다. 퉁퉁 부은 손가락을 부여잡고서 대안을 검색했다. 골무처럼 손가락에 끼워서 쓰는 아기 칫솔이 있었다. 겉에 돌기가 난 투명한 고무 골무인데 이걸로 이를 문지르면 된단다. 소용없었다. 애초에 입을 잘 벌리지도 않는 데다, 피라냐처럼 물어대니 골무를 끼고 있어도 손가락이 아팠다. 현혹하면 될까 싶어 알록달록한 색깔의 유아용 칫솔을 손에다 쥐여줬다. 아이는 뭐지 하고 물끄러미 쳐다보더니 이내 바닥에다 홱 하고 던졌다. 고민 끝에 방법을 찾았다. 어른은 아이의 거울이라잖나. 아이가 보는 앞에서 칫솔을 꺼내 들고 양치를 시작했다. 제가 좋아하는 노래를 부르면서. 핑크퐁 한글 동요 중 〈카〉. "카멜레온 치카치카 카레 먹고서 이를 닦자 치카치카 치카치카카." 효과가 있었다. 아이는 자기 칫솔을 손에 쥐고 얼추 비슷하게 따라 했다. 며칠이 지나자 이제 혼자서 제법 양치를 했다. 문제는 아이가 이를 닦을 때마다 나도 함께 양치해야 한다. 밥을 먹은 후에도 간식을 먹은 후에도 심심할 때도, 시도 때도 없이 노래를 부르며 양치 놀이를 한다. 아이 덕분에 나도 건치를 가지게 됐다.

아이는 아기들이라면 으레 겪는다는 '돌치레'가 없었다. 다들 돌 즈음에 영문을 알 수 없이 비실비실거리거나 감기에 걸리거나 혹은 큰 고비를 맞이했다고들 했다. 하지만 돌이 한참 지났음에도 우리는 그런 순간이 한 번도 없었다. 어쩌면 이렇게 안 아플 수가 있나. 부모와는 달리 건강한 아이로구나 하고 안심했다. 하지만 육아라는 건 잠시도 마음을 놓아서는 안 되는 일이었다. 10월의 어느 날. 아이는 똥을 하루에 일곱 번이나 싸고, 마른기침을 하고, 콧물이 줄줄 흐르고, 급기야 열이 38도를 넘어섰다. 생전 처음 겪는 일에 아이는 서럽게 울어댔다. 해열제도 며칠이나 먹이고 소아과에서 처방받은 항생제도 열흘이 넘도록 먹였다. 당연히도 아이는 약을 싫어했다. 그저 몇 방울만 먹이면 되는데 쉽지 않았다. 입을 앙다물고 인상을 찌푸리고 간신히 넣어 준 약을 뱉어내고 얼굴이 시뻘게지도록 울었다. 어찌어찌 약을 먹인 뒤엔 곧바로 과자를 주거나 주스를 주면서 겨우 달랬다. 약을 먹일 때마다 전쟁통이 따로 없었다. 그렇게 단풍이 예쁜 좋은 시절을 덧없이 흘려보내고 말았다.

그동안은 아이에게 마스크를 씌울 수가 없었다. 입 주위 어딘가에 발작 버튼이라도 달린 듯했다. 몹쓸 것이라도 닿은 듯 마스크를 집어 던져버렸다. 정수리 역시 마찬가지였다. 모자 비슷한 걸 씌우기만 하면 성마르게 벗겨내고 인상을 구겼다. 도저히 얼굴에 뭔가를 할 수가 없었다. 어쩔 수 없이 바깥나들이 때 마스크를 씌우지 못했다. 우리만 그런 건 아닌 듯. 유모차에 타고 있거나 엄마 아빠 손을 잡고 걸어가는 아이 중 마스크 없이 맨얼굴을 드러낸 녀석들이 종종 보였다. 아이가 병을 앓고 나서부터 이래서는 안 되겠다 싶었다. "이거 써야 나갈 수 있어. 너도 밖에 나가고 싶지. 안 쓰면 안 나갈 거야." 어르고 달래가며 마스크를 씌웠다. 이제 말귀가 제법 통했던 걸까. 그간 발악을 하며 마스크를 집어 던졌던 아이는 순순히 얼굴을 우리에게 맡겼다. 어지간히 나가는 걸 좋아하는 녀석이라 그런가, 혹은 호되게 아프고 나니 보호구의 중요성을 깨달은 걸까. 그렇게, 생후 18개월이 다 되어서야 아이는 마스크를 쓰게 되었다. 그나저나 요즘에 태어난 아이들은 훗날 마스크가 없는 세상이 어색할지도 모르겠다.

지난봄에만 하더라도 아이는 말을 잘 못했다. 할 줄 아는 단어라고는 아빠, 맘마, 까까, 요고 정도. 좀처럼 말이 늘지 않아 걱정했다. 한편으로는 엄마라는 말보다 아빠라는 말을 먼저 듣고서 기쁘기도 했다. 나 이런 사람이야, 라고 동네방네 자랑하러 다니고 싶었다. 겨울이 되자 이제 엄마라는 말을 더 많이 한다. 말하는 단어들도 늘었다. 숫자를 보고서 일이삼사오육칠팔까지 읽을 줄 안다. 구부터는 발음이 어려운지 "아이으, 아흐으"라며 알아들을 수 없는 소리를 낸다. 알파벳 에이, 비, 엠, 오를 소리 내어 읽기도 한다. 그럼에도 또래보다 말이 빠르지는 않다. 이쯤 되면 안녕, 주세요, 좋아 정도는 말해야 하는데. 그런 단어 대신 요즘에 가장 자주 말하는 단어는 "아니야"다. 싫음을 표현할 때도 아니야, 밥이나 간식을 먹자고 할 때도 아니야, 기분이 좋을 때도 아니야, 자러 갈 때도 아니야. 마치 앵무새처럼 아니야를 읊어댄다. 많고 많은 좋은 말 중에 하필이면 이런 부정어를 먼저 익혀서는. 우리가 그동안 이거 만지면 안 돼, 입에 넣는 거 아니야, 밥 먹을 때 간식 먹는 거 아니라고, 따위 말을 계속해서 그런 걸까. 그놈의 "아니야"는 듣고 있으면 부아가 치밀기도 한다. 어휴, 그놈의 아니야. 너 진짜 그러는 거 아니야.

　이 모든 장면을 바로 곁에서 지켜봤다. 육아휴직 전에는 불가능했던 일이었다. 아이에게 일어난 중요한 사건 사고들은 일하던 중 아내로부터 전화를 받거나 사진, 동영상으로 뒤늦게 전해 듣곤 했다. 이를테면 첫나들이, 첫 뒤집기, 첫 주스 마시기, 첫 과자 먹기 같은 순간들을. 바깥에서 일하는 자의 슬픔이었다. 집에서 아이를 보는 동안 비로소 수없이 많은 '처음'을 함께할 수 있었다. 반짝거리는 처음들을 내 눈과 귀로 온전히 보고 듣고 느꼈다. 아이와 나의 인생에서 다시 못 올 한 번뿐인 순간들을 놓치지 않고 함께하기. 집에서 육아하는 자만이 누릴 수 있는 기쁨이었다.

아이뿐만 아니라 나에 대해서도 돌아보게 됐다. 육아휴직은 단지 아이를 돌보는 것만은 아니었다. 하루 종일 아이와 함께하면서 생각했다. 나는 어떤 사람인가 하고. 얼마나 참을성 없고, 짜증이 많으며, 체력은 형편없으며, 이기적인가. 무엇보다 내 의지대로 되지 않는 것이 가장 힘들었다. 육아는 나보다는 아이의 의지에 좌우되는 일. 상수가 아닌 한낱 변수인 나는 아이가 원하는 대로 따라가야 했다. 아빠의 말을 안 듣고, 자기가 원하는 대로 되지 않으면 울음을 터뜨리고, 먹어야 할 때 자야 할 때를 지키지 않고 고집부리는 아이에게 화가 났다. 말귀가 통하지 않는 아이니까 이러는 거지, 하고 머리로는 이해하면서도 속에서는 천불이 났다. 마음속의 화는 결국 한숨으로, 고함으로, 구겨진 표정으로 드러났다. 나도 몰랐던 내 모습. 아이는 이런 내 모습이 얼마나 싫었을까. 매일 반성하고 또 반성했다.

육아휴직이 끝나고 회사로 복직한 첫째 날. 긴 하루를 보내고 퇴근 시각이 되자마자 집으로 바삐 돌아왔다. 집으로 들어서자 나와 눈이 마주친 아이가 까르르 하고 웃었다. 반가움을 가득 담아 소리도 질렀다.

"아빠! 빠빠!"

하루 종일 못 봐서인지 아이는 내게 반갑다며 방실거리고 엉덩이를 씰룩거리고 손을 들어 하이 파이브를 했다.

"그래도 네가 육아휴직 한 보람이 있었나 봐. 아들이 하루 종일 아빠를 찾더라."

격하게 해후 중인 우리를 바라보며 아내가 말했다.

"아, 그래?"

"그렇더라고. 매일 아침에 일어나면 아빠가 왔었는데 내가 가니까 아빠, 아빠 거리면서 너를 계속 찾던데."

"하긴. 항상 내가 침대로 왔었는데 엄마가 들어오니 이상했나 보다."

그럴 수도 있겠다 싶었다. 늘 곁에 있던 아빠가 어느 날 갑자기 보이지 않았으니.

"그리고 낮에 놀다가도 종종 빈방에 들어가서 혹시나 여기 숨어있나 싶은지 아빠, 아빠 하고 불러 보던데."

아내는 아이가 하루 종일 아빠를 찾았다고 했다. 밥을 먹다가도, 기저귀를 갈다가도, 장난감을 갖고 잘 놀던 중에도 갑자기 아빠를 불렀단다. 둘이 서로 그렇게나 죽고 못 사는 사이였느냐면서. 왠지 질투가 날 정도였다고 한다. 과연. 7개월 동안 쌓은 정이 헛되지는 않았나보다.

끝난 지 얼마나 됐다고 벌써 육아휴직을 또 하고 싶다.

31

둘째 권하는 사람들

　잘 놀고 있던 아이가 별안간 한 손에 핸들 장난감을 쥔다. '삐뽀삐뽀' 구급차와 '애앵애앵' 소방차, 좌회전과 우회전 깜빡이 소리, "건너가는 길을 건널 땐 빨간불 안 돼요, 노란불 안 돼요, 초록불이 돼야죠" 같은 노래가 나오는 핸들이다. 다른 손엔 잠자리에 들 때마다 오랜 절친인 양 껴안고 자는 강아지 인형 샤샤의 목덜미를 붙잡는다. 양손에 늘 쥐어야 할 걸 쥐고서 소파로 기어 올라간다. 소파 중에서도, 대체 어떻게 알았는지, 가장 푹신한 곳에 엉덩이를 들이밀어 앉는다. 그리고 집이 떠나가라 힘차게 외친다.

　"엉아!!!"

혹시나 했는데 역시나였다. 요즘 내가 가장 듣기 싫어하는 단어, '엉아'. 녀석이 목 놓아 부르는 이들은 바로 여섯 살 신우, 네 살 이준이다. 방송인 김나영의 유튜브 채널 〈노 필터 TV〉에 등장하는 그녀의 두 아이. 그 형아들을 처음 만난 건 몇 달 전이었다. 동네 산책을 하던 중 아이는 유모차에 타고 있거나 걸어 다니는 자기 나이대의 아기들을 보고서 헤실거렸다. 친구나 형, 누나들에게 마음이 끌리는 걸까. 집에 돌아온 뒤 유튜브에서 또래 아기들이 나오는 동영상을 찾아 몇 번 보여줬더니 또다시 헤실거렸다. 그렇게 몇 번을 보다가 '알 수 없는 알고리즘'의 인도를 받아 마침내 신우와 이준이네까지 닿은 것. 아이는 그 형들을 어찌나 좋아하는지, 마치 중독이라도 된 양 하루에도 몇 번씩 찾아댄다.

아이가 엉아를 외칠 때마다 TV를 틀어주는 건 아니다. 육아 전문가 오은영 선생께서 이런 말씀을 하셨다. 만 2세 이전의 아이에게 미디어를 접하게 하면 안 된다고. 세계보건기구WHO에서도 만 2세 미만의 유아에게는 전자기기에 노출되지 않도록, 만 2~4세는 하루 한 시간 이상 전자기기 화면을 보지 않도록 권고한다. 미디어의 이른 노출과 오랜 노출은 아이 언어 발달에 부정적 영향을 미치기 때문이다. 그래서 리모컨을 들기 전에 어떻게든 아이의 관심을 다른 곳으로 돌리려고 한다. 진아, 그거 말고 우리 핑크퐁 사운드북 갖고 놀까? 타요랑 로기

랑 라니랑 가니 버스 굴리면서 놀까? 칠판에 그림 그리자, 그
림. 이거 봐라, 진이 얼굴이다. 와, 책장에 곰돌이와 토끼와 아
기돼지가 나오는 재미있는 그림책이 있네. 이렇게 어떻게든 영
상 대신 다른 걸로 꾀어보려 한다.

　하지만 육아는 마음대로 되지 않는 법. 네 번 중에 한 번꼴로
아이의 의지를 꺾지 못할 때가 온다. 꺼져있는 TV 화면을 삿대
질하듯 가리키고, 목에 벌건 핏대를 세우며 고함을 지르고, 꼭
감은 눈에서 눈물이 줄줄 흘러내리고, 팔다리를 발악하듯 흔들
어대면 도저히 어찌할 수가 없다. 이러다간 자칫 아이 숨이 넘
어가겠다. 별수 없이 나도 소파에 아이와 같이 앉는다. 핸드폰
으로 유튜브 앱을 켜고 신우 이준이 동영상을 찾아서 TV에 미
러링한다. 아이 하나 컨트롤하지 못하는 나 자신을 탓하고 자
기 합리화를 하면서. 어차피 손톱 깎거나 머리 깎을 때 핑크퐁
과 타요 영상을 종종 보여줬잖아. 그에 비하면 사람 형들의 영
상은 중독성이 덜하겠지. 이미 삶아진 돼지고기가 뜨거운 물을
무서워하랴. 그리고 아이와 새끼손가락을 걸며 약속한다.

　"그럼 우리, 형아들 영상 딱 두 개만 보는 거야. 알았지? 대
답. 진아, 대답해야지."

　23개월짜리 아이는 정말 말귀를 알아들은 건지, 성가신 아빠
따위 얼른 조용히 시키고 싶은 건지 곧바로 대답한다. "네―!"
하고. 아니, 아직 발음이 서툰지라 정확히는 '네'와 '에'의 중간

정도 되는 소리를 낸다. 대답을 마쳤지만 입은 다물어지지 않는다. 아이는 입을 헤벌쭉 벌리고서, 가끔은 침까지 질질 흘려가며 화면을 바라본다. 단 한 순간도 놓치지 않겠다는 굳은 의지가 담긴 표정을 한 채.

영상에 나오는 김나영의 아들들은 엄마와 셋이서도 잘 놀고 엄마 없이 둘이서도 잘 논다. 형인 신우는 동생인 이준이를 챙겨준다. 고작 여섯 살밖에 안 된 아이가 뜨거운 음식을 후후 불어서 식힌 후 동생에게 주고, 욕실에선 비누칠해서 씻겨주고 씻은 후엔 보디로션도 발라주고 드라이기로 머리도 말려준다. 침대에서 앞구르기 하는 법도 알려주고, 게임을 할 땐 울며불며 떼쓰는 동생에게 "이건 되고, 그건 안 되는 거야"라며 자못 엄하게 규칙을 가르친다. 동생은 형을 따라 하며 많은 걸 배운다. 그리고 맛있는 걸 형과 나눠 먹고 고마워, 라는 말을 하고 종종 꼭 안아준다. 어쩌면 이준이가 세상에서 제일 좋아하는 사람은 (어린아이라면 으레 그러하듯 엄마가 아니라) 신우 형인 것 같다.

개네의 모습을 보며 생각했다. 혹시 우리 아이가 함께 놀 수 있는 제 또래의 동생을 원하는 걸까. 아빠 엄마 같은 다 큰 어른들만 있는 집에서 홀로 외로운 걸까. 그래서 친구 같은 형아들이 나오는 영상을 매일 찾는 게 아닐까 싶었다. 나도 어렸을 땐 저런 모습이었으려나. 어머니의 말씀에 따르면 아직 동생이 태어나지 않았던 적, 나는 집에 사람들이 오면 "나 혼자 심심해. 가지 마!"라고 외치며 『삼국지연의』에서 조조의 대군을 단기필마로 막아낸 장판파의 장비나 게임 〈스타크래프트〉에서 좁은 길에 빈틈없이 알박기한 서플라이디폿처럼 길목을 막아섰단다. 제발 더 있다가 가라면서, 아니 그냥 우리 집에 계속 같이 있자면서 손님들의 바짓가랑이를 붙잡았단다. 그러고 보면 정말 피는 못 속이는구나 싶다.

요즘 들어 주변 사람들이 나에게 한마디씩 한다.

"둘째는 언제 낳을 거야?"

그런 말을 들을 때마다 기함한다. 하나 키우는 것도 힘들어 죽을 판인데 그게 대체 무슨 말이냐고. 차마 못 들을 소리라도 들은 양 귀를 막고 황급히 손사래를 치며 대답한다.

"둘째 안 낳을 거예요. 하나만으로도 벅차요. 둘, 셋씩 낳아서 키우는 사람들은 도저히 이해할 수가 없네요."

그리고 쐐기라도 박듯 한마디 덧붙인다. 언젠가 인터넷 유머 게시판에서 봤던 표현과 함께다.

"혹시나 나중에 실수할 수도 있으니 조만간에 묶으러 갈 겁니다. 씨 없는 수박이 될 거라고요. 저는 이제부터 '생산직'이 아니라 '서비스직'이고 싶어요."

이런 대답까지 들으면 웬만한 이들은 웃음을 터뜨리며 그런가 보다 한다. 이제 대화의 주제는 둘째가 아니라 본인과 지인의 경험담과 짓궂은 농담으로 이어진다. 실은 나도 몇 년 전에 묶었어. 동방불패처럼 남성을 잃은 거지. 그런데 그거 알아? 묶었다고 100퍼센트 안전한 게 아니라니까. J본부장은 수술받고 안심했다가 덜컥 셋째가 생겼다더라고. 그리고 서비스는 무슨 서비스야? 아직 젊어서 그렇구먼. 더 나이 들어봐. 부부관계는 연 1회 정도의 피할 수 없는 억지 행사 같은 거지, 서비스나 페스티벌 같은 게 아니라니까.

하지만 개중에서 집요한 이들은 거듭 둘째를 권한다. 동물 새끼든 사람 새끼든 어릴 때가 가장 귀엽다면서. 아이 혼자 두면 외로워한다고, 사회성이 제대로 길러지지 않을 거라며. 본인들이 키워줄 것도 아니면서 달콤한 사탕 같은 말을 건넨다.

"애들이 둘이서 같이 놀면 육아가 훨씬 편해진다니까. 하나만 있으면 하루 종일 부모가 같이 놀아줘야 해. 내 말 한번 믿어봐."

"아, 정말요?"

"그렇다니까. 김 과장네 애가 아들이지? 아빠가 아침부터 밤까지 몸으로 놀아줘야 하는데 감당할 수 있겠어?"

'편해진다'는 단어에 일순 솔깃해졌다. 설렘으로 물든 두 눈을 반짝이며 그게 정말입니까, 하고. 유튜브에서 봤던 것처럼 첫째가 둘째하고 놀아주면 부모는 육아의 짐을 덜 수 있으려나. 하지만 이내 아이를 낳고 키웠던 지난 장면들이 머릿속에 떠올랐다. 늦은 나이에 임신해서 열 달 동안 먹고 싶은 것 못 먹고, 매사 조심할 것투성이고, 입덧에 속 쓰림에 요통에, 불편함으로 밤새 뒤척이는 아내를 보살피던 날들. 혹여나 잘못되진 않을까, 설렘보다는 두려움에 떨던 출산의 순간. 시간마다 잠에서 깨 울부짖는 아기를 토닥이고, 분유를 먹이고, 트림을 시키고 다시 재웠지만 금방 깨버리는 탓에 밤새 잠 못 이루던 날들. 걸음마를 시작하니 다칠세라 한순간도 마음을 놓지 못하고 뒤를 졸졸 따라다니던 때까지. 이런 고됨을 다시 겪는다고 생각하니 벌써 아찔해진다.

그뿐 아니다. 현실적인 문제도 엄연히 존재한다. 우리 집은 외벌이를 하니 생기는 걱정. 아이를 키우는 덴 돈이 많이 든다. 요 녀석은 어떻게 알았는지 철마다 비싼 과일을 찾는다. 딸기, 블루베리, 천혜향, 골드 키위까지. 입맛이 어찌나 고급스러운지 호주산 소고기나 주문 이유식 따위는 몇 번 씹지도 않고 뱉어버리고 1등급 한우와 유기농 재료로 만든 음식만을 만족스러워한다. 어느 집은 어릴 적부터 영어 유치원을 보낸다는데 한 달에 백만 원이 넘게 든다더라. 국영수뿐 아니라 남들 다 하는 태권도며 피아노며 미술 학원에 보내지 않을 수가 있을까. 아이를 데리고 틈틈이 여행도 다니고 캠핑도 가야 한다던데. 우리가 다달이 아파트 대출 원리금을 갚지 않아도 되면 둘째 생각을 했을지도 모르겠다. 이게 다 아이 키우기 힘든 사회

경제적 구조 때문이라며 괜히 남 탓도 해본다.

　최근에는 육아가 어느 정도 익숙해졌다. 아이가 울고 칭얼거릴 땐 어쩔 줄 몰라 했는데 이제는 심상하게 대할 수 있게 됐다. 그러려니 하면서 안고 토닥이고 쓰다듬고 흥얼흥얼 노래를 불러준다. 기계 같은 동작과 마음으로 움직여주면 아이는 어느새 잠잠해진다. 아이가 매일 일정한 시간에 잠들어주는 덕에 늦은 밤엔 나만의 시간이 생겼다. 마침내 생겨난 빈틈에서 아내와 함께 맥주 한 캔과 육포를 즐기거나, 집 앞 홍제천에 나가 밤 산책을 하거나, 찜해놓은 리스트에만 있던 책을 읽고, 넷플릭스나 티빙으로 요즘 유행하는 드라마를 보기도 한다. 그동안 송두리째 잃어버린 내 삶을 이제야 일부나마 찾은 것. 하지만 다시 갓난아기를 키우게 되면 되돌려받은 나의 생활을 반납해야 한다. 아이라는 새로운 삶을 만드는 건 보람있는 일이지만, 내 삶을 더 이상 빼앗기고 싶지 않다.

　우리 집에 둘째는 없다. 이것은 일종의 선언이다. 머리에 빨간 띠를 두르진 않았지만 그에 못잖은 비장한 얼굴로 다시금 마음을 다잡는다. 김나영은 신우를 첫 번째 아기, 이준이를 마지막 아기라고 부르는데 우리 집은 첫째이자 마지막 아기인 진이만 있을 뿐. 혹여나 아이가 동생을 낳아달라 보챈다면 대신 강아지를 하나 키울 셈이다. 아이는 밤마다 강아지 인형을 꺼안고 잠이 드니 살아있는 진짜 강아지도 응당 좋아할 거라 믿는다. 그걸로도 안 되면 이제는 어린이집에 보내야겠다. 또래 친구들을 만나서 함께 놀면 있지도 않는 동생 생각일랑 더 이상 하지 않겠지.

그나저나 정작 아이가 "동생 낳아줘" 같은 말을 한 번도 한 적 없음에도 지레 겁을 먹고 이러고 있다.

32

두 돌배기 아이와 여행하는 법

2022년 4월, 아이와 함께 제주에 다녀왔다. 두 돌배기 아이와 첫 여행. 그전까지는 코로나19라는 전염병 때문에 여행은 꿈도 못 꿨다. 때때로 집 근처 카페나 문화센터에 나가거나 조심스럽게 용기 내봐도 서울 시내, 아무리 멀리 가더라도 당일치기 가능한 경기도까지가 마지노선이었다. 여행다운 여행을 가봐야 하는데, 라는 마음만 먹던 중 드디어 때가 왔다. '만 2세까지는 비행기표가 공짜'라길래 엉겁결에 결심했다. 아이는 2020년 5월생. 막차에 허겁지겁 올라타는 기분으로 4월의 마지막 날 제주로 향하는 비행기표를 예매했다.

뒤이어 숙소를 예약하고 렌터카도 결제했다. 아이와 함께 갈 수 있을 만한, 그러니까 맵고 짜고 독하지 않은 음식을 파는 식당도 검색했다.

물론 그걸로 끝일 리가. 아이라는 구성원 하나가 늘어났을 뿐인데 준비해야 할 건 몇 배로 늘었다. 기저귀와 물티슈, 빨대 달린 물병과 실리콘 수저, 여벌 옷가지들, 아이가 좋아하는 간식거리, 늘 안고 자는 이케아산 애착 인형, 해열제와 지사제와 피부연고 등등. 아이 짐만 해도 캐리어 하나다. 혹여나 빠진 건 없는지 확인하고 또 확인했다. 아이와 첫 여행이다 보니 걱정이 이만저만이 아니었다.

여행 첫째 날. 왜 슬픈 예감은 틀린 적이 없는지, 김포공항에 도착하자마자 아이의 울음보가 터졌다. 공항 입구 길가에 차를 세우고 아이를 비롯한 일행과 짐을 내려줬다. 그리고 혼자 주차장으로 가려고 다시 차에 올라탄 순간. 바로 그때, 아빠가 함께하지 못할 거라 넘겨짚은 걸까, 혹은 많은 사람들로 붐비는 곳이 처음이어서일까. 아이는 흐잉— 하며 서서히 시동을 걸더니만 기어코 으앙— 하고 소리 내어 울기 시작했다. 내가 공항 건물로 돌아오기 직전까지 계속 울었다나. 머릿속으로 걱정하던 장면이 현실로 펼쳐졌다.

드디어 비행기 안으로 들어섰다. 혹여나 아이의 심기를 불편하게 하면 안 돼. 또 울음보가 터지면 끝장이라고. 기체로 들어가는 게이트에서는 우리처럼 아이와 함께 가족여행을 떠나는 일행들을 어렵잖게 마주할 수 있었다.

봄의 제주도로 가는 비행기라 그런가 여기도 아이, 저기도 아이. 사방이 아이 천지다. 그런데 우리와 다르게 다들 비행기 유경험자라도 되는 듯 긴장한 기색은 하나도 없었다. 어느 아이는 어찌나 생글거리며 웃는지, 얼마나 씩씩하게 혼자 걸어가는지 부러울 정도였다.

비행기에 타고 좌석에 앉아 안전벨트를 맸다. 아직 출발도 하지 않았는데 아이에게 서둘러 사탕을 하나 물렸다. 기압 차로 인해 귀가 먹먹해지면 말 못 하는 아이는 울기 마련이다. 꼴깍 침을 삼키면 되는데, 이걸 알지도 못하고 말해준다 한들 만 두 살도 안 된 꼬맹이가 알아들을 리 있나. 그래서 음료수를 마시게 하거나 사탕을 빨게 한다고 했다. 사탕이 소용없을 때를 대비해서 평소에 즐겨 마시는 과일 주스도 꺼냈다. 좋아하는 과자도 준비했다. 최후의 수단인 핑크퐁 영상을 틀기 위해 스마트폰도 손에 쥐었다. 이제 곧 결전의 시간이다.

몇 분이나 앉아 있었을까. 굉음과 함께 비행기가 굴러가기 시작했다. 곧이어 땅을 박차고 두둥실 떠올랐다. 무서워지지 않을까. 또다시 벼락같은 울음을 터뜨리지는 않을까. 손에 땀이 난 채 아이를 바라봤다. 어라, 의외로 아무렇지 않아 한다. 창밖 풍경이 신기하구먼 하는 표정으로 얌전히 앉아있다. 비행 중에도 무심하게 사탕을 빨고, 주스를 마시고, 심심할라치면 자동차 장난감을 갖고 놀고, 휴대폰에 담아 온 핑크퐁 영상도 보며 시간을 보냈다. 아이의 눈가에서는 건조한 사막처럼 물 한 방울 보이지 않았다.

  그 모습을 보니 야구선수 이승엽이 떠올랐다. 베이징올림픽 때 그는 예선 경기 내내 극심한 부진을 보여, 일본 진출 초기에 1할도 안 되는 타율 때문에 붙은 '오푼이'라는 오욕의 별명을 다시금 듣고 있었다. 하지만 스타는 결정적인 순간에 빛난다던가. 그는 준결승과 결승전에서 결정적인 홈런을 때리며 '과연 이승엽이다'라는 말을 증명해냈다. 우리 아이 역시 마찬가지였다. 비행기 타기 전에 울면 어떠냐, 타고 있을 때 울지 않으면 된다. 효행은 이승엽처럼 결정적인 순간에 하는 것이다. 아참. 게이트에서 생글거리며 웃던 남의 아이는 비행기가 뜨자마자 울기 시작해서 내릴 때까지 그치지 않았다. 그 모습이 안쓰러 웠지만 어째 참을 수 없는 미소가 새어 나왔다. 육아가 경쟁은 아니지만 묘한 승리감이 느껴졌다.

  이번 제주 여행의 첫 바다는 협재해변이었다. 아이는 인생 처음으로 마주하는 바다를 쳐다보고 "우아 —!" 하는 감탄사를 내뱉었다. 알갱이가 고운 백사장에 한참이나 퍼질러 앉아서 모래 놀이를 했다. 아직 초봄이라 바닷물이 차가워서 발은 담그지 않았다. 다소 짧은 일정이지만 오늘의 바다는 이걸로 끝. 아이와 함께하는 여행은 둘만 있을 때의 그것과는 달랐다. 둘만 있을 때는 30분 단위로 계획을 짜서 되도록 많은 것을 보고 듣고 먹고 느끼려고 했다.

　마지막으로 제주에 왔던 3년 전에도 그랬다. 아침 일찍 일어나서 SNS에서 유명한 찻집과 밥집 서너 군데를 들르고, 쉴 틈 없이 운전하며 바다도 서너 군데 보고, 남는 시간 틈틈이 몇몇 오름도 오르고 숲길도 걸으면서 내내 분주했다. 이른바 '비워내기'보다는 '채워 넣기'에 가까운, 무소유를 말씀하는 큰스님이 보면 눈살을 찌푸리실 여행이었다.

　바다를 한참 즐기고 난 후 숙소에 체크인했다. 이번 여행에서 가장 공을 들인 건 숙소였다. 치열한 예약 전쟁에서 승리해서 사흘 동안 묵은 곳은 서귀포에 자리 잡은 어느 펜션이었다. 아직 코로나19가 무서운 탓에 우리만 사용하는 독채 펜션으로, 기왕이면 바다가 보이는 곳, 물을 좋아하는 아이를 위해 수영장까지 딸려 있었으면 했다. 아내가 검색으로 찾아낸 곳은 앞서 말한 장점과 더불어 아이를 위한 각종 장난감과 1.5층에서 타고 내려올 수 있는 미끄럼틀까지 구비된 소위 '키즈 펜션'이었다. 세상에 이런 게 다 있다. 아이가 없었으면 평생 가볼 일이 없을 곳이다.

　무엇보다 기대했던 건 펜션에 딸린 수영장이었다. 아이는 집에서 목욕할 때마다 욕조에서 나오지 않으려고 한다. 물뿌리개에 물을 가득 담아 욕조 바깥에다 뿌리고, 제가 좋아하는 자동차 장난감들을 물속에서 굴리고, 조그마한 손과 발로 물장구를 치며 논다.

물을 어찌나 좋아하는지 가만히 놔두면 적어도 한나절은 욕실에서 보낼 수 있을 것 같다. 이러다 물만두처럼 몸이 퉁퉁 붓겠어. 인제 그만 나가자고 애원해도 도무지 나가려고 하지 않는다. 전생에 물 부족 국가에서 살기라도 했나. 어디 한번 네가 좋아하는 물놀이를 실컷 해보자.

부푼 마음을 안고 아이의 옷을 벗기고, 방수 기저귀를 채우고, 구명조끼를 입히려는데 어째 아이의 얼굴이 굳어있다. 평소에 물이라면 사족을 못 쓰는 아이인데 반응이 시원찮다. 아무리 꾀어봤지만 아이는 물에 발가락 하나도 담그지 않았다. 수영장 멀찍이 서서 겁먹은 표정으로 바라보기만 했다. 별수없이 나 혼자 먼저 물에 들어가서 첨벙거렸다. "진아, 아빠 신나 보이지? 이게 바로 수영이야. 재미난 물놀이." 하지만 아이는 2박 3일 내내 수영장으로 한 번도 들어오지 않았다. 내가 이 꼴을 보려고 1박에 50만 원짜리 숙소를 예약한 게 아닌데. 돈이 아까워서 나 혼자서 열심히 수영했다.

둘째 날엔 비자림을 산책하고 보롬왓에 들렀다. 제주 날씨는 누가 변덕쟁이가 아니랄까 봐 오전에만 하더라도 맑던 하늘이 금세 흐려졌다. 더불어 바람도 세차게 불었다. 보롬왓의 뜻이 '바람 부는 밭'이라더니 과연 그랬다. 너른 꽃밭은 보는 둥 마는 둥 지나치고 서둘러 통유리창이 있는 카페로 피신했다. 카페에서 우리는 따뜻한 차를, 아이는 제가 좋아하는 레모네이드를 마시면서 한가로이 시간을 보냈다.

시간이 얼마나 지났을까. 가만히 앉아 있기에 좀이 쑤셨는지 아이는 내 손을 잡고 끌었다. 바깥으로 나가야 할 때다. 아이 손을 잡고 둘이서 꽃밭으로 향했다.

아이는 걷던 중에 카페 안에 있는 엄마를 발견했다. 유리창 너머 보이는 엄마 얼굴이 좋았는지, 뭐 때문인지 모르겠지만 갑자기 춤을 췄다. 양팔을 마구 휘젓고, 무릎을 굽혔다가 세웠다가, 엉덩이를 좌우로 흔들고 난리다. 라디오에서 위켄드의 음악이 흘러나오거나 TV에서 BTS 형아들이 나올 때마다 춤을 추던, 흥이 많은 아이다웠다.

꽃밭을 걷고 카페로 돌아왔다. 아내는 아까 있었던 일에 대해 얘기했다. 창 밖에서 아이가 춤을 출 때 그 모습을 자기만 본 게 아니라 창가 쪽 자리에 앉아 있던 모든 손님들이 다 봤다고. 이내 작은 소동이 일어났다 한다. 쟤 너무 귀엽다, 쪼그만게 어쩜 저렇게 춤을 추냐, 같은 말이 여기저기서 들렸단다. 그 말을 듣고 놀이공원에서 아이들이 손에 꼭 쥔 풍선처럼 마음이 두둥실 떠올랐다.

나도 모르게 미소가 지어졌다. 이제는 나에 대한 찬사나 동경보다 나의 아이에 대한 칭찬이 더 기쁘다. 재테크고 승진이고 유명세고 다 필요 없고 아이가 잘되었으면 하는 바람이 마음속에 가득하다. 부모가 된다는 건 이런 거였다.

　여행의 마지막 날. 창밖으로 먼동이 희붐하게 밝아왔다. 여행하는 동안 아침잠이라는 걸 잃어버린 아이는 어느새 눈을 떴다. 일어나자마자 졸린 눈을 비비지도 않고 침대 밖으로 튀어나갔다. 이내 아빠 손을 붙잡고 이끌더니 이른 곳은 펜션 1층 놀이터. 여기에 있는 자동차 장난감들을 너무나도 보고 싶었나 보다. 넋을 잃은 표정으로 한참 갖고 논다. 그러다가 어느 순간부터 1.5층으로 이어진 미끄럼틀에 관심을 보이는 아이. 혼자서 타기엔 경사가 다소 심하다. 또다시 내 손을 붙잡고 이끌어 계단을 올라갔다. 내 품에 폭 안긴 채 주욱 하고 미끄럼을 탔다. 타고나니 까르르 웃으면서 "또!"를 외치며 내 옷소매를 잡아끈다. 그게 시작이었다.

　두 번, 세 번, 네 번, 다섯 번. 나하고 타고 엄마하고도 타고 다음번엔 또 나하고 타고 또 엄마하고. 몇 번이나 미끄럼틀을 오르내렸을까. 어느 순간부터 숫자 세는 걸 포기했다. 뭐가 그리 재밌는지 했던 걸 계속해서 반복하는 아이다. 집에서도 자동차 장난감들을 일렬로 줄 세우기를 하루에도 수십 번씩 되풀이한다. 놀이공원에 갔을 땐 제가 좋아하는, 하지만 키가 모자라서 탑승할 수 있는 게 몇 개 되지 않는, 놀이기구를 최소 대여섯 번씩은 타야 직성이 풀린다. 아침에 일어나자마자 블록

탑을 높게 쌓았다가 쓰러뜨리는 건 몇 번이나 하는지 세는 게 어려울 만큼 도돌이표 놀음이다. 어느 날엔 서울에서 대전까지 운전해서 가는 두 시간 내내 동요 '거미가 줄을 타고 올라갑니다'를 한 곡 반복으로 주구장창 듣기도 했다.

육아에 대해서 잘 모를 땐 문제가 있나 싶었다. 어른들이 보기엔 별 의미 없는 짓을 내내 반복하니까. 인기 있었던 드라마 〈이상한 변호사 우영우〉의 주인공처럼, 혹시 나의 아이도 자폐라든지 하는 병이 있나 싶었다. 주변의 육아 선배들의 말씀과 책자를 통해 알고 보니 이 나이대의 아이는 으레 그런 법이란다. 처음부터 끝까지의 과정을 반복하면서 무언가 해냈다는 성취감을 느끼고, 같은 행동의 반복과 교정을 통해 몸을 조절하는 법을 익히고, 동시에 아빠 엄마 없이 혼자서 해냄으로써 자기 주도성을 키울 수 있다나.

공항에 들어가기 전 시간이 조금 남았다. 아무리 여행 계획을 꼼꼼하게 세워도, 결국에는 시간이 모자라거나 혹은 자투리 시간이 남기 마련이다. 남은 시간에는 공항 근처 제주 동문시장에 들러 시장을 구경했다. 팬데믹이 끝나지도 않았건만 시장은 발 디딜 틈도 없이 사람들로 붐볐다. 물건들도 빈틈없이 매대에 나열돼 있었다. 살아있는 물고기와 말린 물고기, 감귤과 한라봉과 천혜향, 우도 땅콩 막걸리, 왠지 야하게 느껴지는 오메기떡 등등 오만 것들이 다 있다. 아이는 생전 처음 보는 풍경에 즐거워했다.

내가 네 살 무렵 이런 일이 있었다. 가족들과 시내 지하상가에 나들이 갔던 날. 어렸던 나는 뭐가 그리 신기하고 재미난 것들이 많은지 이곳저곳을 총총 뛰어다녔단다. 그러다가 어머니께서 옷 가게 점원과 잠시 이야기를 하고 뒤로 돌았는데 내가 보이지 않았다. 10초도 안 되는 짧은 순간이었는데 그새 어디로 사라졌어. 어머니는 심장이 덜컥 내려앉는 듯했단다. 내 이름을 부르며 이 가게 저 가게를 돌아다니셨는데 어디에도 없는 아이. 이렇게 아들을 잃어버렸구나. 파도처럼 들이닥치는 자책과 후회와 절망에 어쩔 줄 몰라 하셨단다.

나는 그때의 기억이 단편적인 조각들로 머리에 남아있다. 지하상가 가게들의 반들거리는 유리창, 내 손에 늘 쥐고 있던 어머니의 손이 느껴지지 않아서 당황했던 느낌, 어쩌다 보니 관리사무소에 앉아서 내 이름 세 글자를 외치던 장면. 내 자랑같지만, 네 살밖에 안 먹은 아이가 어떻게 그곳을 찾아가서 엄마를 찾아달라고 말했을까.

관리소 아저씨는 마이크를 들고 "아 아, 여그는 상가 관리소입니더"라며 운을 뗀 후 내 이름을 말하면서 아이를 찾아가라 말했다. 방송이 끝나기가 무섭게 어머니께서 달려오셨다. 그때 내가 내 이름을 말할 줄 몰랐다면 어떻게 되었을까. 삶의 궤적은 어떻게 흘러갔을까. 왠지 걱정되는 마음 때문에 동문시장에서는 아이를 계속 안고 다녔다.

여행인 듯 여행 아닌, 마음 졸이던 여행. 아빠의 마음 따위 까맣게 모르는 아이는 비행기에서 내릴 때까지 평온한 표정이었다. 내려서 짐을 찾은 후 신나게 캐리어를 밀고 다녔다. 굴러가는 바퀴를 보며 신난 얼굴이었다. 녀석은 바퀴 달린 거라면 다 좋단다. 지난 사흘간 다녔던 제주 이곳저곳의 풍경이나 이런저런 맛난 음식들, 벌써 기억도 나지 않나보다.

이렇게 두 돌배기 아이와의 2박 3일 제주 여행이 끝났다.

33

구애가 좌절된 아이는
어떻게 행동하는가

매주 토요일 오전, 별다른 일이 없을 땐 아이와 함께 집 근처 구립육아종합지원센터로 간다. 언제부터인가 고정 스케줄처럼 돼버렸다. 가지 않는 때는 차를 타고 나들이를 가거나, 아이가 평소와 달리 늦잠을 잤다거나, 혹은 너무 덥거나 춥거나 비가 억수같이 쏟아지거나 하는 날뿐이다.

이곳에는 육아에 필요한 많은 것들이 종합 선물세트처럼 나열해 있다. 센터 건물 바로 옆에 어린이집도 붙어있고, 장난감 대여소도 있고, 종종 육아 관련 행사나 부모 교육도 열리고, 우리가 매주 들르는 목적인 '열린육아방'도 있다. 열린육아방이란 만 3세까지 이용 가능한 일종의 키즈 카페다. 아이들이 좋아하는 이런저런 장난감과 그림책, 간단한 놀이기구, 공중에서 오갈 수 있는 그물망 구름다리까지 재미난 것들이 많은 곳. 그리고 구민이라면 사전 예약 후 무료로 이용할 수 있다.

아이를 낳기 전에는 몰랐다. 국가에서 '저출산 대책'이랍시고 천문학적인 액수의 돈을 쏟아붓는다는데 대체 어디에 쓰는 걸까. 쓸데없는 데 낭비하고 있으니 출산율이 계속 떨어지지, 쯧쯧. 강 건너 불구경하듯 훈수만 해댔다. 아이를 키워보니 그제야 눈에 보이기 시작했다. 동네 곳곳마다 우리가 가는 육아센터와 같은 보육 지원 기관이 자리하고, 매달 나라에서 육아수당 명목으로 몇십만 원씩 통장에 넣어주고, 한부모가정처럼 육아가 힘들 수밖에 없는 가정에서는 긴급 아이 돌봄 서비스도 받을 수 있고, 출산 이전 임신부들에게는 병원에서 쓸 수 있는 바우처 등도 지급된다. 국가에서도 나름의 애를 썼던 것.

여느 때와 다름없는 토요일. 서둘러 아침을 먹고 아이와 함께 열린육아방으로 향했다. 그날은 내가 가는 걸로 당첨됐다. 집에 남아있는 아내는 빨래를 하고 대청소를 했다. 나는 잠시나마 지긋지긋한 집안일에서 해방됐다. 아이 손을 잡고 콧노래를 흥얼거리며 걸었다. 하늘도 맑고 햇볕도 따뜻하고 바람도 선선했다. 걸은 지 10분 만에 목적지에 도착했다. 역시나 여느 때와 다름없이 아이는 늘 갖고 노는 자동차 장난감을 집어 들고, 미니 자전거를 타고 돌아다니고, 탱탱볼도 던지고, 그물망 구름다리도 기어 건너면서 놀았다. 아침에 눈 뜨고 나서 지금까지 단 한순간도 쉬질 않는다.

갑자기 어느 아이의 울음소리가 들렸다. 소리가 나는 방향으로 고개를 돌렸다. 이제 갓 돌이 지났을까 싶은 여자아이가 울고 있었다. 아직 걸음마가 미숙해서인지 바닥에 넘어졌나보다. 아이 엄마는 황급히 우는 아이를 달랬다. 근처에 있던 웬 남자아이도 블록 장난감을 들고 여자아이에게 다가갔다. "친구야, 울지 마"라고 말하듯이 장난감을 여자아이에게 건넸다. 다정한 남자아이였다. "진아, 잘 봐. 저런 걸 배워야 한다니까. 여자애들한테 '스윗'하게 해야 인기남이 될 수 있다고." 여자는커녕 자동차 굴리기에만 여념이 없는 아들에게 소곤거렸다.

하지만 우는 아이에게 다정함 따위는 별무소용이었다. 여자아이는 남자아이의 손을 확 뿌리쳤다. 서러운 울음소리를 계속해서 뱉었다. 그때였다. 남자아이는 갑자기 표정이 일그러지더니 주먹으로 여자아이의 머리를 내리쳤다. 난데없이 얻어맞은 여자아이는 원래보다 두 배는 더 큰 소리로 울었다. 순식간에 벌어진 일. 지켜보던 나도 놀랐고, 여자아이의 엄마도 놀랐고, 누구보다 남자아이의 아빠가 가장 놀랐다. 아빠인 듯한 아저씨가 당황한 얼굴로 달려왔다. "우진아! (물론 가명이다. 가해자도 인권이 있으니까) 친구를 때리면 어떡해. 아이고, 죄송합니다." 미안한 얼굴로 연신 사과하는 남자. "아녜요, 괜찮아요. 애들끼

리 그럴 수도 있죠." 여자는 우는 아이를 달래면서 사과를 받았
다.

소동은 그렇게 일단락되는 듯했다. 곧이어 닥칠 다음 사건을
예상한 이는 아무도 없었다. 울음이 그친 여자아이는 언제 울
었냐는 듯 부지런하게 놀았다. 속눈썹에 눈물방울이 송골송골
맺힌 채로. 그러다가 또 울기 시작했다. 이번에는 넘어진 건 아
니고 어딘가에 부딪친 듯했다. 걸음마를 시작한 아이는 넘어지
고 부딪치는 게 일상다반사다. "저 친구는 되게 많이 운다. 울
보야 울보. 진이 너는 그러지 말어." 여전히 자동차를 굴리기
삼매경에 빠진 아들에게 또 소곤거렸다. 아이는 우는 친구를
힐끗 쳐다보더니 이내 관심 없다는 듯 자동차로 시선을 돌렸
다.

울고 있는 여자아이 곁에 어느새 아까 그 남자아이가 다가왔
다. 포기를 모르는 정대만 같은 남자였다. 남자아이는 또다시
뭔가를 들고 와서 여자아이에게 건넸다. 멀리 있던 탓에 손에
뭘 쥐고 있는지는 안 보였다. 탱탱볼인지 인형인지 알록달록한
색깔의 장난감이었다. 하지만 뭐가 됐든 소용없었다. 여자아이
는 이번에도 남자아이의 다정함을 거절했다. 고개를 홱 돌려버
린다. 똑같이 되풀이되는 장면을 바라보며 일순 긴장됐다. 주
변의 다른 어른들도 마찬가지였던 듯. 모두가 조용히 입을 다
물고 그 장면을 지켜봤다. 흐릿한 적막함이 내려앉은 가운데

울음소리만 또렷한 지금 이 순간.

혹시나 했지만 역시나였다. 두 번째의 구애가 좌절된 남자아이는 첫 번째 때처럼 여자아이의 머리를 또 후려쳤다. 여자아이의 엄마가 옆에 서 있었음에도, 남자아이의 아빠가 서둘러 달려왔음에도 간발의 차로 때리는 걸 막지 못했다. 그런데 이게 웬일이람. 이번에는 맞은 여자아이가 울음을 멎었다. 아이답지 않은 매서운 눈빛을 번쩍이더니만 손에 쥐고 있던 장난감으로 남자아이의 머리를 쾅 하고 후려쳤다. 남자아이는 이게 머선 일이고 하는 표정을 짓다가 이내 아픔이 몰려왔는지 머리를 부여잡고 엉엉 울기 시작했다. 그걸 본 여자아이도 잠시 끊어졌던 울음을 다시 이었다.

육아방에 몇 달째 다니고 있는데 이런 난리는 처음이었다.

"진아, 쟤들 봐라. 친구를 때리면 안 돼. 알았지? 폭력은 나쁜 거야. 꽃으로도 때리지 마라, 이런 말이 있어." 아이 귓가에 다시금 으밀아밀하게 속삭였다. 아이가 듣건 말건 반응을 하건 말건 혼자서 또 이러고 있다. "혹시나 맞게 되면 저 여자애처럼 너도 같이 때려. 맞기만 하면 안 돼. 눈에는 눈 이에는 이야." 이런 말을 해도 되나 걱정하면서 말을 이었다. "그리고 나중에 좋아하는 사람 생기면 이거 명심해라. 너 좋다는 애도 있을 텐데 굳이 너 싫다는 애한테 애쓰지 말어. 그런데…… 내 말 듣고는 있니?" 친구들이 울거나 말거나 아이는 자동차만 굴린다.

하기야 겨우 두 돌이 지난 아이가 내 말뜻을 알아들을 리 없다.

　한창 말하던 중에 왠지 마음이 쓰였다. 남의 아이의 불행을 나의 아이의 교육 재료 따위로 쓰는 건 옳지 않은데. 나는 아이를 제대로 가르치고 있는 건지 모르겠다.

34

이렇게 된 이상
어린이집으로 간다

2023년 3월부터 어린이집 등원을 시작했다. 아이가 2020년 5월생이니 물경 34개월 만에 처음으로 하는 사회생활이다. 그동안 코로나19로 인해 아이는 내내 집에만 있거나 몇몇 가족들만 만났다. 당연히 엄마와 아빠. 자주 들르는 아내의 할머니 댁에서는 증조할머니와 고모할머니. 종종 지방에 계신 할머니와 할아버지, 삼촌. 여기서 더해봤자 작년 가을에 잠시 머무르고 간, 미국에서 온 아내의 큰고모님과 사촌들 정도. 쪼그라든 아이의 세계를 넓혀줘야 하는데, 새로운 관계를 맺을 있게 해줘야 하는데, 다양한 경험을 해야 발달이 빠르다던데, 하며 걱정했다. 아무래도 집에만 있으면 안 되겠다 싶어 집 근처 문화센터니 짐보리니 하는 곳들에도 다녀봤다. 하지만 제대로 된 친구를 만들 수는 없었다. 그렇게 걱정만 하다가 이제야 어린이집에 나가게 된 것.

기약 없는 기다림은 올해 초에야 끝났다. 혹시나 하는 마음에 아이가 태어나고 출생 신고를 마치자마자 동네 어린이집 다섯 군데에 입소 신청을 했지만 역시나 우리 차례는 오지 않았다. 유례없는 저출생 시대라더니만 동네 어린이집은 늘 아이들로 가득 차 있었다. 우리 집은 다둥이도 아니고, 맞벌이도 아니고, 국가유공자니 하는 혜택을 받을 수도 없는 사람들이라 대기자 순위가 올라가질 않았다. 그렇게 1년이 지나고 2년이 지났다. 우리는 여전히 3순위 혹은 4순위에 머물러 있었다. 늦어도 만으로 세 살이 될 때쯤에는 사회생활을 해야 할 텐데. 부모와 아이의 애착 형성을 위해 어린이집에 너무 빨리 보내는 건 좋지 않다지만 홀로서기가 너무 늦는 것도 문제인데. 길을 걷다 낯선 이와 마주하면 슬그머니 뒤로 숨는 아이의 모습을 보며 하루빨리 우리 차례가 오기만을 기도했다.

이대로는 도저히 안 되겠다 싶어서 회사 어린이집에도 입소 신청했다. 내가 다니는 회사는 젊은 직원의 수가 적어서 기다릴 필요 없이 바로 입소가 확정됐다. 하지만 안내 전화를 받으면서도 마음 한구석 불안함은 꺼지지 않았다. 이제부터 매일 아침 아이를 뒷좌석에 앉히고 집에서 회사까지 강변북로를 30

여 분이나 달려야 한다. 가는 중에 울면 어쩌지, 똥오줌이라도 지리면 큰일인데, 강변북로에는 차를 세울 갓길도 없는데 어떡하나. 별별 장면이 머릿속에서 그려졌다. 그러다가 올해 초, 낯선 번호로 전화가 왔다. 받아 보니 동네 어린이집이었다. 우리 아이 차례가 왔단다. 안도의 한숨과 기쁨의 탄성이 동시에 터져 나왔다. 그 전화를 시작으로 서너 군데 어린이집에서 전화가 이어졌다. 우리는 그중 가장 가까운 곳을 선택했다.

그렇게 아이의 어린이집 생활이 막을 올렸다.

(1) 걱정 말아요 그대 (by 들국화)

등원 전날 OT가 있었다. 걱정 반 기대 반으로 아내와 함께 아이 손을 잡고 어린이집으로 향했다. 아이가 생활할 'ㄷ'반에 들어가서 방을 둘러보고 장난감도 만져보고 의자에 앉아보고 이불에 누워도 보고 화장실에 가서 손도 씻어봤다. 아이는 새로운 곳이 신기하고 재밌는지 연신 까르르거렸다. 아이와는 달리 우리는 마냥 웃을 수 없었다. 보이는 것, 만지는 것 하나같이 걱정투성이뿐이었다. 아이가 엄마 아빠 없이 낯선 곳에 혼자 잘 있으려나, 일생 장난감을 나눠 가져본 적 없는데 친구들과 놀다가 다투지는 않을까, 그동안 잠은 항상 집에서 자는 습관이 있는데 여기서 낮잠은 제대로 잘는지, 화장실에서 대소변을 가리기는 하련지. 등원하기로 마음먹었음에도 등원 날의 해가 뜨는 것이 적이 두려웠다.

드디어 맞이한 등원 첫째 날. 출근 시각 때문에 등원을 함께 할 수 없어 아내에게 아이를 맡기고 집을 나섰다. 회사에서는 도통 일이 손에 잡히지 않았다. 오전 아홉 시 반 즈음, 등원을 마쳤을 때가 되자마자 아내에게 연락했다. 홀로 된 아이가 울지는 않더냐고, 엄마 제발 가지 말라며 치맛자락을 붙잡지는 않았냐고 물었다. 아내는 놀람 반 실망 반의 목소리로 대답했다.

"데려다주고 나오는데 뒤도 안 돌아보던데. 새로운 데가 재밌는지 엄마 얼른 가라고, 귀찮다는 듯이 휘휘 손을 내젓더라고."

아내는 놀라우리만치 어린이집에 금방 적응하는 아이가 대견했단다. 동시에 이렇게나 금방 엄마를 필요 없어 하는 아이에게 섭섭하기도 한 양가적인 감정을 느꼈다고 했다. 너와 내가 쌓은 정이, 함께한 시간이 얼만큼인데 이렇게 아무렇지 않게 헤어질 수 있냐고. 나는 그동안 아이를 너무 아이로만 여겼구나 하는 생각이 들었다. 어련히 알아서 잘할 텐데 우리 둘 다 너무 걱정이 많았다.

(2) 조금씩 천천히 너에게 (by 노 리플라이 & 타루)

아이가 자주 부르는 노래가 있다. 코미디언 김영철의 〈막가리〉라는 EDM 트로트다. 아내의 할머니 댁에 들렀을 때 TV에서 우연히 본 〈미스터트롯2〉의 무대. 이게 아이 마음에 쏙 들었나 보다. "사랑은 퀵퀵퀵, 이별은 슬로우슬로우. 오 가리가리, 막 가리가리, 너에게 막 가리"라는 아직 뜻을 이해하지도 못할 가사를 어설픈 발음으로 흥얼거리는데, 어린이집 역시 그 가사대로 적당히 빠르고 적당히 천천히 적응할 수 있게 일련의 과정을 거친다.

첫째 주는 더도 말고 덜도 말고 딱 한 시간만 있었다. 어린이집이 처음인 아이들은 그마저도 힘들어하기도 한다. 엄마나 아빠가 눈앞에서 사라지자마자 훌쩍거리다가 마침내 으앙 하고 울음이 터지는 아이들이 부지기수란다. 겨우 진정하고서 선생님과 친구들과 놀다가도 금세 엄마 아빠를 찾기도 하고. 어른들도 낯선 곳에 가면 긴장하기 마련인데, 인생 처음으로 낯선 환경에 던져진 아이들은 어떻겠나. 아이들의 적응을 돕는 차원에서 처음에는 한 시간의 제한을 두는 것이었다. 우리 아이도 역시 아이는 아이였던 걸까. 아무렇지 않게 씩씩하게 적응한 줄 알았더니만, 짧은 한 시간의 등원을 마치고 엄마를 마주하자마자 달려와서 품에 꼭 안기더란다. 엄마, 왜 나를 버려두고 갔어, 너무너무 보고 싶었다고 온몸으로 표현하는 듯.

둘째 주는 시간을 조금 더 늘려서 두 시간, 셋째 주는 점심까지 먹고 왔다. 어린이집 선생님의 말씀에 따르면 밥도 잘 먹는단다. 간식도 잘 먹고. 다만, 본인의 입맛이 확실한지라 싫어하는 음식이 나오면 아예 쳐다보지도 않는다고 했다. 이를테면 딸기와 치즈는 금세 먹어 치우고 더 달라고 하지만 삶은 달걀과 요거트는 시큰둥하단다. 넷째 주부터는 낮잠까지 자고 왔다. 평생을, 그래봤자 고작 34개월이지만, 집에서만 잠을 잤던지라 과연 밖에서도 잘 수 있을지 걱정했더랬다. 낮잠을 못 자면 칭얼거릴 텐데 어떡하지. 처음에는 걱정한 바대로 잠을 도통 자지 못했다는데 다행히도 며칠이 지나자 어느 정도 낮잠을 자는 데 성공했다. 예민한 성격 탓에 여전히 깊게 잠들지는 못하지만 적어도 한 시간 정도는 잔단다. 4월부터는 오후 시간에 체육이며 음악놀이 같은 특별활동까지 해서 이제는 오후 네 시까지 머물다가 하원한다.

(3) 즐거운 나의 하루 (by 토이, feat. 신민아)

어린이집에 다니게 된 후로 아이의 일과는 이러하다. 아침 먹고 어린이집, 오후에 하원하고서 동네 놀이터 두어 군데 원정, 아내의 할머니 댁에 가서 재롱을 피우고 이쁨을 받은 후, 집으로 돌아와서 저녁 식사, 그리고 아빠 엄마와 놀다가 취침. 내내 집에만 있거나 동네 산책 정도나 했던 예전과는 달리 일정이 **빡빡**해졌다.

그리고 깨어있는 시간 동안 몸을 쓰는 게 부쩍 늘었다. 그동안엔 집에 있을 때 앉아서 그림책을 보거나, 바닥이나 소파에 장난감 차를 굴리거나, 반쯤 누운 자세로 유튜브 영상을 잠깐 보거나 하면서 놀았다. 요새는 으아아아아, 하는 소리를 지르며 거실을 뛰어다니거나 탱탱볼을 집어 들고 공놀이를 자꾸 하자고 조른다. 우리 아이는 아들치고 얌전하다 싶었는데 착각하고 있었다. 이렇게 활기찬 아이였다니. 같이 따라다니면서 놀아주다 보니 힘에 부친다. 숨이 차서 헉헉거리고 무릎이며 어깨가 저린다. 이럴 줄 알았으면 평소에 운동 좀 할 걸 하는 후회가 밀려온다.

대체 아이가 왜 이렇게 변했나 싶었다. 어린이집에서 홈페이지에 올리는 사진과 매일 적어주는 날적이를 보고서야 이유를 알게 됐다. 오후 특별활동 중 하나인 '체육 놀이' 때문이었다. 외부 강사를 모셔 진행하는 수업 겸 놀이. 농구공을 들어 골대에 집어넣고, 장애물 사이를 껑충 뛰어서 통과하고, 바깥나들이를 나가서 흙을 밟고 뛰어다니고 바닥에 뒹굴기도 한다. 한나절을 이렇게 놀다 왔으니 집에서도 가만있기에는 몸이 근질근질할 터다. 어린이집에서 했던 놀이를 아빠하고도 하자면서 몸을 계속해서 쓴다.

다행인 건 저도 피곤한지 밤에 일찍 잠자리에 든다. 어린이집에 나가기 전엔 오후 열 시, 열한 시가 넘어서야 자던 것이 이제는 시곗바늘이 9를 가리키면 눈이 떼꾼해지기 시작한다. 이제 금방 아이를 재우고 육퇴할 수 있겠구나 싶어 우리 눈은 반짝거리기 시작한다. 이게 다 어린이집 덕분이다.

(4) 니가 알던 내가 아냐 (by 그레이, feat. 사이먼 도미닉)

"진이는 질문이 참 많은 아이네요. 그리고 생글생글 웃는 얼굴로 말을 잘 안 듣네요."

어느 날의 날적이에 적혀있던 말. 우리는 익히 알고 있었지만 집 밖에서도 이럴 줄은 몰랐다. 아이가 말을 잘 안 듣긴 한다. 아이와 함께하다 보면 종종 머리끝까지 화가 치밀어 오를 때가 있다. 분명히 말귀를 알아들으면서도 일부러 엄마 아빠 말을 안 듣고 끝끝내 자기주장을 계속할 때가 그렇다. 어린놈의 자슥이 이르게 고집만 세서 어쩌지 이걸. 누굴 닮은 걸까 대체. 아내도 나도, 본인이 어렸을 땐 부모님 말씀을 잘 듣는 착한 아이였다면서 상대방 탓을 한다.

그래도 선생님이든 친구든 누구에게나 잘 웃고 다닌다고 하니 다행이었다. 평생을 가족하고만 지낸 탓에 제 또래 친구들과 함께 있는 걸 어색해하면 어쩌나 했는데. 나도 아내도 MBTI 검사를 해보면 내향적인 'I' 성향이라 아이도 으레 그럴 거라 여겼다. 하지만 의외로 아이는 극 'E'의 외향적인 성격인 듯하다. 하루는 아내가 아이를 등원시켜 주면서 어린이집 선생님께 물었단다. 저희 진이가 친구들과 잘 어울리나요, 낯선 사람을 경계하는 수줍음 많은 아이라서요. 그러자 선생님이 믿을 수 없다는 표정으로 대답했단다. "설마요, 어머님. 저것 좀 보세요." 아이는 예의 그 〈막가리〉를 또 부르면서 엉덩이를 실룩실룩 흔들며 웃는 얼굴로 춤을 추고 있었다. 하도 그 노래를 불러댔더니 어린이집 친구들이 우리 아이더러 이름을 부르지 않고 '까리까리'라고 부른단다. "진이 왔다, 안녕!" 하는 게 아니라 "까리까리 왔다아"라고.

옆자리 짝꿍이라는 ㅅ도 우리 아이에게 배웠는지(혹은 물들었는지) 어느 날부턴가 "오 가리가리 막 가리"라며 따라서 노래를 부른다고 했다. 걔네 엄마는 그간 듣지도 보지도 못한 희한한 노래를 아이가 부르고 있으니 대체 이게 무슨 노래냐고 물어봤단다. ㅅ은 우리 아이가 매일 부르는 노래라고 대답했을 테고. 그 이야기를 듣고 어째 조금 부끄러워졌다. 〈아기 상어〉 같은 아이다운 노래를 열심히 들려줄 걸 그랬나보다.

(5) 어리다고 놀리지 말아요 (by 이승철)

아이에게 매일 물어본다. 오늘도 어린이집에서 재밌게 놀았어? 누구하고 놀았어? 어떤 친구가 제일 좋아? 그랬더니 아이는 또박또박 이름을 말하면서 대답했다. ㅇ이 좋단다. 이놈 봐라, 여자 이름인데 이거.

"ㅇ이가 좋아? 걔가 왜 좋아?"

"음…… 눈이 예뻐서 쪼아."

물어본 내가 더 놀랐다. 좋아하는 데 구체적인 이유가 있구나. 김현철은 "누굴 좋아하는 데 이유가, 그런 이유가 어딨겠어"라고 노래 불렀는데, 아이는 제 나름의 명징한 이유가 있었다. 또 누가 좋냐고 물었더니 ㅈ과 ㅅ도 좋단다. 역시나 여자애 이름이었다. 그리고 역시나 눈이 예뻐서란다. 걔네 눈이 얼마나 예쁜가 하고 어린이집 홈페이지에서 사진을 찾아봤다. 아이가 이름을 말한 여자아이들은 모두 쌍꺼풀이 없는 작은 눈이었다. 쪼그만 것이 일관된 취향이 있다. 어리다고 해서 제멋대로 행동하는 게 아니라 다 나름의 이유가 있었던 것.

혹시나 해서 아이에게 다시 한번 질문을 던졌다.

"그럼 아빠 눈은 어때? ㅇ이만큼 예뻐?"

"아니, 짝아서 몬생겨써어."

아니, 언제는 쌍꺼풀 없는 작은 눈이 예뻐서 좋다더니.

(6) 전 감기에 걸려있구요 (by 김현철, 〈시월애〉 OST)

아내는 아이가 어린이집에 다니게 되자 삶의 여유를 일부나마 되찾았다. 오전 아홉 시부터 오후 네 시까지. 그동안 엄두도 낼 수 없었던 일을 할 수 있게 됐다. 카페에서 여유롭게 차를 마신다거나, 방해받지 않고 집안일하고, 병원에도 마음 편히 다녀올 수 있고, 천천히 점심을 꼭꼭 씹어먹고, 짧지만 다디단 낮잠도 한숨 잘 수 있다. 나 역시 저녁 시간이 늘어났다. 인생 첫 사회생활로 피곤해하는 아이가 일찍 잠들어주는 덕에 넷플릭스로 밀린 드라마도 보고, 인터넷 유머 게시판에서 시답잖은 글과 사진들을 보며 키득거리고, 오랫동안 누워서 잠을 푹 잘 수도 있다. 그동안 잃어버렸던, 있을 땐 당연하다는 듯 소중함을 몰랐던, 평범한 일상이었다.

하지만 얻는 게 있으면 잃는 게 있는 법. 어린이집은 장점만 있는 게 아니었다. 아이는 어린이집에 나간 지 얼마 되지 않아 병에 걸리는 '중'이다. 진행형으로 표현한 건 아직도 감기가 낫지 않고 있어서다. 노마스크 시대, 코로나19를 비롯해 그동안 걸려본 적 없는 온갖 질병에 하나둘씩 다 걸렸다. 4월부턴 감기가 걸렸다가 낫기를 반복했다. 5월이 시작되자 기침이 심해지고 열이 나서 병원으로 달려갔더니 코로나19 재감염에다가 근래 유행하는 독감까지 겹쳤단다. 기관지에는 염증 때문에 가르릉거리는 소리가 들려서 엑스레이도 찍었다. 눈에는 염증이 번져서 눈곱이 줄줄 흘러내렸다. 하루 세 번씩 약을 먹이고 눈에 안약을 넣는데, 아이는 싫다고 울고불고 팔다리를 버둥거리고 난리도 이런 난리가 없다. 대체 언제쯤이면 지긋지긋한 병증의 행렬이 끝날지.

팬데믹 이후 태어난 아이들은 참말로 고생이다. 전대미문의 질병 탓에 아이들이 잃은 것이 너무나도 많다. 지금의 세계를 만든 어른 중 한 명으로서 아이에게 미안하다.

아이는
바깥 세계의 모든 것들이
신기하다

아이가 아직 걷지도 못할 무렵. 날씨가 좋던 하루였다. 회사 동기 H형과 커피를 마시며 아이에 관한 대화를 나눴다.

"요즘 날씨가 참 좋은데, 아이 데리고 밖에 나가봤어요?"

"아이가 아직 어려서 멀리는 못 나가고요. 동네 산책 정도는 자주 하고 있어요."

좋은 날을 누리지 못하는 게 아쉽지만 아이를 데리고 멀리 나갈 순 없었다. 차를 태우고 나가기엔 너무 조그맣고 당시 코로나19 바이러스가 두렵기도 했다. 조리원에서 돌아온 후로 내내 집 안에서만 지내다가 생후 77일째 되던 날에야 마침내 아이와 함께하는 첫 외출을 시도했다. 손 싸개, 발싸개도 모자라 모자까지 씌워 꽁꽁 감싸고서 소중히 안은 채 바깥세상 구경을 시켜줬더랬다. 지나가는 누군가가 기침이라도 하면 어쩌나, 어느 강아지가 목줄을 벗어나 달려들면 어쩌나, 해로운 담배 연기나 시끄러운 오토바이 소리 따위는 어쩌나. 주변 모든 것들이 위험하게 느껴졌다. 걱정도 병인 양 첫나들이는 불과 5분 만에 서둘러 끝내버리고 말았다. 다음 산책, 또 다음 산책부터는 바깥에 머무르는 시간을 점점 늘려갔다. 90일째 되던 날은 아이를 처음으로 유모차에 태워서 나가봤다. 유모차 타는 걸 싫어해서 우는 아이들도 많다던데 다행히도 우리 아이는 까르르 웃으며 네 바퀴 달린 탈 것을 좋아했다. 이후로 날이 좋건 나쁘건 하루에 한 번꼴로 동네 산책을 다녀왔다. 길게 걷는 날은 거의 한 시간씩 걸어 다녔다. 어느새 아이는 유모차에 타지 않고 혼자 걷기도 할 수 있게 됐다.

"밖에 나가면 아이가 모든 걸 신기해하지 않아요? 이곳저곳으로 고개를 막 돌리면서 쳐다볼 텐데."

육아 선배 H형의 말대로다. 바깥에 나갈 때뿐만 아니라 집 안을 돌아다닐 때도 아이는 연신 여기저기 쳐다보느라고 분주했다. 아주 어릴 적, 소파에서 안은 채 분유를 먹일 땐 음악 소리가 흘러나오는 라디오 쪽을 쳐다봤다가 젖병도 살펴보고 나와 눈을 마주치기도 했다. 식사가 끝나면 등을 토닥거려 트림을 시키고 안은 채 집 안을 걸었다. 아이는 내 품에 안겨 어깨너머로 세상 구경을 했다. 거실 창밖의 나뭇잎들이 바람에 살랑이는 걸 살피고 건너편 아파트 동의 불빛이 켜졌다가 꺼지는 것도 보고. 아침에 햇살이 들이닥칠 땐 눈을 감고 얼굴을 찡그렸다. 태양을 피해 아기 방으로 들어가면 벽에 붙여놓은 육지와 바다 동물 포스터, 푸른 바다에 떠 있는 하얀 돛단배를 그린 유화를 감상하듯 바라봤다. 엄마의 화장대 거울에 비친 자기 얼굴을 보는 것도 좋아했다. 내가 봐도 나 좀 미남인데, 하는 표정이었다. 걸음마를 시작한 이후로는 제멋대로 이곳저곳을 돌아다니며 오만가지 물건을 만지고 입에 넣고 밀고 끌고 던지기도 했다. 이 모든 것들이 아이에겐 새롭고 신기한가 보다.

"팬데믹이 끝나면 여기저기 많이 다녀봐요. 아는 만큼 보인다니까. 아이가 어릴 때 많이 보여주고 가르쳐줘야지."

유홍준 교수는 『나의 문화유산답사기』 1권의 「머리말」에서 "아는 만큼 보인다"라고 했다. 하지만 아이를 키워보니 유 교수님과는 반대로 말하고 싶다. 아는 만큼 보이는 게 아니라 보는 만큼 알게 된다고. 아이는 바깥 세계의 모든 것들을 신기해하고 그것들을 바라보길 좋아한다. 낯선 것들을 마주할 때면 눈이 얼마나 반짝거리는지. 눈에 보이는 모두를 제 속에 저장하기라도 할 듯 맹렬하고도 탐욕스러운 눈빛이다. 이런 아이를 위해 더욱더 많은 걸 보여주고 싶은 마음이다. 시몬아, 아니, 진아, 너는 아느뇨? 세상에는 이렇게나 새롭고 즐겁고 신기한,

네가 아직 보지 못한 것들투성이란다.

 아이가 만 2세가 됐을 무렵 어느 가을날, 아이와 함께 집 근처 하늘공원에 갔다. 요맘때쯤이면 무성함을 자랑하는 억새밭을 보기 위해서였다. 아기띠를 하고 아이를 안은 채 맹꽁이 버스를 타고 공원 정상에 올랐다. 아이는 이곳이 처음이었다. 버스를 탈 때부터 신기한지 고개를 이곳저곳으로 돌리고 소리를 내지르고 눈이 동그랗게 커지고, 그렇게 무척 재밌어했다. 이곳에 온 보람이 있어서 뿌듯했다. 그보다 전인 여름에는 반포한강공원에 가서 잠수교를 함께 걸었는데 그때도 아이는 무척 재밌어했다. 햇빛에 반짝거리는 윤슬을 넋을 잃고 바라봤다. 그 모습을 바라보며 한편으로는 부러웠다. 뭐든지 처음인 너는 세상 모든 게 재밌겠구나. 나는 이미 여러 번 겪은 몇몇 사건이나 장소나 사물이나 사람들에 대해서 점점 무감해지는 중인데. 예전에 같은 부서에서 일했던 S차장도 이런 말을 했다.

"어휴, 재미없어. 나이 들면 알게 될걸. 하루하루가 똑같아. 그래서 시간이 금방 간다? 뭐가 새로운 게 있어야 하루가 길게 느껴지지."

 그땐 그게 무슨 말인지 이해하지 못했는데 이제는 조금은 알 것 같다. 아이들은 첫 경험 중인 세상에 재미난 게 얼마나 많고 또 많을까, 하루가 얼마나 다채로운 빛깔일까, 오늘은 어제와 달랐고 내일은 또 오늘과 아주 다르겠지. 곁에서 함께하다 보니 나도 하루가 더뎌지고 길어졌다. 그동안 무심하게 지나쳤던 것들을 자세히 톺아보고 감각하게 된다. 어린 시절에 겪는 경험이란 얼마나 중요한 것인가.

"형, 예전에 우리 부서에 있었던 S하고 K 기억나죠?"

"오랜만에 듣는 이름이네요. 갑자기 왜요?"

"예전에 그 친구들 있을 때 부서 회식 잡기 되게 어려웠어요. 회도 못 먹고, 곱창도 못 먹고, 선지마저도 못 먹어서. 그때 생각했죠. 이 친구들, 혹시 어렸을 때 편식해서 그런 게 아닐까 하고요."

그 친구들뿐만 아니다. 회사 동료 중엔 음식을 가리는 사람들이 있다. 회를 비롯한 날음식을 못 먹거나, 곱창이나 육회 같은 것도 삼키지를 못하고, 심지어는 오이에서 비린 맛이 나서 먹을 수가 없다는 이까지. 그래서 횟집에선 유부초밥만을, 곱창집에선 삼겹살을, 추어탕집에선 돈가스라는 대체재를 어쩔 수 없이 선택해야만 하는 그들에게 어린이 입맛이라 놀리곤 했다. 정말로 몸이 받아들이지 못하는 것일 수도 있지만, 어쩌면 어렸을 때 먹는 버릇을 들이지 못해서 그런 건 아닐까 하는 생각도 했다. 일찍이 경험해봤더라면 지금은 그런 음식들을 가리지 않는 사람이 됐을지도 모른다. 나이가 들어 굳어버린 입맛을 성인이 되어버린 이제 와서 바꾸기란 이미 늦었을 터.

"그래서 어릴 때부터 가리지 않고 이것저것 먹이고, 보여주고, 들려주고, 만지게 하면서 많이 경험시켜주려고요. 좋아하지 않을 수도 있지만, 모르는 것보다는 좋아하거나 싫어하는 게 낫지 않겠어요?"

"그런데 이것저것 해주려면 많이 벌어야 돼요. 나는 요즘 우리 딸들이 하고 싶어 하는 게 많아서 큰일이에요."

H형은 정치 경제에 관한 이야기를 할 땐 정부의 시장 개입을 적극적으로 옹호하는 케인즈주의자지만 자녀 교육에 있어서는 철저한 자유방임주의자였다. 남들 다 하는 영어유치원이니 태권도니 발레니 따위 하나도 관심이 없었다. 대신 아이들이 원할 때 같이 있어 주고 목말 태우며 놀아주고 여행을 자주 다니곤 했다. 아이들은 그런 걸 더 좋아한다면서. 하지만 최근에 딸아이들이 엄마 아빠와 함께하는 것 이외에도 하고 싶은 게 많아졌다면서 걱정이 늘었다. 디즈니 애니메이션 〈겨울왕국〉 더빙판을 졸업하고 자막본을 보더니만 갑자기 영어를 잘하고 싶다면서 공부를 시켜달라 그러고, 친한 친구들이 다니니까 함께 미술학원, 피아노학원 등을 다니고 싶어 한단다. 결국에는 사교육의 세계에 발을 내딛은, 피하고 싶었지만 끝내 피하지 못하는 달갑지 않은 상황을 맞이하게 됐다고.

"어휴, 저는 형처럼 둘은 못 낳겠어요. 아이 하나 제대로 키우는 것도 힘들어서."

"꼭 돈을 들여서 이것저것 해주는 게 다는 아니에요. 부모가 모범을 보이기만 해도 보고 배우는 게 많을걸요."

그러면서 휴대폰을 꺼내 최근에 바꿨다는 집 안 인테리어 사진을 보여준다. 거실 TV를 치워버리고 기다란 카페 테이블과 책장을 들여놓은 모습이었다. 무려 스타벅스에서 쓰는 테이블과 똑같은 제품이라고 자랑한다. 여기 앉아서 책을 읽고 있으면 아이들도 부모를 따라서 책을 읽더라는 간증이 이어졌다. 처음에는 TV 없는 삶이 불편할 수도 있지만 그런 불편함은 금방 지나가더라고. 아빠, 엄마, 큰 딸, 작은 딸이 테이블에 나란히 앉아서 책을 읽는 모습이 얼마나 평화로운지, 조용한 거실을 사락사락 책장 넘기는 소리로 채우는 광경을 떠올려보란다. 아이들에게 종종 "아빠는 뭐 하는 사람이야?"라고 물어보면 "책 읽는 사람"이라는 대답을 듣는다고 이야기하면서 H형은 흐뭇한 표정을 지었다. 그리고 자랑하듯 말했다.

"아이는 부모를 따라 하게 돼 있다니까요."

"그거 되게 괜찮은데요? 저희도 아이 앞에서 싸우거나 하지 않고 항상 좋은 모습만 보여주려고요. 부모가 아이한테 엄청 큰 영향을 미친다고 하니까."

"맞아요. 아이 앞에선 항상 조심해야 돼."

H형의 당부에도 불구하고 아이가 76일째를 살았던 날, 아내와 큰 소리를 내며 다툰 적 있다. 지금은 기억도 나지 않을 만큼 별것 아닌 일 때문이었지만 그땐 몸도 마음도 육아에 지쳐

둘 다 예민함이 극에 달해 있을 때였다. 다툼은 마른 겨울의 산불처럼 점점 더 크게 번져만 갔다. 아이는 곁에서 엄마 아빠가 싸우는 광경을 잔뜩 겁먹은 표정으로 잠자코 지켜보다가 일순 얼굴을 잔뜩 찡그리고 몸을 바르르 떨면서 서럽게 울기 시작했다. 그간 들어본 적 없던, 괴로움으로 가득 찬 낯선 음색의 울음이었다. 깜짝 놀란 우리는 싸움을 멈추고 서둘러 아이를 달랬다. 한참을 달래도 쉽사리 울음이 그쳐지지 않았다. 그날 이후 우리가 조금이라도 크게 말하면 아이는 금세 그때의 놀란 얼굴을 한 채 몸을 움츠렸다. 우리의 싸움이 아이에게 상처로 남았나보다. 이제부터 아이 앞에서는 절대로 큰 소리로 싸우지 않기로 했다. 싸우더라도 아이가 잘 때 안방에서 문을 걸어 닫고 조용히 싸우자고.

어느덧 아이가 만 세 살이 되었다. 걸음마는 진작에 뗐고 어린이집에도 다니고 젓가락질도 하고 혼자 대소변도 가릴 수 있게 됐다. 아이의 모습을 보며 바라는 게 하나 생겼다. 오래도록 건강해야겠다고. 종종 이런 장면을 상상한다. 유치원 운동회날, 아들과 함께 이어달리기를 하다가 다리에 힘이 풀려서 나자빠지는 장면이다. 평소에 운동이라곤 하질 않았으니 뜀박질을 잘할 리가 있나. 나는 미안해서 어쩔 줄 몰라 하고 아이는 아빠 때문에 우리가 꼴등이라면서 울고불고 난리다. 상상만으로도 아찔하다. 아이를 위해서나 나를 위해서나 이제부터 운동을 하겠다는 약속을 해본다. 이를테면 내일부터는 사무실 올라갈 때 엘리베이터 대신 계단으로 올라갈 거야, 일주일에 술을 마시는 날은 딱 이틀만으로 줄일 거야, 오늘 저녁은 밥 대신에 샐러드만 먹을 거야, 같은 다짐들을. 아이가 자라며 변하는 모습만큼 나 역시 변했다.

육아는 여전히 고될 때가 많지만 어제보다 오늘이, 오늘보다 내일이 더 기대되는 하루를 살고 있다. 우리 아이는 내일 또 어떤 새로운 모습을 보여줄까 자못 설렌다. 아이를 낳기 전에는 끔찍이도 아이라는 존재를 싫어했지만, 이제는 아이 키우는 맛을 조금은 알 것 같다. 이렇게 하루하루 보내면 훗날 '좋은 아빠'까지는 못 되더라도 아이가 '좋아하는 아빠' 정도는 될 수 있지 않을까.

그렇게 아빠가 된다

1판 1쇄 찍음　2025년 6월 12일
1판 1쇄 펴냄　2025년 6월 19일

지은이　　김민규
펴낸이　　조윤규
편집　　　민기범
디자인　　홍민지

펴낸곳　　(주)프롬북스
등록　　　제313-2007-000021호
주소　　　(07788) 서울특별시 강서구 마곡서로 152, 두산더랜드타워 상가 A동 320호
전화　　　영업부 / 기획편집부 02-3661-7283 | 팩스 02-6455-7286
이메일　　frombooks7@naver.com

ISBN　　　979-11-94550-06-8 (03810)